dtv

Ein Mann kann bei der Beerdigung seines Sohnes nicht weinen. Danach sieht er sich im Kino einen Mickey-Mouse-Film an, und erst im dunklen Vorführsaal bricht die Trauer aus ihm heraus.
Einem jungen Mann stirbt der Hund, er erinnert sich an eine Frau, die er kurz zuvor abgewiesen hat, und greift zum Telefonhörer.
Eine Frau ist unsterblich in den Mann verliebt, dessen Haushalt sie in Ordnung hält, entscheidet sich aber am Ende für ihre Familie. –
Paula Fox ist eine genaue, menschenkluge Beobachterin des Alltags. In klarer, eleganter Sprache erzählt sie in diesen teils fiktiven, teils autobiographischen Geschichten von Augenblicken, in denen das Leben kippt. Die Erzählungen umspannen fast fünfzig Jahre, von 1965 bis 2010, und verdichten Paula Fox' Erzählstil auf unvergessliche Weise.

Paula Fox wurde 1923 in New York City geboren, wo sie auch heute lebt. Sie hatte schon mit zwölf ein bewegtes Leben hinter sich. Der Vater war irisch-englischer Herkunft, ihre Mutter kam aus Kuba. Paula Fox' gesamtes Werk, das im dtv erscheint und immer noch als Geheimtipp gelten muss, spiegelt den enormen Reichtum ihrer Lebenserfahrung. Paula Fox ist verheiratet, hat drei Kinder und mehrere Enkelkinder – eines davon ist die Sängerin Courtney Love. Sie schrieb sechs Romane, zahlreiche Kinderbücher, für die sie mit dem Hans-Christian-Andersen-Preis ausgezeichnet wurde, sowie Essays und Erinnerungen.

Paula Fox

Die Zigarette

und andere Stories

Aus dem Englischen
von Karen Nölle
und Hans-Ulrich Möhring

Mit einem Nachwort
von Bernadette Conrad

Deutscher Taschenbuch Verlag

Von Paula Fox sind
im Deutschen Taschenbuch Verlag außerdem erschienen:
Was am Ende bleibt (12971)
In fremden Kleidern (13346)
Pech für George (13438)
Luisa (13586)
Der kälteste Winter (13646)
Der Gott der Alpträume (13859)
Lauras Schweigen (14209)

**Ausführliche Informationen über
unsere Autoren und Bücher
finden Sie auf unserer Website
www.dtv.de**

FSC www.fsc.org
MIX
Papier aus verantwortungsvollen Quellen
FSC® C019821

2014
Deutscher Taschenbuch Verlag GmbH & Co. KG, München
Die amerikanische Originalausgabe erschien 2011 unter dem Titel
»News from the World: Stories and Essays«
bei W.W. Norton & Company, Inc., New York.

Umschlagkonzept: Balk & Brumshagen
Umschlagbild: ›Sanda, 1992‹ von Sean Scully
(bridgemanart.com/Dublin City Gallery, The Hugh Lane, Ireland)
Satz: Fotosatz Amann, Memmingen
Druck und Bindung: Druckerei C.H.Beck, Nördlingen
Gedruckt auf säurefreiem, chlorfrei gebleichtem Papier
Printed in Germany · ISBN 978-3-423-14340-0

Für meinen Stiefsohn David Greenberg
und seine Frau Emily

Danken möchte ich meinem Mann, Martin Greenberg,
für seine unschätzbare Unterstützung.

Inhalt

Vorwort

Mein Vater, Paul Hervey Fox, war Schriftsteller und Trinker. Mit neunzehn verkaufte er seine erste Kurzgeschichte an *The Smart Set.* H. L. Mencken, der bekannte Herausgeber der Zeitschrift, lud ihn zum Essen im *Delmonico* ein, ein damals berühmtes Restaurant. Mein Vater erzählte mir, er sei zu überwältigt, zu aufgeregt gewesen, um etwas Feineres als Rührei zu bestellen.

In den zwanziger Jahren schrieb er Theaterstücke, und eines davon, *Soldiers and Women,* wurde ein knappes Jahr lang gespielt und brachte ihm ein Angebot aus Hollywood ein. Er zog an die Westküste und wurde Drehbuchautor. Er fing am ersten Arbeitstag an zu trinken und über ein Jahr lang betrank er sich regelmäßig. Ein Kollege, der das nicht mehr mit ansehen konnte, fuhr ihn, der im Vollrausch auf dem Beifahrersitz kauerte, in die Mojave Desert hinaus und ließ ihn dort mit einem Tisch, einer Schreibmaschine, einem Bett und einem Kanister Trinkwasser allein. Dort begann Paul, seinen ersten Roman, *Sailor Town,* zu schreiben. Ein New Yorker Verlag kaufte die Rechte. Nach der Veröffentlichung verließ er Hollywood und schrieb noch mehrere Romane, zwischen denen er immer wieder exzessiv trank.

Er war zweimal verheiratet, zunächst mit meiner Mutter Elsie und danach mit Mary, mit der er vier Kinder hatte.

Die wenigen Male, die ich ihn in meiner Kindheit und

Jugend sah, war er meistens betrunken. Als junger Mann hatte er gut ausgesehen. Poetisch und vernuschelt erging er sich in endlosen, stockenden Schilderungen, wie er und andere Schriftstellerkollegen dem Familienleben und den Frauen zu entkommen versuchten. Alle Schriftsteller, behauptete er, seien verhinderte Romantiker, die vor der Häuslichkeit und den Frauen in die Gebirgshöhen zu flüchten suchten, aber vom weiblichen Brut- und Nisttrieb immer wieder ins Flachland hinuntergezerrt würden.

Ich stellte mir Berghänge voller Schriftsteller vor, die unermüdlich zu den Gipfeln hochkraxelten.

Als ich kurz nach dem Überfall auf Pearl Harbor am 7. Dezember 1941 und dem prompten Eintritt der USA in den Zweiten Weltkrieg nach New Orleans zog, fand ich eine Stelle in einer Behörde am Ufer des Lake Pontchartrain. Meine erste Vermieterin im French Quarter war eine Schauspielerin mittleren Alters und, wie mein Vater, alkoholsüchtig. Nach einigen turbulenten Wochen bei ihr zog ich um in ein winziges Zimmerchen über der Küche eines Hauses, das zwei Schriftstellern, Mary King und Pat O'Donnell, gehörte.

Pat hatte in einer Maschinenbaufabrik in Biloxi gearbeitet. Als der Schriftsteller Sherwood Anderson eines Tages um eine Betriebsbesichtigung bat, wurde Pat von der Werksleitung dazu ausersehen, ihn herumzuführen. Pat beschrieb Anderson die Funktionen und Produkte der verschiedenen Maschinen so anschaulich, dass dieser am Ende der einstündigen Führung zu ihm sagte: »Sie sollten Schriftsteller werden.«

Daraufhin zog Pat ins French Quarter, begann, seinen ersten Roman *Green Margins* zu schreiben, und gab im Lokalblatt eine Anzeige für eine Schreibkraft auf. Genau an diesem Tag wollte Mary King zurück zu ihrer Familie nach Osttexas ziehen. Sie meldete sich jedoch sofort, und der Roman gewann später den Houghton-Mifflin-Förderpreis für ein literarisches Debüt. Unterdessen hatten sich die beiden ineinander verliebt und zogen in ein Häuschen in der St. Ann Street. Auch Mary war Schriftstellerin, und ihr erster Roman *Quincie Boliver* gewann später den gleichen Houghton-Mifflin-Preis.

Alles an ihnen widersprach dem, was ich von meinem Vater wie eine Religion übernommen hatte. Ihre Menschenfreundlichkeit, ihre Nüchternheit, die Ernsthaftigkeit, mit der sie arbeiteten, ihre einladende Liebenswürdigkeit, ihr ausgeprägter Sinn für das Komische im Leben standen in völligem Gegensatz zur Unernsthaftigkeit von Paul Fox.

Diese Sammlung von Geschichten und Aufsätzen ist Pat und Mary gewidmet, die mir durch ihr Beispiel die dauerhafte Anteilnahme an allen Lebewesen beigebracht haben.

Die Zigarette

Als ich elf war, verbrachte ich ein paar Herbstmonate in East Jacksonville, Florida, in einem alten Holzhaus mit gelben Innenwänden, von denen die Farbe abblätterte, und das vielleicht hundert Meter vom Ufer des St. Johns River entfernt stand.

An Wochentagen ging ich morgens durch ein Wäldchen mit struppigen Kiefern zu einer schmalen Teerstraße, wo ich von einem Bus abgeholt und mit anderen Kindern zur Schule gebracht wurde. Wenn ich nach Hause kam, wurde ich an der Tür von einer älteren schottischen Haushälterin, Mrs Lesser, in Empfang genommen. Sie war die Mutter einer Studienfreundin von Mary. Mary, die Besitzerin des Hauses, war eine vermögende junge Frau, die meinen Vater heiraten wollte, sobald seine Scheidung von Elsie, meiner Mutter, rechtskräftig war.

An heißen Nachmittagen ging ich im St. Johns River schwimmen. Ich sprang immer von der einen Seite eines verrotteten grauen Stegs ins Wasser, der auf abgesplitterten Pfählen ruhte. Ich hüpfte auf den morschen Brettern herum, bis vier oder fünf Wassermokassinottern, Giftschlangen, die Pfähle hinunterglitten und sich als dicke Knäuel in den Fluss fallen ließen. Mattie, ein befreundeter Junge in meinem Alter, der ganz in der Nähe am Fluss wohnte, hatte mir gezeigt, wie man das machte.

Zu Beginn meines Aufenthalts in dem alten Haus quartierten sich mehrere Leute, größtenteils Verwandte, in den spärlich möblierten Zimmern ein: zuerst mein Vater für ein paar Tage allein, dann für ein paar Tage meine Mutter, dann ihre Mutter, meine spanische Großmutter, für eine Woche und dann Mary, der ich dort zum ersten Mal begegnete. Ohne mich anzusehen, schob sie ein Buch in meine Richtung. Ich nahm es, weil ich musste. Es war ein Band mit Kurzgeschichten von Katherine Mansfield. Einen Augenblick lang waren wir beide unsicher. »Kannst du behalten …«, murmelte sie leise.

Ich kannte meine Eltern kaum. Ich hatte nie mit ihnen zusammengelebt. Aber ich wusste genau, dass alle Erwachsenen, die für kurze Zeit in dem alten Haus abstiegen, sich und mich anlogen – alle mit Ausnahme der alten Mrs Lesser, die überhaupt wenig sagte.

Während ich auf den Brettern des Stegs herumsprang, empfand ich es als Erleichterung, auf eine gruselige Art, den Schlangen dabei zuzusehen, wie sie an den Pfählen in die schwimmenden Wasserhyazinthen hinunterglitten, wo ihre fleckigen grauen Schuppenköpfe zwischen den zarten weißen Blüten und den dichten grünen Blättern hervorlugten – ganz echt, ganz unverhohlen das, was sie waren.

Mein Vater sprach in geschraubten Metaphern, um zu vermitteln – oder zu verbergen –, was er sagen wollte. Ich sah keinen Unterschied. Oder er erging sich in komischen Übertreibungen; aus seinen Worten hörte ich einen melancholischen Unterton heraus.

Auf halbem Weg zwischen Holzhaus und Flussufer verlief

ein knapp zehn Meter hoher Damm. Mehrere eiserne Bänke standen auf einem Kiesweg. Eines Nachmittags wollte sich mein Vater dort mit mir treffen. Ich war froh, dass Samstag war, sonst hätte er es mir vielleicht als Ausflucht ausgelegt, dass ich zur Schule musste.

Wir hatten spät zu Mittag gegessen, von Mrs Lesser bekocht. Ich merkte deutlich, dass meine Mutter Elsie trotz der häufigen ängstlichen Blicke, die ich ihr zuwarf, das Gesicht von mir abgewandt hielt.

Daddy saß auf einer der Bänke am Weg und wartete auf mich, die langen Beine ausgestreckt, die Hände in den Taschen. Bevor ich ihm zurief, sah ich ihm einen Moment lang direkt ins Gesicht. Es lag keinerlei Ausdruck darin. Es war, als wartete er darauf, dass jemand kam und ihn zum Leben erweckte.

Als er mich erblickte, setzte er sich aufrecht hin und fasste mich an den Schultern. »Ich weiß, dass du hinter meinem Rücken rauchst, du kleine Ratte! Du riechst nach Tabak! Hier! Greif zu!« Und er drückte mir eine offene Schachtel Zigaretten in die rechte Hand.

Nach so vielen Jahrzehnten sehe ich immer noch die Bank vor mir, den Weg, den breiten Fluss weiter unten, das gelbe Kamel auf der Packung.

Er schloss mit Nachdruck meine Finger um die Schachtel. »Jetzt wirst du mal ehrlich sein!«, sagte er. »Jetzt wirst du vor mir rauchen!«

In der Hand hielt er eine krumme Zigarette. Plötzlich packte er meinen Kopf und schob mir gleichzeitig die Zigarette zwischen die Lippen. »Na bitte!«, rief er triumphierend. »Jetzt rauch die, und in der Zeit unterhalten wir uns mal gepflegt!«

Er verschränkte die Hände hinter dem Kopf und lehnte sich zurück. Er sagte: »Unterhalt mich, mein Kind …« Aber ich konnte ihm nicht antworten; ich würgte am ersten Zug an der Zigarette, die er mit einem blauköpfigen Streichholz angezündet hatte.

Ich rauchte jahrzehntelang, während meiner Ehen, während meine Kinder geboren wurden, während ich meine Bücher schrieb.

Nachdem ich viele Jahre vor den Gefahren des Tabakgenusses gewarnt worden war, machte ich eines Tages halbherzig einen Nichtraucherkurs mit, dann noch einen und noch einen. Die Dozenten, die uns dazu anhielten, mit dem Rauchen aufzuhören, gingen die Probleme der Entwöhnung unabhängig von ihrem Alter und Geschlecht alle auf ähnliche Weise an. Oft falteten sie die Hände vor ihrem Bauch und lächelten wissend, während sie mit professioneller Begeisterung von den segensreichen Vorzügen sprachen, das Rauchen aufzugeben.

In einem der Kurse fiel mir besonders eine Frau im Rollstuhl auf, die an einem Arm einen Sauerstoffschlauch klemmen hatte und mit ihrer freien Hand gierig rauchte, die nackte Todesangst im Gesicht.

Einmal schaffte ich es, fast ein ganzes Jahr nicht zu rauchen. Dann gewann ich einen Literaturpreis und musste von Manhattan, wo ich wohnte, nach Chicago reisen, um ihn in Empfang zu nehmen. Ich übernachtete in einem Luxushotel am Ufer des Lake Michigan in einem großen Zimmer, das mit zum Preis gehörte.

Ich überlegte, ob es in Chicago jemanden gab, den ich

kannte. Ich zog die Schreibtischschublade auf, weil ich dort ein Telefonbuch vermutete. Stattdessen fand ich eine schmale, längliche Schachtel.

Ich machte sie auf. Darin lagen Seite an Seite drei lange, dünne Zigaretten, auf denen in goldenen Lettern mein Name stand.

Ich rauchte sie alle. Ich fing wieder an. Ich gab das Aufgeben auf.

1996 flogen mein Mann Martin und ich nach Israel, um einen Monat in Jerusalem als Stipendiaten im Gästehaus eines Kulturzentrums zu verbringen. Unser Flugzeug landete am Ben-Gurion-Flughafen, von dem aus wir ein Taxi nach Jerusalem und zum Gästehaus nahmen.

Es war Samstag, es herrschte Sabbat. An der Rezeption des Gästehauses war niemand, der uns einen Gepäckträger hätte rufen können. Nach einer Weile erschien ein Mann, der wie der Hausmeister in einer New Yorker Sozialbausiedlung aussah. Er überprüfte gewissenhaft die Pässe und trug das Gepäck nach oben in unser Quartier, zu unserer Überraschung eine hübsche Maisonettewohnung mit Blick über das Tal bis hinunter zu der großen weißen Mauer um die Altstadt.

Während wir unsere Sachen einräumten, klopfte Ilana an die Tür, Irving Howes Witwe und israelische Staatsbürgerin. Wir freuten uns, sie zu sehen, und winkten ab, als sie sich dafür entschuldigen wollte, dass sie uns nicht wie geplant am Flughafen abgeholt hatte. Wir hatten viel zu erzählen, und es gab das Obst aus dem großen Korb, den sie mitgebracht hatte. Wir saßen um den Wohnzimmertisch, bis es dunkel wurde. Ich knipste eine Lampe an, und wir redeten weiter.

Es war spät, als wir schließlich das Gästehaus verließen. Ilana erinnerte sich an ein nicht koscheres Restaurant in der Nähe. Die Straßen waren leer, fremd. Das Restaurant war eine Art Höhle, zu der eine lange Steintreppe hinunterführte. Drinnen war es voll und laut. Man konnte von dort direkt in ein angeschlossenes Kino gehen. Ich bestellte etwas. Es war abscheulich, eine Pampe mit Kartoffelscheiben, dazu eine Soße aus Wagenschmiere, jedenfalls schmeckte es so.

Wir stiegen die Treppe hinauf und spazierten auf dem gepflasterten Weg, der von Gebüsch umsäumt war, zum Gästehaus zurück. Ich blieb stehen, um auf die hell erleuchtete Stadtmauer ein Stück weiter unten zu schauen. Alle Häuser in ihrer Nähe waren in ein goldenes Licht getaucht, sie wirkten wie Schiffe auf einem dunklen Meer.

Als ich wieder auf den Weg trat, während sich einige Schritte hinter mir Martin und Ilana angeregt unterhielten, richtete sich plötzlich eine Gestalt auf, die auf einer Bank im Schatten gekauert hatte, und sprang mich an. Der Mann schlug mich nieder, riss mir meine beige Stoffhandtasche mit Kreditkarten, Pass und Bargeld aus den Händen und verschwand in der Dunkelheit.

Ich wurde bewusstlos, versank im Nichts. Viel später erfuhr ich, dass Martin den Angreifer zunächst verfolgt hatte und dann zu mir zurückgekehrt war. Ilana war verzweifelt den Weg hinuntergelaufen und bald auf zwei Leute mit einem Handy gestoßen, die sofort die Polizei alarmierten.

Ich wurde von Sanitätern in die Hadassah-Klinik gebracht. Ich war wieder zu Bewusstsein gekommen. Nach der Untersuchung entschied der Arzt in der Notaufnahme, mich über Nacht dazubehalten. Martin und Ilana kehrten ins Gästehaus zurück. Am nächsten Morgen rief Ilana im Krankenhaus an und erhielt die Auskunft, dass mein Zustand sich in der Nacht unerwartet verschlechtert hatte. Die Diagnose lautete auf Hirnblutung, und ich lag bewusstlos auf der Intensivstation.

Ein harter Wasserstrahl, den eine Schwester auf mich richtete, während ich in einer Toilette mit Fliesenboden zusammengesunken auf dem Klodeckel saß, holte mich in einen Zustand begrenzten Bewusstseins zurück. Die ungewöhnliche Dusche war mir recht, aber sonst nicht viel. Ich wusste nicht, welcher Tag es war. Ich war rechtsseitig gelähmt und konnte nicht sprechen. Wenn ich es versuchte, sabberte ich sinnlose Laute.

Hinterher erfuhr ich, dass Professor Umansky, der Chef der Neurologie, Martin beiseitegenommen und zu ihm gesagt hatte: »Keine Operation. Das wäre schlimmer als die Verletzung.« Martin war schockiert, dass eine solche Möglichkeit überhaupt bestanden hatte, und verstummte erleichtert. Überall in der Neurologischen Abteilung sah er Patienten mit unförmigen, großen, brutal aussehenden Verbänden um den Kopf.

Unterdessen waren meine zwei Söhne und meine Tochter aus den verschiedenen Orten in den USA, wo sie wohnten, nach Jerusalem gekommen. Ich war in so kurzer Zeit so dünn und blass geworden, dass sie an der eingefallenen Frau im Rollstuhl einfach vorbeigingen, ohne mich zu erkennen.

Ganz allmählich sickerten Tropfen für Tropfen Gedanken, Gefühle und Worte in mein Gehirn ein. Unterschiedslos lächelte ich Schwestern, Ärzte und andere Patienten an wie ein Säugling. Eine Patientin mittleren Alters wurde nach Hause entlassen. Martin sagte, sie habe mich eingeladen, sie zu besuchen, wenn ich aus dem Krankenhaus kam. Ich nickte ihr lächelnd zu.

Ich wurde an ein Fenster mit Blick auf die judäischen Berge geschoben. Weit draußen in den uralten Bergen funkelte ein Licht. Ich stellte mir vor, es sei Ali Babas Höhle. Eine Schwester erklärte mir, dass es eine Glasscheibe in einem Garagentor war.

Ich hatte keine Schmerzen. Nach und nach lernte ich, Danke zu sagen. Ja. Nein.

Am ersten Tag, an dem ich hinausdurfte, schob mich mein ältester Sohn Adam in den Aufzug und durchs Foyer, wo wir an einer Menschenmenge vorbeikamen, wie mir schien, doch es war nur eine dicht zusammenstehende arabische Großfamilie in traditioneller Tracht, was ihre Körper massig erscheinen ließ. Die Männer waren ins Gespräch vertieft, die Frauen schwiegen und warteten, die Köpfe gereckt wie Vögel im Nest.

Unser Ziel – meines eigentlich nicht, denn ich lebte ohne jedes Ziel in der Gegenwart – war die Krankenhaussynagoge, deren Glasfenster von Marc Chagall geschaffen worden waren.

Ich starrte die Welt um mich herum an: die hohen senkrechten Wände des Krankenhauses, die auf unserem Weg vor uns aus dem Boden zu steigen schienen, die Blumen, die neben dem Betonweg, dem wir folgten, in unregelmäßigen, bunt gesprenkelten Beeten wuchsen und die Luft mit ihrem Geruch erfüllten, eine riesige Tiefgarage, in deren Nähe ich Krankenwagen stehen sah, die Schwingtüren des Krankenhauses auf dem Rückweg.

Man begann eine Therapie mit mir. Ich verstand nur halb,

warum ich mich mit einem widerspenstigen großen Gummiball zwischen anderen perversen Gerätschaften abmühen musste. Einmal schob Martin mich zum Therapieraum, als wir dort, wo zwei Korridore aufeinandertrafen, abrupt stehen blieben. Drei Ärzte standen über einen israelischen Soldaten gebeugt, der noch in Uniform auf einer Rollbahre lag, Gesicht und Rumpf von korbartigen Metallvorrichtungen verdeckt. Ein nackter Fuß hing leblos von der Bahre herab. Er war dort auf dem Korridor gestorben. Schlagartig überkam mich die Erkenntnis, dass ich in Israel war.

Am Sabbat gab es kein Personal, das die Fahrstühle bediente. Adam brachte mich mit einem ins Erdgeschoss, damit ich meinen gewohnten täglichen Ausgang bekam. Aber was ich wirklich gern mochte, war, mich selbst an die Fenster auf meiner Etage zu rollen und auf die judäischen Berge hinauszuschauen.

An meinem vorletzten Tag in der Hadassah-Klinik kamen zwei stämmige Polizisten vorbei, um mich zu befragen. Meine Tochter Linda war bei mir. Ich stammelte und verhaspelte mich bei dem Versuch, ihre Fragen zu dem Überfall zu beantworten. Ich wusste gar nichts, nur das, was ich von anderen gehört hatte. Ich musste Erklärungen unterschreiben; ich drückte den Stift fest auf und machte, schien mir, endlose Kreise auf dem Papier. Als ich sah, was ich zustande gebracht hatte, lächelte ich entschuldigend.

Am nächsten Abend wurden wir zum Ben-Gurion-Flughafen gefahren, um ein Flugzeug zu nehmen, das uns nach New York bringen sollte. Der Flughafen wirkte auf mich wie eine riesige Ausstellungshalle. Ilana war gekommen, um sich zu verabschieden; sie wollte noch ein paar Tage in Tel Aviv bleiben. Wir passierten Koffer, umherschlendernde Menschen. Die Decke war so hoch! Scharf wie ein Rasiermesser durchzuckte mich plötzlich eine namenlose Angst. Ilana sah, wie sich meine Hände an die Rollstuhllehnen klammerten. »Es wird schon wieder«, sagte sie ein ums andere Mal. Aber was war *es?*

Ich wurde mit einem Lift ins Flugzeug befördert und dann von Linda und Gabe, meinem jüngeren Sohn, durch den Gang an meinen Platz getragen. Neben mir saß Martin. Das Flugzeug war zum Brechen voll.

Adam, der ein paar Tage vorher nach New York vorausgeflogen war, sollte uns am Kennedy Airport abholen. Im Rollstuhl sitzend war ich die Letzte, die das Flugzeug verließ, direkt nach einer Schar bärtiger junger Männer mit Hüten, die auf mich wie eine Eskorte wirkten. Chassidische Juden, erklärte mir Martin Tage später.

Adam fuhr uns ins Columbia Presbyterian Hospital, wo ich abermals eine Woche bleiben sollte. Während ich durchs Foyer geschoben wurde, war ich kurz davor, vor Erschöpfung in Ohnmacht zu fallen.

Ich kam in ein großes Zimmer. Eine schweigende Schwester zog mir schweigend Krankenhauskleidung an. Ich bemerkte, dass es ein Bad mit Dusche gab. Beim ersten Kontakt mit dem Bettlaken schlief ich sofort ein. Irgendwann weckte mich eine Schwesternhelferin. Sie stand ein Stück entfernt und blickte auf einen kleinen Rolltisch. Warum ich nicht angekreuzt hätte, fragte sie streng und hob eine Speisekarte hoch, was ich zum Abendessen haben wolle. »Ich …«, begann ich, aber mehr brachte ich nicht heraus. Sie warf mir einen finsteren Blick zu und ging aus dem Zimmer.

Da traf ich eine Entscheidung, die erste, die ich je getroffen hatte, schien mir. Ich wollte duschen. Schnell – um nicht auf meinen wackligen Beinen hinzufallen – ging ich ins Bad, drehte das Wasser auf und ließ es über mich strömen, ohne mich mit Waschlappen oder Seife abzugeben. Ich genoss die Freiheit dieser vielleicht zwei Minuten, die ich dort stand, ohne die Wassertemperatur oder sonst etwas wahrzunehmen außer dem Eindruck, dass es die erste freie Entscheidung meines Lebens war.

An einem Wochentag wurde ich von einer Schwesternhelferin ins Untergeschoss des Krankenhauses geschoben. Ein junger Mann, der betrunken zu sein schien, erklärte mir, man werde eine Computertomografie von mir machen. Augenblicklich bekam ich es mit der Angst zu tun – ich fürchtete Klaustrophobie. Er aber lachte und meinte, dazu werde es gar nicht kommen. Und so war es dann auch: Ich glitt hinein und wieder hinaus.

Unser Hausarzt Dr. McCormick kam mich besuchen. Ich freute mich, ihn zu sehen, erklärte, ich hätte in Havanna auf Kuba einen Unfall gehabt, erkannte sofort meinen Irrtum und entschuldigte mich. Er lächelte freundlich und sagte: »Das bin ich gewohnt«, womit er, nahm ich an, Zustände geistiger Verwirrung meinte.

Fünf Tage später brachte mich Martin nach Hause nach Brooklyn. Konzentriert sah ich aus dem Autofenster auf den Verkehr, auf die Häuser, auf Busse, die wie Hummeln wirkten, auf die Gesichter der Leute in den Autos, die übers Lenkrad gebeugt waren, auf leer vor sich hin starrende Beifahrer. Aus manchen Gesichtern ragten schmale weiße Röhrchen. Zigaretten. Ich roch (bildete ich mir wohl ein) Zigarettenrauch. Ich empfand Abscheu – zu meiner eigenen Verwunderung. Bis zu diesem Augenblick war mir weder der Gedanke noch der Wunsch zu rauchen in den Sinn gekommen. Ich begriff, dass ich überhaupt keinen Impuls mehr verspürte, mir eine anzuzünden. Wir waren zu Hause. Mir wurde die Treppen hinaufgeholfen, und ich legte mich sofort ins Bett.

Als ich am nächsten Tag aufwachte, hatte ich das Gefühl, ich müsste mit den ganzen Medikamenten Schluss machen, die ich in Fläschchen und Schachteln mitbekommen hatte. Monatelang, so schien es, konnte ich nicht lesen. Ich konnte nicht direkt über irgendetwas reden; ich mied Themen, als wären es Landminen. Ich schlich wie ein trauriges Tier in meinem Zimmer umher und sprach auch wie eines. Ich erkannte gequält, dass das, was ich sagte, nahezu sinnlos war, und konnte doch nicht still sein, und mir war gleichzeitig völlig bewusst, in was für einem fürchterlichen Zustand ich war.

Ich verbrachte über einen Monat im Bett. Abgesehen von den Gängen zur Toilette nebenan hatte mein Leben kein Ziel. Freunde kamen zu Besuch und brachten Blumen. Oft weinten sie, wenn sie mich so liegen sahen.

Eines Tages traute ich mich die Treppe hinunter und überraschte Martin und Gabe in der Küche. Ich besah mir den Herd und den Kühlschrank, während sie gleichzeitig mit mir schimpften und mir gratulierten.

Ich bewältigte die Treppe mit wachsender Zuversicht und verbrachte jeden Tag ein Weilchen mit meiner Freundin Sheila von nebenan. Ich hörte mich stammeln und stottern und Unsinn reden.

Ein Blick auf die *Times,* und ich stellte fest, dass ich lesen konnte. Mit einem Buch über das menschliche Gehirn tat ich mich schwer. Ich erinnere mich nur noch an den Fall eines Komponisten, der in Paris auf der Straße überfallen worden war. Als er körperlich wieder genesen war, musste er feststellen, dass er keine Noten mehr lesen konnte. Ich nahm mir Trollopes Romane vor.

Irgendwann wurde es Zeit, einen Neurologen aufzusuchen, Dr. Robert E. Barrett, den Martin seit Jahren häufig und ich selten konsultierte. Inzwischen hatte ich angefangen, meine Lebenserinnerungen zu schreiben. Für neun Seiten brauchte ich drei Monate.

Das Gehirn ist ein Organ mit endlos veränderlichen Grenzen. Wir wissen so wenig darüber. Wenn jedoch eine Funktion ausfällt, merken wir das meist sofort. In meinem Fall war es der Grundriss des Hauses, in dem ich bis zu meinem sechsten Lebensjahr gewohnt hatte, den ich nach dem Überfall in Jerusalem nicht mehr aus dem Gedächtnis rekonstruieren konnte.

Ich konnte nicht mehr beschreiben, wie sich die Mansardentreppe zu einem schmalen Flur verhielt, der an einem Zimmer vorbei zur Treppe nach unten in die Küche führte.

Ich erzählte Dr. Barrett, dass ich nicht mehr die geringste Lust auf Zigaretten verspürte.

Dr. Barrett war ein gut aussehender Mann über sechzig, ein anregender, charmanter Plauderer. Trotz meiner Sprachschwierigkeiten fiel es mir leicht, mich mit ihm zu unterhalten. Ich berichtete ihm von dem Überfall, so gut ich konnte, obwohl ich wusste, dass Martin ihm bereits davon berichtet hatte.

Er lächelte mich mit großer Zärtlichkeit und Sympathie an. Während ich über Verben und Nomina stolperte und mich bemühte, die Themen auseinanderzuhalten, sprach ich von meiner neuen Abneigung gegen Tabak.

Die Jahre rollten davon wie eine Handvoll Murmeln, und mein Blick wurde starr. Ich sah das Gesicht meines Vaters über meinem, sah, wie seine Finger mir meine erste Zigarette in den Mund stopften.

»Was für eine verdammt brutale Art, sich das Rauchen abzugewöhnen«, sagte Dr. Barrett.

Lord Randal

Eine Kurzgeschichte

Ich mach den ersten Schritt. Angeblich liegt mein Sohn da unten, ein Fuß, sagen sie, steckt halb in einer Tüte mit Müll, als wär er da rausgekrochen. Schwarze Bohnen und Bonbonpapiere, Knochen, Lumpen und Kaffeesatz und Robert Brown unten vor der Treppe.

Diese Straße sieht morgens aus wie eine verbrannte Matratze, nachdem die Feuerwehr den Brand gelöscht hat. Die Kinder quellen aus den Türen wie schwarze Samenschoten, und nach der Schule, wenn die Straße ausgequalmt und ausgestunken hat, nehmen sie all das Glas – ist das etwa von meinem Fenster? – und all die Flaschen und zerschmeißen sie. Die Kinder machen sich Messer aus den kaputten Sprungfedern und springen – Bamm! – aus den Eingängen hervor. Ich sage »Zischt ab!«, und sie laufen weg. Mit den Sprungfedern und den Scherben sind sie den restlichen Tag nach der Schule vollauf beschäftigt.

Hier auf der Etage jammert und schreit Mrs Perez. »Oh!« und »Ah!« macht sie, und ich sage, sie soll bloß dahin zurückgehen, wo sie hergekommen ist. Da kann ihr Mann, oder was auch immer er ist, sie durch den Busch jagen, den sie da unten haben. Wo sich die Schweine suhlen, kann er sie von mir aus zu Brei schlagen. Aber hier auf dieser Etage in dem Zimmer mit vier Wänden und Fenster und Tür ist das nicht drin.

Muss ich mir *so was* die ganze Nacht anhören? Sie hat blaue Flecken, wo er sie trifft. Und sie grinst mich an, wie wenn sie was gewonnen hätte. Ich seh von hier aus, dass Schnee im Anzug ist. Komm nur, Schnee, komm und deck alles zu.

Ich mach den zweiten Schritt. Robert Brown ist ein heller Junge, und wenn er da unten liegt, dann bestimmt nicht betrunken. Er trinkt seinen Kaffee schwarz, er mag saubere Manschetten, und er hat mir mal die Brieftasche geklaut, aber er hat noch nie getrunken. Dann hat er sich neulich so ein kleines Auto angeschafft, deutsches Fabrikat. Wo haben die das Geld hergehabt? Wo nehmen die neuerdings das viele Geld her, während zu meiner Zeit an so was gar nicht zu denken war? Der Sohn meiner Schwester, der hatte auch Geld, und er hing an der Nadel, als er noch ganz jung war, und dann haben sie ihn aufgegriffen und eingewiesen, und hinterher hing er gleich wieder an der Nadel, und jetzt liegt er den ganzen Tag auf der Couch und sieht müde aus.

Aber Robert Brown ist kein Dummkopf. Er sieht, wie sie hier den ganzen Tag verpennt auf der Straße rumhängen und sich kratzen und sich kaum auf den Beinen halten können. Er lacht und sagt: »Guck dir die Pfeifen an, Mama!« Aber ich guck da gar nicht hin.

Da kreischt Gloria schon wieder. Vorigen Sommer hat sie sich in ’nem rosa Reifrock an jeden rangeschmissen, und jetzt hat sie Louie am Hals. Sie steht da und zittert vor Wut, und sie beschimpft ihn und wackelt mit ihrem kleinen Hintern. Spinnt die, oder was? Er sagt: »Nie kann man hier seine Ruhe haben«, und er zieht ab, und da lacht sie: »Ha, ha, ha.«

Auf die Art hab ich noch nie erlebt, dass ’ne Frau einen Mann rausschmeißt, wie sie guckt, als er abzieht, und wie sie dasteht und »Ha, ha, ha« macht, und er dreht sich nicht um, er geht einfach die Straße lang, Mütze auf, Hände in den Taschen, und dreht sich nicht um. Jetzt tut sie so, als hätte sie auch was vor, und als er weit genug weg ist, wetzt sie hinter ihm her, so schnell wie er und immer noch wutschnaubend. Gloria wird's schon noch kapieren: Wenn du ihnen sagst, dass sie gehen sollen, dann gehen sie.

Ich mach den dritten Schritt. Willie Prentice ist sechsmal im Leben abgestochen worden, und er legt sich schon wieder mit einem an. Ich seh, wie dieser Puerto Ricaner die Zähne fletscht, und gleich werden sie sich hier im Flur gegenseitig abstechen. Noch gucken sie bloß, Kopf nach rechts, Kopf nach links, schaukeln sich langsam hoch. Aber nicht lange, und der Puerto Ricaner wird wie 'ne Kreissäge kreischen.

Messer. Als Buddy klein war und er sich mit der Axt in den Zeh gehackt hatte, hat unser Daddy Petroleum in die Wunde gegossen und Asche aus dem Ofen genommen und über den Zeh gestreut und ihn mit Flanell verbunden, und er ist wieder geworden.

Wir haben unsern Daddy auch bestohlen – Eier in den Mantelsaum eingenäht und auf dem Schulweg die Eier im Kaufladen gegen Strümpfe und Süßigkeiten getauscht.

Montags haben wir gewaschen, dienstags gebügelt, mittwochs den Fußboden mit Pottasche geschrubbt, donnerstags durften wir los und uns rumtreiben.

Mein kleiner Bruder Buddy hat mal eine Schildkröte ins Feuer geworfen, und sie war in null Komma nichts aus ihrem Panzer, aber Robert Brown hat den Katzen hier nie was getan. Und er hat sich damals um diesen Hund gekümmert, bis er weggelaufen ist. Er ist zur Schule gegangen und hat gelernt, was er sollte, und dann hat er sich vor dem Kaufladen postiert, und manchmal hat er seine eigenen Schuhe geputzt, und er hat sich all die Schlägereien hier im Viertel angeguckt und nie was gesagt, und er ist nie mit den andern zusammen aufs Dach gestiegen und hat mitgemacht, und er hat außer mir nie jemand bestohlen. Einmal hat er mich gefragt, warum *die* manchmal hier aufkreuzen, und ich hab ihm nicht gesagt, dass sie hinter schwarzen Weiberärschen oder Stoff her sind. Es wären Polizisten, die Kontrollen machen, hab ich gesagt. »Kontrollen von was?«, sagt er. Und ich sag, die Stadt hat die vielen Polizisten angestellt, da muss sie ihnen auch was zu tun geben.

Ich mach den vierten Schritt. Die alten Weiber rücken mir auf den Leib. Sie machen einen Schritt, wenn ich einen mache – und ich geh langsam. Ich glaub nicht, dass Robert Brown sich in 'nen Kampf hat verwickeln lassen. Dafür ist er zu fix. Und er hat sich noch nie mit jemand von hier rumgetrieben. Nichts da. Er sagt, er hat seine eigenen Freunde. Dann hat er *sie* angeschleppt. Sagt: »Das ist meine Mama«, und sie sagt: »Hallo, Mrs Brown.« Aber hat sie das ehrlich gemeint mit der Mrs Brown? Sie war noch nie in 'ner Gegend wie dieser gewesen, und sie hat ständig gegrinst und an ihm geklebt wie 'ne Klette, sich eingehängt, rumgegrapscht.

Ich sag, Robert, was willst du mit 'nem jungen weißen Mädchen wie der, und er sagt: »Die Zeiten haben sich geändert, Mama.« Er sagt: »Ich hab Freunde, Mama.« Und ich sag: »Sie hat auch Freunde, und vielleicht sind es nicht deine Freunde.«

Einmal hat sie mir Speck mitgebracht, und Blumen. Warum hat sie das gemacht? Denkt sie, ich kenn nichts Besseres als Speck? Geht weg, ihr alten Weiber! Ich kann allein gehen, und lasst meinen Arm los, sonst schmeiß ich euch alle die Treppe runter. Ich schmeiß euch auf die Straße. Und wenn sie das Blut nicht mit eigenen Augen gesehen haben, woher wollen sie dann wissen, dass da welches ist?

Ich mach den fünften Schritt. Er hat sie in seinem kleinen Auto rumgefahren, und er hat einen weißen Schal umgehabt und seine Manschetten blitzen lassen, als hätte er extra gelernt, wie man das macht. Ich hab ihm gesagt, er soll aufpassen, und er sagt, ich werd mich dran gewöhnen müssen. Was hab ich damit gemeint, und was meint er?

Sie drängen sich vor mir zusammen, aber ich versteh nicht, was sie reden, wegen der Müllabfuhr, die zehnmal am Tag und zehnmal die Nacht kommt. Wo kommt bloß der viele Müll her? Sie drängen sich da vor mir zusammen, aber ich seh genau, dass Whitey 'ne Flasche Texasrum in der Tasche hat, und George zieht sie raus wie einen Splitter. Alle gucken sie nach unten zur Treppe. Ich schiebe sie einfach weg, es sind ja nur Hampelmänner. Schwächlinge.

Ich sehe ihn. Er liegt da, und sein Fuß steckt halb in einer Tüte mit Müll, wie sie gesagt haben. Ist er betrunken?

Ich sehe nämlich kein Blut. Robert Brown … Robert Brown … Bist du betrunken, Junge?

Die Lebenden

Eine Kurzgeschichte

Nach der Trauerfeier standen wir noch eine Weile an der Straßenecke gleich neben der Einsegnungshalle. Vor einem Lebensmittelladen lag jede Menge Gemüse in Kisten aus, und unwillkürlich wanderten meine Blicke zu den großen roten Bananen, die die Puerto Ricaner immer kaufen. Überall brummten Fliegen rum, nur diese roten Bananen schwitzten nicht wie das andere Obst, die Fliegen ließen sie in Ruhe, sie sahen aus, als würden sie in einem kalten Keller liegen. Ihr Anblick machte mich traurig, ich weiß nicht, warum.

Meine Frau – wir leben nicht mehr zusammen, sind aber noch verheiratet –, sie weinte und wischte sich das Gesicht und zupfte an ihrem Kleid, weil ihr so heiß war. Es war nicht zu übersehen, dass sie dick wurde, vor allem um die Schultern rum. Warum muss ich immer so kritisch sein? Manchmal wünschte ich, ich wäre ein wenig wie sie: rumbrüllen, wenn's mir schlecht geht, und lachen, wenn's mir gut geht. Aber nein. Ständig fallen mir Nebensächlichkeiten auf, anstatt dass ich auf die Hauptsache achte. Wenn ich mich zum Beispiel um eine Stelle bewerbe, sehe ich mir das Gesicht des Mannes an, gucke auf seine Zähne, wie seine Manschetten aussehen und was er auf dem Schreibtisch stehen hat, statt ihn zu fragen, wo und wie viel und wie lange.

Meine Frau nennt Curtis das »kleine Baby«. Ich verstehe

nicht, warum sie ihn für so klein hält. Er ist alt genug, um in seiner Kadettenuniform beerdigt zu werden.

Ziemlich viele Leute waren bei der Trauerfeier, hauptsächlich Nachbarn, nehme ich an. Selbst mein Bruder war da. Ich hab ihn schon acht Jahre nicht mehr gesehen, und nachdem er geguckt hatte, wie Curtis da im Sarg lag, meinte er, der wäre aber groß geworden. Dabei hatte er Curtis das letzte Mal wenige Monate nach seiner Geburt gesehen, als wir noch in Brooklyn wohnten, bevor wir in den Norden der Stadt zogen.

»Was guckst du ständig auf dieses Gemüse, du solltest an dein totes Baby denken!«, jammerte meine Frau. Und Yvonne, die jetzt zehn ist, fing an zu heulen und klammerte sich an meine Frau. Yvonne sah sehr adrett aus, fiel mir auf, und ihre Schuhe waren blitzblank geputzt. Ich hatte sie schon lange nicht mehr gesehen. Früher ging ich sie ab und zu besuchen, aber meine Frau und ich haben uns immer in die Haare gekriegt, bis die Kinder einfach aus dem Zimmer rausgegangen sind, um das nicht mitzukriegen, sodass es kaum mal eine Gelegenheit gab, mit ihnen zu reden.

»Was nützt ihm das noch, wenn wir jetzt an ihn denken?«, fragte ich sie. »Du hättest an ihn denken sollen, als du ihn ständig aufs Dach gelassen hast, bloß damit du ungestört rumzetern konntest, was für ein gemeiner Dreckskerl ich bin und wie schlecht ich dich behandele!« Sie fing an zu schreien und zu lamentieren. Ich konnte nicht mal verstehen, was sie sagte. Mir ging durch den Kopf, was sie wohl mit Curtis gemacht hatten, dass er so hübsch aussah, obwohl er doch vier Stockwerke tief auf die Straße gefallen war. Doch da kam der Ladenbesitzer heraus und fuchtelte mit den Händen und schrie was auf Spanisch, wahrscheinlich Schimpfwörter.

Die meisten Leute, die zur Trauerfeier gekommen waren, waren ein Stück die Straße runtergegangen. Mein Bruder stand vor der Trauerhalle und unterhielt sich mit Light Marsh, dem Cousin meiner Frau. Ich weiß nicht, warum *der* zu Curtis' Beerdigung gekommen ist. Das ist einer, den nichts interessiert auf der Welt, ob tot oder lebendig, außer sein Auto. Aber er sollte uns zum Friedhof fahren, deshalb ersparte ich mir meine üblichen Bemerkungen über ihn.

Es war grauenhaft heiß im Wagen, und Light redete die ganze Zeit über die Extras, die sein Caddie hat, und zeigte mit seinem langen Finger drauf und lenkte dabei mit der andern Hand, während meine Frau in ihrer Ecke weiterflennte. Mein Bruder grinste Light immerzu an und schaute dann traurig, wenn er sich zu mir umdrehte. Yvonne lehnte sich an mich, und ich tätschelte ihr den Kopf. Sie tat mir von allen am meisten leid. Plötzlich blickte sie auf, während Light und mein Bruder darüber diskutierten, wie man am schnellsten zum Friedhof kam.

»Warum war da diese Puppe im Fenster?«, fragte sie mich. Im ersten Moment wusste ich nicht, was sie meinte. Dann fiel mir ein, dass im Fenster der Einsegnungshalle, auf einem Regal, eine Plastikpuppe stand, die mit einer Art Haken aufrecht gehalten wurde; die Puppe hatte eine Krone aufgehabt und eine Art Spitzenumhang um. Beim Reingehen hatte ich gleich bemerkt, wie staubig das Regal war und dass die Krone aussah, als wäre sie aus Silberpapier.

»Ich weiß nicht«, antwortete ich.

»Ist das hier nicht für Tote? Warum haben die dann so 'ne Puppe?«, flüsterte sie.

»Vielleicht ist es eine Heilige oder so was«, sagte ich.

»Erzähl ihr keine deiner Lügengeschichten«, sagte meine Frau.

Light hatte angefangen, vom Krieg zu reden, und von unserem Land, und dass alles immer verrückter würde und harte Zeiten auf uns zukämen, und ich lachte. »Auf uns *zukommen?*«, sagte ich. »Ich wüsste gern, wann die harten Zeiten *aufhören.*«

»Du solltest dir endlich was Regelmäßiges suchen«, sagte mein Bruder. Ich glaube, das sagt er, seit ich drei war und er fünf.

»Du meinst, wie Lotto spielen?«, fragte ich.

»Warum machst du nicht die Schule fertig und suchst dir Arbeit?«, sagte er. »Wenn sich was bietet, musst du zugreifen.«

»Mit Zugreifen kennt er sich aus«, sagte meine Frau.

»Hat es Curtis wehgetan?«, fragte Yvonne.

Urplötzlich war es mir unheimlich, in diesem großen weißen Auto zu sitzen, bei dem wahrscheinlich noch sechsunddreißig Raten ausstanden, mein Bruder zugeknöpft in seinem besten Anzug und meine Frau minütlich dicker werdend und Light Marsh mit seinen Welterklärungen, die er mir gab, und Yvonne mit ihren Fragen, die sie mir stellte, als ob ich von Rechts wegen alles wissen müsste.

»Nein, Baby, nein, das kann ihm nicht wehgetan haben«, sagte meine Frau. »Er hat gar nicht mitgekriegt, wie er aufgeschlagen ist.«

»Auf dem Boden ist er aufgeschlagen«, sagte Yvonne und setzte sich grade hin.

Und kurz darauf fängt Yvonne wieder an mit »Daddy –«, aber da waren wir schon da, und ich sah zu, dass ich ausstieg.

Ich werde wohl nie erfahren, was sie mich fragen wollte – wer zum Teufel bin ich überhaupt?

Einige von denen, die mit beim Bestatter gewesen waren, hatten selbst hergefunden, und sie standen mit dem Pfarrer am Grab. Sein Kopf war gesenkt, und Schweiß lief ihm über die Stirn.

Ein Teppich, etwa anderthalb Meter im Quadrat und aus einem Stoff, der wie Gras aussehen sollte, war über die ausgehobene Erde von Curtis' Grab gelegt worden. Es ragten so viele Grabsteine aus dem Boden, dass kaum Platz für noch einen zu sein schien.

Der Sarg war jetzt verschlossen. Ein Seil war drumgeschlungen, damit er in die Erde abgelassen werden konnte. Ein paar Meter abseits standen zwei Männer auf Schaufeln gestützt. Totengräber, nehme ich an. Sie trugen Mützen und Arbeitskleidung. Ihre Gesichter waren völlig ausdruckslos, aber trotzdem dachte ich, sie lachen uns aus. Vielleicht deshalb, weil ich mir einbilde, dass Farbige für Weiße komisch aussehen, ob sie nun tot oder lebendig sind. Vor mir zuckte ein Bild auf – so schnell, dass ich es kaum sah –, wie ich eine dieser Schaufeln hochhob und ihnen die Köpfe einschlug.

Man warf etwas Erde auf Curtis und ließ ihn herab, und ich hörte die Stimme des Pfarrers lauter werden, aber verstand nichts von dem, was er sagte. Der Friedhof erstreckte sich weiter, als ich blicken konnte. Ich hörte Autos und wusste daher, dass ringsherum große Straßen sein mussten.

Light sagte, er würde uns zur Trauerhalle zurückfahren. Mein Bruder schloss sich einem Mann an, der in seine Richtung fuhr. Er gab mir die Hand, bevor er ging, und riet mir, es mit dem Traurigsein nicht zu übertreiben. Und ich sagte, schön, ich werd's versuchen.

Den ganzen Rückweg über machte Light sich wichtig: fragte Yvonne, ob sie gern eine Puppe hätte, forderte mich auf, mal bei ihm vorbeizuschauen, er würde mir einen guten Job beschaffen, und fragte, wie wir die teure Beerdigung bezahlt hatten. Ich wollte nicht darüber reden. Ich hatte meiner Frau die achtunddreißig Dollar gegeben, die ich hatte, und sie muss den Rest irgendwo aufgetrieben haben, vielleicht bei ihrem Daddy, der in einem Hochhaus in Manhattan Fahrstuhlführer ist und ein kleines Haus mit Garten in der Bronx hat. Ich weiß nicht, warum er nicht zu Curtis' Beerdigung gekommen ist, vielleicht, weil er wusste, ich würde da sein.

Vor dem Lebensmittelgeschäft stiegen wir aus dem Auto. Meine Frau weinte nicht mehr, aber sie sah schrecklich aus. Der Hut war ihr in den Nacken gerutscht, und ihre Augen blickten weit und starr.

»Habt ihr Lust, ins Kino zu gehen?«, fragte ich.

»Was ist denn in dich gefahren?«, sagte sie.

»Au ja, Daddy. Sollen wir?«, fragte Yvonne.

»Na ja … ich dachte, es wäre besser, da müsst ihr nicht gleich nach Hause zurück. Es gibt ein Kino hier ganz in der Nähe.«

Sie guckte mich an, ich aber guckte über ihre Schulter. In der Kiste waren jetzt weniger Bananen. Jemand musste sie gekauft haben, während wir Curtis unter die Erde gebracht hatten.

»Bist du denn gar nicht *traurig?*«, fragte sie, als hätte sie lange nachgedacht, um darauf zu kommen, womit sie mir den Kopf zurechtrücken konnte.

»Ich bin traurig«, sagte ich.

Dann gingen wir alle zusammen los, und schon bald kamen wir an das Kino. Ich schaute gar nicht hin, was gespielt wurde.

Drinnen war es kühl, diese große schwarze Kühle, die ich an Kinos schon immer gemocht habe. Es war kaum jemand da, ein paar Leute, die nichts zu tun hatten und bloß aus der Sonne wollten.

Ich kaufte Yvonne eine Tüte Erdnüsse, und sie machte es sich auf ihrem Platz gemütlich. Meine Frau nahm den Hut ab, sackte zusammen und lehnte den Kopf zurück. Es wurde ein Zeichentrickfilm gezeigt. Auf der großen Leinwand machte er nicht viel her. Die Tiere hatten diese Gesichter, die mit nichts eine Ähnlichkeit haben, ob tot oder lebendig, und die Stimmen, die man ihnen gegeben hatte, kreischten und lachten und johlten so laut, dass ich mich tief in den Sitz presste.

Ich weiß nicht … aber ich glaube, es gibt nichts Schlimmeres als das, nichts Deprimierenderes jedenfalls, als an einem heißen Nachmittag unter der Woche mit zehn, zwölf andern versprengten Leutchen im Kino zu sitzen und einen Zeichentrickfilm zu gucken, der eigentlich für Kinder ist.

Wie ich da saß und im Licht von der Leinwand die Gesichter von meiner Frau und Yvonne anguckte und dann wieder den Film anguckte und eine blödsinnige große Maus mit wehendem Umhang durch die Gegend wetzen sah, war ich auf einmal so traurig, dass ich hätte schreien können.

Und dann schrie ich. Meine Frau und Yvonne zogen mich vom Sitz hoch und schoben mich durch den Gang, und ich schrie in einem fort bei dem Gedanken an die Straße draußen, an das schwitzende, vergammelnde Gemüse beim Lebensmittelhändler und diese Plastikpuppe und Light Marsh in seinem Weißenauto und an Curtis, noch im Tod angezogen, als wollte er in den Krieg ziehen, und den Mann, bei dem ich mich morgen wegen eines Jobs am Sortierband vorstellen musste. Das alles hatte überhaupt keinen Sinn, nicht einmal mein Schreien hatte einen Sinn.

Im Grunde waren alle tot, nicht bloß Curtis, sondern auch Yvonne, meine Frau und ich, tot, tot, tot …

Mit sich allein

Beverly Tinker reichte ihrem Mann den Brief, als dieser zur Tür ihrer Wohnung am Riverside Drive in New York City hereinkam. Im sicheren Glauben, er wäre von ihrem Sohn Daniel, der an der University of Wisconsin studierte, griff er freudig danach.

»Er ist nicht von Danny«, sagte sie. »Er ist von deinem Freund in Boston.« Er fand, dass sie spöttisch klang. Sie stand regungslos im Halbdunkel der kleinen Diele und versperrte ihm den Weg ins Wohnzimmer.

»Dürfen wir nur Briefe von Daniel bekommen?«, fragte er.

»Das habe ich nicht gesagt.«

Gerald hängte seinen Mantel auf einen Drahtbügel und quetschte ihn in die volle Garderobe. Nun erst drehte er sich zu ihr um und fragte: »Was hast du? Kommt dir das merkwürdig vor – dass ein alter Freund mir schreibt?«

»Alter Freund! Du hast ihn nicht mehr gesehen, seit du zwölf warst.«

»Wenn ich das nächste Mal in Boston bin, rufe ich ein Mädchen an, das ich mit zwölf kannte.«

»Prima.«

Er lehnte sich an die Garderobentür und starrte sie an.

»Prima«, wiederholte er. »Einfach prima. Warum führst du dich auf, als hätte ich eine Frau angerufen und nicht den in die Jahre gekommenen Jack Crowder?«

Sie schlug abrupt die Hände zusammen. »Ich verstehe nicht, warum du nicht mal ins Kino gehen oder ein Buch lesen kannst, wenn du diese Fahrten machst«, sagte sie. »Ich sehe es bildlich vor mir, wie du auf der Kante eines Hotelbetts sitzt und *grundlos* eine Nummer wählst, weil dir *grundlos* irgendjemand aus deiner Vergangenheit eingefallen ist. Aber so warst du schon immer. Lieber läufst du die halbe Nacht durch die Straßen, als einfach mal drei Minuten mit dir allein zu sein.«

»Ich bin überhaupt nicht *immer* so oder so gewesen. Wenn du dabei gewesen wärst, wäre ich gar nicht auf den Gedanken gekommen, Jack anzurufen.«

»Genau das sage ich doch!«

»Er war nicht da! Ich habe ihm lediglich ausrichten lassen, ich hätte angerufen.«

»Was hat das jetzt damit zu tun?«

»Ich gehe!«, schrie er, riss die Garderobentür auf und nahm seinen Mantel vom Bügel.

»Wohin?«, fragte sie. Sie bückte sich, um eine kleine Lampe auf dem Dielentisch anzuknipsen.

»Meine alte Clique auftun«, entgegnete er bissig. Sie verstummten. Er stand da mit dem Mantel in der Hand und dachte, wie schwer sie sich manchmal das Leben machte, und dass einer dem andern dann nur noch eine Last war.

»Was ist los?«, fragte er gepresst. »Du hast nicht mal Hallo zu mir gesagt.«

»Entschuldige«, entgegnete sie. »Hallo.«

Er hängte seinen Mantel wieder auf. Dann hielt er ihr den Brief hin.

»Nein. Ich will ihn nicht lesen«, sagte sie. Ihr Zorn war

verraucht, und er wusste, dass sie den Brief nicht mehr nehmen würde, weil sie sich für ihr Verhalten schämte.

Nach dem Essen stellte Gerald seine Reiseschreibmaschine auf den Couchtisch im Wohnzimmer und machte Jacks Brief auf. Die kleine, penible Handschrift kam ihm irgendwie unmenschlich vor. Er nahm das erste Blatt.

»Lieber Gerald«, begann der Brief. »Wenn ich mit meiner täglichen Arbeit fertig bin, wird mir die quälende Stille bewusst. Dann lausche ich meinen eigenen kleinen Geräuschen. Ich spiele mit der Kappe meines Füllers, schließe eine Schublade, lasse eine Büroklammer fallen und hebe sie nicht wieder auf, verschiebe ein oder zwei Aschenbecher. Ich habe gelesen, Anmerkungen durchgesehen, Noten gegeben. Ich nehme mir eine Zeitschrift, weil ich hoffe, etwas darin zu finden, das mir beim ersten Mal entgangen sein könnte. Während ich von den Fenstern mit Blick auf die Beacon Street zum hinteren Teil des Zimmers gehe, kaue ich auf dem Brillenbügel. Ich habe die Zeitschrift zusammengerollt und halte sie in der Hand. Das Papier ist glatt und teuer. Die Seiten sind voll mit der unverhohlenen Panik von Professoren im ganzen Land, die schreiben und schreiben und nicht das Geringste sagen. Ich sollte bald mal etwas essen. Ich habe keinen Hunger. Ich denke an den unberührten Schnee auf dem Hang hinter dem Haus, in dem ich als Junge lebte. Ich atme tief ein, als wäre ich an einem klaren kalten Tag im Freien und nicht hier in diesem Zimmer mit dem stickigen Geruch meines Lebens.

Nicht Menschen sind es, an die ich mich erinnere. Nur Orte. Wie sehr mir meine Sinne fehlen! Und mich verwirrt dieses *Ding* in mir, das nicht aufhört, zu leben, Eindrücke zu sammeln, sein Essen zu verlangen, wenn auch selten. Denkst du je an die Vergangenheit? Sodass du darüber staunst? Gefällt dir deine Arbeit? Was macht dein Leben?«

Gerald legte die Seite hin und begann zu tippen.

»Du fragst mich, ob mir meine Arbeit gefällt«, schrieb er. »Ehrlich gesagt, denke ich nicht darüber nach. Ich mache sie einfach. Es ist schon manchmal langweilig, Geld einzuwerben, auch wenn gelegentlich eine Reise dabei herausspringt. Aber hat nicht alles seine langweiligen Seiten? Ich scheine ein Händchen für die Sachen zu haben, die ich mache. Meine Familie meint öfter, ich sollte mein Talent mal an der Heimatfront spielen lassen. Ha-ha. Aber wir kommen zurecht. Natürlich mache ich mir manchmal Gedanken. Aber allzu viel Grübeln hat keinen Zweck, oder? Andererseits sind wir in unserem Alter eher dafür anfällig, scheint mir. Wir haben weniger Wahlmöglichkeiten, was? Übrigens erwähnst du keine Familie. Hast du eine? Kinder?«

Er sah sich die letzten Sätze an. Sie waren zu persönlich: Sie konnten zu sehr privaten Geständnissen führen, an denen er kein Interesse hatte.

Als wenige Tage nach seiner Bostonreise Jacks erster Brief gekommen war, hatte er sich gewundert. Er hätte nicht erwartet, dass Jack sich überhaupt an ihn erinnerte, geschweige denn, seine Adresse ausfindig machte und anfing, ihm zu schreiben. Als Gerald im Bostoner Telefonbuch seine Nummer entdeckt und angerufen hatte, hatte er festgestellt, dass Jack in einer Wohnanlage lebte. Er war erleichtert gewesen, dass Jack nicht da war. Ihn anzurufen war nur ein flüchtiger Impuls gewesen.

Es habe ihn »betrübt«, dass ihm sein Anruf entgangen war, hatte er in seinem ersten langen Brief geschrieben. Dieser enthielt eine ausführliche Beschreibung von Jacks Griechenlandurlaub im letzten Jahr. Über das meiste hatte Gerald hinweggelesen. Das Wort »betrübt« machte ihn beklommen. Er fühlte sich zu einer Antwort verpflichtet. Er hatte Jack kurz zurückgeschrieben und gefragt, ob er noch Kontakt zu irgendwelchen alten Klassenkameraden aus der Bostoner Schule hatte, auf die sie beide gegangen waren. Von sich schrieb er nur, dass er einen Sohn hatte, der studierte, dass er gern in New York lebte und für eine Adoptionsagentur Geld einwarb.

Und jetzt war dieser zweite Brief von Jack mit seinen Vertraulichkeiten und Spekulationen gekommen. Er griff nach dem letzten Blatt und las es.

»Gestern«, schrieb Jack, »ging ich vom Büro zu einer Vorlesung. Auf dem Weg dorthin vergaß ich komplett, worüber ich reden wollte. Ich hab alles vergessen! Selbst, wo ich war! Mir war schwindlig, und ich streckte die Arme aus, um mich an den Wänden des Korridors abzustützen. Natürlich kam ich nicht an beide gleichzeitig heran, und so schwankte ich von einer Seite auf die andere. Während ich so dahintaumelte, kam mir der Leiter meines Fachbereichs entgegen, der wegen einer Viruserkrankung nach Hause wollte, wie ich später erfuhr. Er hielt seine Aktentasche in einer Weise hoch, dass ich nicht an ihm vorbeikonnte. Er wirkte verärgert! Ich konnte nicht erklären, warum ich nach den Wänden tastete wie eine riesige Fliege. Ich konnte gar nicht sprechen! Ich ließ die Arme sinken. Er ließ die Aktentasche sinken, und wir gingen aneinander vorbei. Mir fiel wieder ein, worüber ich in der Vorlesung reden wollte, und er fuhr vermutlich nach Hause. Es war eine heftige Konfrontation. Warum war er so wütend? Wie kann ich meine Stummheit erklären? Sollte ich ihm eine Mitteilung schreiben?«

Jack hatte diesmal nur seinen Namen unter den Brief gesetzt. Gereizt bearbeitete Gerald die Tasten seiner Schreibmaschine.

»Jack«, schrieb er, »du darfst dich nicht so in Dinge verbeißen, die nichts zu bedeuten haben. Solche peinlichen Momente kennen wir doch alle. Man muss sich einfach auf sich selbst besinnen. Die naheliegende Erklärung für die Situation, die du beschreibst, ist doch, dass dein Fachbereichsleiter krank war und schleunigst nach Hause wollte. Hast du wirklich vergessen, dass deine Arme ausgestreckt waren, als ob du ihn am Vorbeigehen hindern wolltest? Versetz dich doch mal in seine Lage. Ich gehe auf diesen alltäglichen Vorfall nur deswegen ausführlicher ein, als er es verdient, damit du verstehst, dass das einzig Merkwürdige daran war, dass du nicht sofort auf die naheliegende Erklärung gekommen bist.«

Gerald zog das Blatt aus der Maschine und strich die Fragen nach Jacks Familienleben dick mit Tinte durch. Er spannte eine neue Seite ein.

»Das wird ja ein langer Brief«, bemerkte seine Frau, die ihm eine Tasse Tee auf den Tisch stellte.

»Zweizeilig geschrieben«, sagte er.

Als Kinder waren Jack und er in der Schule lose befreundet gewesen. Samstagnachmittags waren sie oft zusammen ins Kino gegangen, wenn Gerald genug Geld für seine Eintrittskarte gehabt hatte. Gerald hatte Jack manchmal zu Hause besucht.

Jacks Familie war ziemlich betucht gewesen. Er hatte in einem großen weißen Holzhaus gewohnt. Vorne gab es einen gepflegten Rasen mit Hecken und blühenden Sträuchern und hinten eine kleine Weide an einem Hang, wo die Familie ein Reitpferd hielt, auf dem Gerald ausdrücklich nicht reiten durfte. Angesichts seiner damaligen Furcht vor Tieren musste er bei dem Gedanken lachen, wie gedemütigt er sich von Mrs Crowders Vorschriften zum Umgang mit diesem dämlichen Gaul gefühlt hatte. Zu der Zeit hätte er sich nicht einmal auf ein gesatteltes Kaninchen gesetzt.

Geralds Familie hatte in der heruntergekommeneren Hälfte eines Doppelhauses gewohnt. Weil die Wände so dünn gewesen waren, konnte Gerald, wenn er an das Haus zurückdachte, nicht sicher sagen, ob er sich an die Streitereien seiner Eltern oder die der Nachbarn erinnerte.

Er fing einen neuen Satz an.

»Wenn ich das recht bedenke«, schrieb er, »kann dein Leben nicht allzu hart gewesen sein. Ich kann mich ganz gut an euer Haus erinnern. Du hattest eine Fensterbank in deinem Zimmer und ein eigenes Pferd auf der Weide.«

Er las durch, was er geschrieben hatte, und merkte, dass seine letzten Sätze nicht mit dem Vorhergehenden zusammenhingen. Ihm war plötzlich langweilig.

Beverly rief ihn zum Fernsehen ins Schlafzimmer. Ein Komiker, den sie beide gern sahen, verteidigte in einer Podiumsdiskussion *rassistische* Witze über Minderheiten. Er schrieb an dem Abend nicht mehr weiter.

Bevor er am nächsten Morgen ins Büro ging, beendete er hastig den Brief. Er schrieb:

»Um diese Zeit im Jahr häuft sich immer die Arbeit. Unsere Frühjahrsrundreise steht an. Du kannst dir vorstellen, wie wenig Zeit mir da für erholsame Sachen bleibt, etwa einem alten Bekannten zu schreiben. Es war schön, von dir zu hören.«

Er warf den Brief in den Hausbriefkasten und vergaß ihn. Die Antwort kam wenige Tage später. Beverly hatte ihm den Brief auf den Teller gelegt, als ob er sein Abendessen wäre.

»Es ist mir gelungen, deine ausgestrichenen Zeilen zu entziffern«, begann er. »Ich war äußerst gespannt, was du wohl weggelassen hattest. Aber ein wenig enttäuscht über deine Frage. Ich habe mehrere Familien gehabt. Ich habe drei Kinder. Heute bin ich allein.

Wegen des Vorfalls mit meinem Fachbereichsleiter. Ich möchte dir sagen, dass diese sofortige Erklärung, die du vorschlägst, genau das ist, wogegen ich mich wehre. Mein Leben lang habe ich mir immer alles sofort erklärt, wie ein Süchtiger nach seinem Stoff verlangt. Meine beiden Scheidungen zum Beispiel.«

»Sein Leben lang«, sagte Gerald laut. »Lieber Himmel … wer nicht …?« Er blickte auf und sah Beverly ihm gegenüber an. »Er geht mir auf die Nerven«, sagte er.

»Nachdem heute Morgen dieser Brief gekommen ist«, begann sie, »habe ich die andern beiden auf deinem Nachttisch gefunden. Ich habe sie gelesen.«

»Tatsächlich?«, fragte er verwundert. »Ich dachte, ich hätte sie weggeworfen. Ich sehe es vor mir, wie ich sie in den Müll werfe.«

»Dann tu es doch jetzt! Wirf sie einfach alle weg!«

»Ja … aber den lese ich noch fertig. Dann ziehe ich einen Schlussstrich unter die Sache.«

Nach dem Essen wandte sich Gerald wieder Jacks Brief zu.

»Ich fürchte, du glaubst, ich suche einen Leidensgenossen. Das ist nicht der Fall«, fuhr der Brief fort. »Wenn ich dir heute schreibe, dann deshalb, weil wir, wie du sagst, alte Bekannte sind. Meine Freunde und ich sind aneinander gewöhnt. Und da ist noch etwas. Du bist der einzige Mensch, den ich aus uralten Zeiten kenne, aus meiner Kindheit. Vielleicht ist das der Hauptgrund. Als ich deine Nachricht hier in der Wohnanlage vorfand, bekam ich Herzklopfen! Ich war aufgeregt, fast, als erhoffte ich mir etwas. Ich weiß nicht, was. Aber so war es. Und ich kann meinen Freunden nicht sagen, dass ich gar nichts verstehe. Geld zum Beispiel. Sex. Tod. Was ist Güte?

Eine meiner Studentinnen kam zu mir ins Büro, um mir zu sagen, dass sie in mich verliebt sei und sich nicht aufs Studium konzentrieren könne. Sie sagte, mein Gesicht sei so interessant. Interessant! Ich forderte sie auf, ihre überfällige Seminararbeit abzuliefern. Sie brach in Tränen aus. Später war ich dermaßen mitgenommen, dass ich eine Verabredung absagte, nach Hause ging und mich sinnlos mit Brandy betrank.

Ich versuche seit einiger Zeit, eine Arbeit über Andrew Marvell fertigzukriegen. Es ist nicht der Mühe wert. Ich habe daran gedacht, das Mädchen an einen andern Dozenten abzugeben. Vielleicht sollte ich ihr einen Heiratsantrag machen, sie den jungen Männern ausspannen. Dieses Mädchen sollte nicht auf die Uni gehen. Sie will leben! Kannst du dich erinnern, was das heißt, wenn man achtzehn ist?

Geht es dir finanziell gut? Wie ist deine Frau so? Hast du nur die eine gehabt?«

Gerald legte den Brief hin. »Er ist unverschämt«, sagte er. »Er hat schon als Junge diese herablassende Art gehabt.«

»Ich möchte mal wissen, warum du ihn überhaupt angerufen hast«, sagte Beverly. Ein trauriger Ton in ihrer Stimme machte Gerald stutzig. Es war, als ob ein Kummer unbekannter Herkunft von ihnen beiden Besitz ergriff.

Später beantwortete er Jacks Brief.

»Jack, du bist zu sehr mit dir selbst beschäftigt. Ist dir nicht klar, dass ich einige deiner Fragen beleidigend finden könnte? Was zum Teufel hat dich getrieben, allein in einer elenden Wohnanlage zu leben? Du schreibst, als wäre es gar nichts, ein anständiges Zuhause zu haben. Hast du dir je die Mühe gemacht, zu *mir* nach Hause zu kommen, als wir Kinder waren? Nein. Du *wusstest*, dass du alles hattest. Worüber beschwerst du dich? Was ist daran auszusetzen, Lehrer zu sein? Du denkst, du seist zu besonderem Leiden ausersehen? Sieh dich doch um! Warum *sollte* dieses Mädchen sich für *Beowulf* interessieren, oder was sie sonst für totes Zeug in deinem Seminar zu lesen hat? Du hast verdammt recht, sie will leben!«

In der Nacht lag Gerald wach im Dunkeln, die Hände hinter dem Kopf verschränkt, und starrte an die Decke. Er versuchte, sich ganz genau zu erinnern, wie Jack ausgesehen hatte. Es war über fünfunddreißig Jahre her, seit sie sich zuletzt gesehen hatten. Er konnte sich an nichts erinnern außer an ein rundes Gesicht und helle Augen über dem Kragen eines marineblauen Mantels. Das einzige Detail, das ihm noch einfiel, war, wie fest die Mantelknöpfe angenäht waren. An seiner Jacke hingen immer die hässlichen losen Fäden abgerissener Knöpfe.

Die Antwort kam postwendend. Gerald öffnete den Brief mit einem unguten Gefühl. »Ja!«, begann Jack ohne seine übliche Anrede. »Genau das wollte ich! Was für ein guter Brief! Jetzt fange ich an, mich an dich zu erinnern. Und an andere Dinge. Wer war schuld, dass du immer diese schwarzen

Strümpfe anhattest? Sie fielen mir besonders auf, als du dich einmal bücktest, um einen Schneeball zu machen. Ich muss wohl eine fiese Bemerkung über sie gemacht haben, denn mir scheint, dass du sehr wütend wurdest. Weißt du noch? Der Himmel war fast schwarz, wahrscheinlich Januar. Es lag schon seit Tagen Schnee. Wir waren auf dem Schulhof. Der Hausmeister hatte überall Asche gestreut. Wir beide waren als Einzige noch da. Du hast gezittert. Diese bitterkalten Tage! Erinnerst du dich an Miss Hamilton, die wir in der dritten Klasse hatten? Erinnerst du dich an Janet Lee, die schon kleine Brüste hatte, als wir andern noch kaum Männlein von Weiblein unterscheiden konnten? Janet trug ein Medaillon. Übrigens unterrichte ich den *Beowulf* nicht. Ich bin wirklich froh, dass wir diese Verbindung geknüpft haben. Sie hilft mir denken.«

»Er macht mich noch wahnsinnig«, sagte Gerald. Beverly stand im Mantel vor ihm, bereit, ins Theater aufzubrechen.

»Wir kommen zu spät«, sagte sie.

»Ich weiß nicht«, sagte er. »Ich weiß wirklich nicht. Warum setzt du dich nicht ein bisschen zu mir? Müssen wir uns dieses Stück ansehen? Können wir die Karten nicht verschenken?«

»Du darfst nicht zulassen, dass er das mit uns macht«, sagte sie. »Antworte ihm nicht mehr.«

Als sie an dem Abend nach Hause kamen, schrieb Gerald seinem Sohn einen langen Brief. Er beschrieb das Haus, in dem er als Kind gewohnt hatte, und die Streitereien, die er auf beiden Seiten der dünnen Wände gehört hatte. Er beschrieb Janet Lee, die er bis zu dem Zeitpunkt längst vergessen gehabt hatte. Ihm fiel sogar ein, wessen Bild Janet in ihrem Medaillon herumgetragen hatte – ein Foto von sich als Baby. An Jack schrieb er nicht.

Mehrere Wochen vergingen ohne ein Wort aus Boston. Dann kam eine Postkarte. Darauf stand: »Ich werde am Abend des 23. April in New York sein. Ich muss einen Vortrag halten. Hoffe, du kannst eine Stunde für mich erübrigen. Ich fahre mit dem letzten Zug nach Boston zurück, es wird also ein sehr kurzer Besuch werden.«

»Ich will ihn nicht treffen«, sagte Gerald.

»Was wirst du tun?«, fragte Beverly. »Morgen ist der 23.«

»Das hat er absichtlich gemacht, dass er mir keine Zeit lässt, ihm zurückzuschreiben.«

»Du kannst ihn ja anrufen«, sagte sie.

»Das werde ich nicht tun«, sagte er laut. »Ich werde mich doch nicht von ihm unter Druck setzen lassen. Er geht das Risiko ein. Es ist sein Bier. Er hätte *mich* anrufen sollen.«

»Aber er kommt diesen weiten Weg gefahren …«

»Bev, immer musst du widersprechen. Er kommt nach New York, um einen Vortrag zu halten. Diese Professoren und ihre Vorträge …«

Sie guckte verdutzt.

Gerald sah sich einen Spätfilm im Fernsehen an. Er dachte daran, was er tun würde, und ihm war nicht wohl dabei. Aber er kannte sich. Er wollte Jack nicht treffen, und er würde ihn nicht treffen. Das Wesentliche an seinen ersten zwölf Jahren war, dass er sie überlebt hatte. Er brauchte niemanden aus dieser Zeit seines Lebens, der ihn daran erinnerte, wie es gewesen war.

Am folgenden Abend klebten sie einen Zettel an die Wohnungstür, auf dem stand, es sei plötzlich ein Notfall eingetreten, und sie hätten fortgemusst. Beverly zögerte, als sie im Hausflur standen und auf den Fahrstuhl warteten, dann fragte sie Gerald, ob sie nicht etwas mehr schreiben sollten. Der Zettel sah so dürftig aus.

»Es ist egal, was ich schreibe«, sagte Gerald. »Er wird verstehen.«

»Er tut mir leid«, sagte sie leise.

»Muss er nicht«, sagte er und nahm sie fest am Arm, als die Fahrstuhltür aufging.

Sie blieben bis ein Uhr nachts fort. Nach dem Film, den sie sich angesehen hatten, saßen sie noch eine Stunde bei einem gemeinsamen Stück Kuchen in einem Café in der 57th Street und blätterten die Taschenbücher durch, die sie im Laden um die Ecke gekauft hatten. Dann gingen sie im leichten Nieselregen nach Hause.

Jacks Antwort war unter der Tür hindurchgeschoben worden. Gerald hob den Zettel auf, aber sah ihn nicht an. Als Beverly sich dann vor dem Kommodenspiegel die Haarnadeln herauszog, las er die Nachricht.

»Ich bedauere es«, begann sie. »Aber ich verstehe. Was soll's? Im Grunde genommen, was hatten wir schon gemeinsam außer blinden Hoffnungen?« Unterschrieben war sie einfach mit *J*, als wäre er, dachte Gerald, zu enttäuscht gewesen, um seinen Namen auszuschreiben.

»Na, was hältst du davon?«, fragte er und reichte Beverly den Zettel. Auf der Rückseite fiel sein Blick auf die Mitteilung, die er Jack hinterlassen hatte. Der knappe Satz mit dem Wort *Notfall* kam ihm hart und massiv vor.

»Damit ist es beendet, würde ich vermuten«, sagte sie.

»Wir hatten *gar nichts* gemeinsam«, sagte Gerald. »Nicht

das Geringste!« Seine Stimme wurde lauter. »Blinde Hoffnungen … So ein reicher kleiner Saftsack mit lebenslang abrisssicheren Knöpfen!«

Er bückte sich abrupt, um sich die Schuhe auszuziehen. Seine Rückenmuskeln spannten sich. Statt der Baumwollstrümpfe, die er trug, spürte er um die Knöchel wieder die nasse, klebrige schwarze Wolle, und in seinen leeren Händen fühlte er den harten, aschigen Schnee, den er mit frierenden Fingern formte. Rasch hob er den Kopf, um auf den Jungen zu zielen, der in seinem marineblauen Mantel davonging, dann holte er weit aus und warf den Schneeball an seiner Frau vorbei, die dort vor ihrem Spiegel stand und ihn anstarrte, vorbei an den beigen Wänden des Schlafzimmers auf den sich entfernenden Rücken vor dem dunklen Winterhimmel, und mit einem tiefen Atemzug schöpfte er glücklich die nach Asche riechende Polarluft, als der Junge, nach dem er so unfehlbar warf, schmerzhaft getroffen aufschrie.

Nachrichten aus der großen Welt

Früher war hier nicht viel los. Im Sommer gab es mehr Autounfälle, Brände und Skandale. Gestorben wurde das ganze Jahr über, und in unserem Dorf am Meer taten die meisten Leute ihren letzten Atemzug in den frühen Morgenstunden. Wie ich hörte, war das auch anderswo so.

Im Winter drang von der Welt nichts zu uns durch. Der Schnee und das Meer schlossen uns ein. Wir hatten unsere eigenen Neuigkeiten. Aber im Juni hörten wir in den Küchen der Häuser, in denen wir arbeiteten, das Gemunkel anderer Orte. Mit der Zeit begriff ich, dass die Leute, die hierherkamen, mehr erwarteten, als sie in Geschichten von Soldaten, die irgendwo weit weg Dörfer niederbrannten, oder von Dieben, die Regierungen bestahlen, oder von Politikern, die ermordet wurden, finden konnten.

An den langen Abenden gingen wir Dorfbewohner ans Meer und sammelten die Sachen auf, die sie weggeworfen oder verloren hatten, Flaschen und Kleingeld, Ringe und Spielsachen, und während wir den Sand absuchten, fanden wir Spuren ihres geheimen Lebens, ihrer Laster und Wünsche.

Im vorigen Juni bildete sich eine Meile vor unserer Küste ein riesiger Ölteppich. Die Sommergäste standen in Gruppen am Meeresrand, die Gesichter aufgeflammt im Abendlicht, als ob sie das Paradies sehen würden.

Im selben Monat verliebte ich mich in einen alten Mann. Ich putzte seine Küche, erledigte seine Einkäufe, schnupperte an seinen Farbtuben, berührte seine feuchten Leinwände, bügelte seine feinen Leinenhemden und machte jeden Morgen sein kaum zerknittertes Bett.

Wenn er in aller Frühe den Kaffee trinken kam, den ich ihm gemacht hatte, dachte ich, die Augen wären mir aus dem Kopf gefallen und in ihren Höhlen wäre nur noch Licht.

Er war ein dünner alter Mann, aber so beweglich wie ein Junger. Sein Haupthaar war fast weiß, und sein Bart war schwarz. Seine klare, helle Stimme floss wie ein Bach über ein flaches Bett. Sein leichtes Stottern bestätigte mir, dass er trotz der Bilder von nackten Männern und Frauen, die in dem Zimmer hingen, in dem er malte, schüchtern war. Er redete mit mir nur übers Wetter.

»Ist es schön heute Morgen?«, fragte er etwa, als ob er woanders wäre.

»Wir haben Nebel, aber der hat sich in einer Stunde verzogen«, sagte ich dann vielleicht.

»Dichter Nebel? Seenebel?«, hakte er nach.

»Bodennebel«, erwiderte ich. »Dicht über den Dünen. Er hebt sich schon langsam.«

Ihn zu beschreiben drückt nicht aus, was mich ergriffen hatte. Es wäre so albern, als wollte man sagen, der Himmel ist blau, und der Sand ist gelb. Worte sind Netze, durch die alle Wahrheit hindurchfällt.

Eines Morgens Ende Juli ging ich an seinem Stuhl vorbei, da legte er seine Hände direkt auf meinen Po. Ich stand da wie eine Statue, in dessen hohlem Innern ein Tier fieberhaft flattert und kratzt, um hinauszukommen. Als ich an dem Tag wieder nach Hause kam, waren mir meine Kinder fremd, und der Name meines Mannes schmeckte im Mund wie Metall.

Den ganzen August über, in dem ich bei ihm in seinem Häuschen hinter den Dünen putzte, sprachen wir von Nebel, Wind, Wärme und Regen. Aber wenn er seine Hände an die verschiedenen Stellen meines Körpers legte, wartete ich schweigend, bis er sich wieder seinem Kaffee zuwandte. In diesen Momenten brannte ich mit einem Feuer, das zugleich heiß und kalt war.

Wenn ich an die Wintermonate dachte, in denen der alte Mann fort und das Häuschen gegen den eisigen Wind verrammelt sein würde, wusste ich, wie es wäre, wenn mir der Tod um die Füße schleicht.

Ich fing an, die Zeitungen aus der Stadt zu lesen, die in meinem Dorf nur in den drei Sommermonaten zu bekommen waren, doch was ich las, war dürftig und schwach. Es hatte nicht die Kraft, mich von dieser schrecklichen Liebe abzubringen, die mich in meinem vierzigsten Lebensjahr ereilt hatte und erdrückte. Ich lechzte nur danach, mich der Qual dieses Lichts hinzugeben, das mir morgens den Kopf füllte, wenn er mit seinem jugendlich leichten Schritt über den Flickenteppich im Wohnzimmer auf mich zukam.

»Guten Morgen«, sagten wir beide, und es war, als ob mein Herz aus seinem Nest von Blut schoss und wie ein Vogel in den Himmel flog.

Den ganzen Sommer über hatte sich der Ölteppich immer näher an die Küste heranbewegt. Männer kamen in Booten und versuchten, ihn zu ködern wie ein wildes Tier. In der

Nacht brannten immer Feuer am Strand, und um sie herum sangen Leute und umarmten sich, die Gesichter vom dunklen Meer abgewandt.

»Magst du mit mir zum Strand gehen?«, fragte der alte Mann mich eines Mittags, als ich gerade meine Schürze in einer Papiertüte verstaut hatte. Wir saßen zwischen den vielen Leuten im Sand, die sich zuriefen und dabei dicke, ölige Algenstränge aus dem Wasser zogen.

Wir hatten beide die Arme um die Knie geschlungen; unsere Schultern berührten sich. In den Salzgeruch mischte sich sein eigener Duft nach Leinöl und frisch gewaschener Wäsche und nach der grünen Kiefernseife, die ich für ihn im Laden kaufte.

Um unsere Füße lagen sterbende Vögel, und eine Armlänge entfernt war ein Sandhai, dessen Maul aufging und langsam erstarrte.

Er erhob sich so leichtfüßig, dass ich dachte, er hätte nur geseufzt. Bevor ich aufschreien konnte, stand er bis zur Taille in Öl und Wasser und schleuderte Seevögel an den Strand, während ringsumher die Leute lachten und applaudierten.

Ich kam gerade rechtzeitig, als er stürzte. Ich schleppte ihn durch die Menge der Leute, deren Gesichter nun kalt und aufgebracht waren.

In der Küche zog ich ihn aus. Ich badete ihn im warmen Wasser der schmalen Wanne mit den Klauenfüßen. Ich wusch ihm das Öl von den Flügeln aus den Haaren und spülte die zartesten und intimsten Stellen seines Körpers bis zum letzten Öltropfen ab. Dann zog ich ihm frische Sachen an, die ich selbst gebügelt hatte, und ich band ihm die Schuhe zu und und kämmte seinen feuchten Bart.

In der Küche flößte ich ihm Whiskey und Kaffee ein. Schließlich bekamen seine Wangen wieder Farbe.

Er wolle, sagte er, dass ich das Dorf, meine Kinder und meinen Mann verließ und mit ihm in die Stadt zog, aus der er kam. Er sagte, dort würden wir jeden Abend irgendwo anders Musik hören.

Ich lauschte ihm eine Stunde lang, und dabei hörte ich Nuancen seiner Stimme, die ich vorher nicht gehört hatte. Beim Reden verschränkte er öfter seine feinen alten Hände, als presste er etwas aus sich heraus. Er sagte, es gebe im Dorf für mich keine Zukunft.

»Du lebst abseits von allem«, sagte er.

Als er fertig war, lehnte er sich im Sessel zurück; seine Lider flatterten. Ich stand auf. Ich legte meine Schürze zusammen und sagte, ich würde nicht mit ihm gehen, obwohl ich ihn mehr liebte als mein Dorf oder seine Stadt oder alles, was lief oder flog oder kroch.

Diesen Winter bin ich oft zu dem Haus gegangen, in dem er gewohnt hat. Es weht davon, hier ein Brett, dort eine Schindel.

Hinter dem Schal, den ich mir um Hals und Mund binde, schmecke ich meinen feuchten Atem. In meinen Mantelärmeln, in die ich sie vor der Kälte zurückgezogen habe, wölben sich meine Hände, um seine Fußballen zu fassen, seine Kniescheiben, seine kleinen Hinterbacken, die Engelsflügel seiner schmalen Schulterblätter.

Niemand wird diesen Sommer in sein Haus oder sonst ein Haus kommen. Unser Strand ist schwarz von Öl. Unsere Vögel sind tot oder davongeflogen. Die Fische liegen erfroren unter dem Schlick. Das Dünengras kann nicht wachsen. Jede

Woche kommen Beamte und halten fest, was der schwarze Schlamm der Gezeiten an Neuigkeiten birgt. Sie reden nur unter sich in den Dünen, während der Wind ihnen den Mantelkragen ans glatt rasierte Kinn presst.

Es ist zu spät, Bericht zu erstatten. Wir verhungern hier in unserem Dorf. Immerhin stehen wir im Mittelpunkt.

Am Meer

Die Sandburg, die die drei Kinder gebaut hatten, kippte bereits in die einsetzende Flut. In ihrem Eifer, die Burg zu retten, hätten sie den die niedrige Düne zum Strand hinunterrutschenden alten Mann schwerlich bemerkt, wenn er nicht ein großes Huhn auf dem Arm gehabt hätte, das sich wohlig an ihn kuschelte. Unmittelbar hinter ihm kamen eine alte Frau und mehrere junge Leute, die alle irgendetwas trugen, einen Sack Holzkohle, einen Bratrost, Handtücher, einen zusammengeklappten Campingstuhl und dergleichen mehr.

Der alte Mann setzte das Huhn ab, und sofort fing es an, zu gackern, zu scharren und mit einer derart sinnlosen Geschäftigkeit den Sand zu verstreuen, dass sich die Kinder, deren Burg inzwischen gänzlich fortgespült worden war, köstlich amüsierten. Während sie wenige Meter entfernt miteinander tuschelten, war den Kindern gar nicht bewusst, dass der Anblick des Huhns am Strand ihnen deshalb ein solches Vergnügen bereitete, weil es sich so treu an den alten Mann hielt, während dieser vornübergebeugt den Bratrost auf einem Halbkreis aus Steinen ausbalancierte, die einer der jungen Männer gesammelt hatte.

Diese offenkundige Bindung zwischen Huhn und Mensch, die den Kindern innerlich wohltat – durchgefroren, wie sie waren, nachdem sie so lange im feuchten Sand gesessen und dabei, vertieft in den Bau ihrer Burg, ihre Eltern so gut wie vergessen hatten, jetzt aber, wenn auch unbewusst, nichts mehr wünschten, als von ihnen in den Arm genommen zu werden –, machte ihren Schreck nur noch jäher, als der alte Mann sich das Huhn griff und ihm den Hals umdrehte.

Die Kinder krallten sich gegenseitig ins kalte Fleisch, die Münder zu stummen Schreien aufgerissen, als sie unter den schraubenden Händen des alten Mannes Blut fließen und das braune Gefieder sich rot färben sahen. Als er plötzlich in die Hocke ging und mit zunehmender Geschwindigkeit die Federn auszurupfen begann, sahen die Kinder, leise wimmernd, ihren Vater auf sich zukommen, die Sonne im Rücken, denselben Vater, dessen umfangende Arme sie eben noch herbeigesehnt hatten, und wie an etwas aus ferner Vergangenheit erinnerten sie sich, dass er kam, um mit ihnen in das tiefe Wasser hinter den Wellen zu gehen, wie er es am Ende ihrer Vormittage am Meer bisher immer getan hatte, doch als er jetzt immer näher rückte, erschien er ihnen als eine reißende Bestie.

Andere Orte

Meine Großmutter und ich lebten notgedrungen mehrere Jahre in einer sehr kleinen Wohnung in einem Dorf auf Long Island, das damals, weil sich der Einzugsbereich von New York City immer weiter ausdehnte, Veränderungen durchmachte, die ihm den dörflichen Charakter für immer raubten. Ich besuchte eine Grundschule in der Nähe. Samstags durfte ich immer in das Inwood-Filmtheater gehen, das eine gute Meile von unserem Haus entfernt war.

An die Spielfilme, die ich dort sah, kann ich mich nicht mehr erinnern, nur an eine unendliche Serie, die *The Invisible Man* hieß und deren Episoden regelmäßig damit endeten, dass sich der stämmige Schauspieler, der den »unsichtbaren Mann« spielte, abschnittsweise in Luft auflöste, erst die Beine, dann die Arme, dann der Rumpf, bis nur noch der Kopf über dem Mobiliar eines Dreißigerjahre-Wohnzimmers schwebte. Wenn auch der Kopf verschwand, wie das Grinsen der berühmten Grinsekatze aus *Alice im Wunderland*, war es Zeit, nach Hause zu gehen.

Wenn er an einem Ort verschwand, vermutete ich, musste er an einem anderen wieder auftauchen. Über diesen Ort dachte ich auf dem Heimweg in das Loch nach, in dem meine Großmutter und ich wohnten und das so ganz anders, niederschmetternd anders war als das kubanische Plantagenhaus, in dem wir vor dem Umzug nach Long Island gelebt hatten.

Ich bin mir ziemlich sicher, dass ich dieser unsichtbare Mann mit seiner Fähigkeit sein wollte, sich überall dorthin zu versetzen, wo er wollte, indem er sich bloß in irgendwelche weißen Verbände wickelte. Ich wusste, dass Kameratricks dabei im Spiel waren, und ich war nicht so naiv zu glauben, dass ein Mensch aus Fleisch und Blut an zwei Orten gleichzeitig sein konnte. Trotzdem übte das Bild auf der Leinwand eine starke Faszination auf mich aus, die sich mit Vernunftgründen nicht vertreiben ließ. Ich sann darüber nach wie über ein Rätsel. Mir schwante dunkel, dass die vermeintliche Eigenschaft eines Menschen, nach Belieben zu erscheinen und wieder zu verschwinden, die buchstäbliche Umsetzung von etwas ganz anderem war. Im Grunde begann ich zu begreifen, was eine Analogie ist, lange bevor ich das Wort zum ersten Mal hörte. Zwar ging ich auf neuen, schon wieder bröckelnden Bürgersteigen unter Bäumen mit welken Blättern an billig gebauten neuen Wohnblöcken vorbei durch die diesige, feuchte Sommerluft, doch in meiner Vorstellung lief ich auf einem Feldweg zwischen Zuckerrohrfeldern unter einem weiten tropischen Himmel dahin. Und falls diese tropische Landschaft langweilig wurde, konnte ich Jahre zurückgehen und mich an einem Wintertag, an dem die Luft vor Kälte klirrte, einen lang gezogenen Hügel zu einem viktorianischen Haus mit Blick auf den Hudson River hochstapfen sehen. Es war kein Verbandszeug, das es einem ermöglichte, an zwei Orten gleichzeitig zu sein; es war die Erinnerung.

Erinnerungen, Bücher und Fantasie. Geschichten beförderten einen an andere Orte. Maxim Gorki schrieb im zweiten Teil seiner Autobiografie *(Unter fremden Menschen),* Bücher hätten die ganze Welt vor ihm ausgebreitet. In diesem

Dorf auf Long Island gab es eine große Gemeindebücherei. Jede Woche brachte ich so viele Bücher mit nach Hause, wie ich tragen konnte. Und am Sonntag, wenn die meisten meiner Schulfreunde zu Hause blieben und das Inwood-Filmtheater geschlossen hatte, konnte ich den ganzen Nachmittag lang lesen. Ich konnte aus den beengten Verhältnissen verschwinden und an anderen Orten wieder auftauchen, wo die Geschichten aus der Fantasie der Autoren spielen: wo ein skrupelloser Ganove das Schicksal eines misshandelten Jungen verändert, wo eine Wasserratte und ein Maulwurf am Ufer eines Flusses picknicken, wo ein Waisenjunge Piraten zu einem vergrabenen Schatz führt, wo ein kleines Mädchen durch einen magischen Trunk so schrumpft, dass sie in einen verzauberten Garten eintreten kann.

Damals gab es natürlich noch kein Fernsehen. Aber wir hatten ein Radio, und es gab Kindersendungen wie »Mandrake the Magician«, »Jack Armstrong«, »The All-American Boy«, »The Lone Ranger«, »Fu Manchu« und viele andere, die ich vergessen habe. Was für klangvolle Stimmen! Was für eine Fülle an Geräuschen: Gongs, Pferdegetrappel, Schiffssirenen, brechende Wellen, Nebelhörner, scheußliche knirschende Schurkenstimmen, klare, fröhliche, wenn auch etwas flache Stimmen von Helden und Heldinnen, und alles, alles unsichtbar und doch in dem Zimmer, in dem ich zuhörte, ungleich lebhafter gegenwärtig als die Bilder heute im Fernsehen, die den Raum besetzen, den die Fantasie einst ins Grenzenlose dehnte.

Außerdem erzählte meine Großmutter mir Geschichten von ihrem Leben in Spanien, bevor sie mit sechzehn mit einem Mann verheiratet wurde, den sie noch nie gesehen hatte.

Einige ihrer Geschichten waren komisch, andere waren gruselig. Mein Großvater, ein Spanier aus Asturien, besaß eine Plantage fern von Havanna, und seine junge Braut wurde in eine Kolonialwelt des neunzehnten Jahrhunderts gestoßen, die heute für immer untergegangen ist. Es war ihr Glück, dass sie diesen Mann lieben lernte, obwohl die Ehe von einem älteren Verwandten von ihm eingefädelt worden war. Wie so oft, war das Glück allerdings nicht von Dauer. Er starb kurz nach dem Ende des Spanisch-Amerikanischen Krieges, und ihr Leben veränderte sich erneut, diesmal durch äußere Gewalteinwirkung, als sie die großenteils niedergebrannte Plantage verließ und in die Vereinigten Staaten ging.

Von den Geschichten, die sie mir in den Jahren unseres Zusammenlebens in Bruchstücken erzählte, ist mir ein untergründiger elegischer Ton in Erinnerung geblieben, eine verwunderte Trauer um die Vergangenheit. Jede Geschichte, so real wie der Küchentisch, an dem wir manchmal saßen, manchmal auch im Wohnzimmer, wo das Sonnenlicht durch das rostige Gestänge einer Feuerleiter auf den Fußboden fiel, hatte einen Subtext, und woran ich mich heute erinnere, ist sein melancholischer Ton. Reale Geschichten, übertragene Bedeutungen – Oberfläche und Tiefe.

Aber am dramatischsten bekam ich die Doppelbödigkeit des Lebens vorgeführt, als meine Großmutter mich einmal in ein Theaterstück mitnahm. Sie sprach nicht gut Englisch, aber sie konnte lesen, und sie musste eine Besprechung des Stücks gesehen und sich gedacht haben, es könnte mir gefallen. Wir gingen in eine Samstagsmatinee. Das Theater war klein und schön. Das Stück war eine Zeit lang am Broadway gelaufen. Soweit ich mich erinnere, gab es zu der Zeit noch keine Stücke eigens für Kinder, genauso wenig, wie es eigens Bücher für, wie wir heute sagen, junge Erwachsene gab. Aber weil das Stück von den Missgeschicken eines Oberschülers handelte, saßen viele Kinder im Publikum.

Meine Großmutter hatte uns Parkettplätze in Bühnennähe besorgt. Ich entdeckte, dass ich, wenn ich mich vorbeugte, links und rechts in die Kulisse gucken und sehen konnte, wie sich die Schauspieler bereit machten, schlagartig vom regungslosen Warten in die hektische Aktivität auf der Bühne zu wechseln. Aber dieser Einblick in das Geschehen hinter der Bühne war für mich genauso dramatisch, genauso sehr Teil der Theaterillusion wie Jahre später in London, als ich bei einer Aufführung von *King Lear* im Old Vic einen Bühnenarbeiter dabei beobachtete, wie er mit einem großen Blech den Donner auf der Heide simulierte.

Das Stück war im Stil der damaligen Andy-Hardy-Filme gehalten, ein Zerrbild der Jugend. Der Held war ein unbeholfener, schusseliger Halbwüchsiger, der ständig bei irgendeinem Unfug ertappt wurde, etwa dass er Karikaturen von einer Lehrerin zeichnete, Frösche in den Spind eines Mädchens schmuggelte oder in allen Schulfächern versagte, aber am Ende triumphierte er dann doch über einen oberschlauen Rivalen – Verstand wurde damals genau wie heute als Handicap gesehen.

Der Höhepunkt des Stücks war, als der Junge sich mit dem Direktor ein Gerangel lieferte und von der Schule verwiesen werden sollte. Er tobte und kreischte auf der Bühne herum, wie um mit Radau wettzumachen, was an Dramatik fehlte. Das Publikum lachte und beklatschte seine verzweifelte Lage. Ich wandte mich einen Moment von der Bühne ab und bemerkte etwas, das mir entgangen war, als meine Großmutter und ich uns hingesetzt hatten. Auf dem Platz neben mir saß ein kleiner Junge neben einer älteren Frau in Schwesterntracht. Seine Beine waren ausgestreckt, sodass sie beinahe die Vorbühne berührten. Er hatte an jedem Bein eine Metallschiene, die so grausam aussah wie eine Tierfalle. Ich wusste sofort, wie es jedes Kind damals gewusst hätte, dass er Kinderlähmung gehabt hatte. Er war ein kleiner, dunkelhaariger Junge. Er hatte das Kinn auf seine geballte Faust gestützt. Tränen liefen ihm übers Gesicht.

Als der Schuldirektor dem Helden streng mitteilte, er werde nunmehr von der Schule verwiesen, fiel dieser auf die Knie und bat um eine letzte Chance. Er werde, versprach er, von nun an ein vorbildlicher Schüler sein. Das Weinen des kleinen Jungen neben mir wurde vernehmlicher. Ich konnte die Augen nicht von ihm abwenden. Sonst ist mir von meinem ersten Theaterstück nicht viel in Erinnerung geblieben. Doch obwohl es zweiundfünfzig Jahre her ist, dass ich dort im Theater saß und das Profil dieses behinderten Jungen anstarrte, sehe ich seine Gesichtszüge noch immer deutlich vor mir. Ich erinnere mich, wie er das Schluchzen zu unterdrücken versuchte, wie er das Gesicht mit den Händen bedeckte, wie die Schwester den Arm um ihn legte, um ihn zu trösten.

Ich glaube, während das Publikum nur die Kaspereien einer Witzfigur sah, verstand dieser kleine Junge das ganze Elend eines Menschen, dem nicht nur der Verweis von der Schule drohte, sondern der Ausschluss aus der Menschheit: Er sah letztlich das traurige Los eines Menschen, der sich nur als Kasper in die menschliche Gesellschaft begeben kann, weil er den Eindruck hat, dass ihm kein anderer Weg offensteht.

Vielleicht war es seine Krankheit, die dadurch verursachte Erschütterung, sein Ausschluss aus der normalen Kinderwelt, oder was wir dafür halten, die es ihm ermöglichte, mit einem anderen, tieferen Blick das hinter Albernheit und Selbstparodie versteckte Leid zu erkennen.

Erwirbt man ein solches vertieftes Bewusstsein nur durch Leid? Manche Philosophen und viele Erzähler haben das geglaubt. Aber können wir dem durch das Leid geweckten feineren Empfinden nur oberflächliche Fröhlichkeit entgegensetzen? Die Unfähigkeit oder Unwilligkeit, mit anderen, ja mit sich selbst zu empfinden? Das wirkliche Leben ist zu komplex für solche banalen Gegensätze. Ist es vorstellbar, dass ein Kind niemals eine Ahnung von Härten, von Verhältnissen, von Erfahrungen bekommt, die weit außerhalb seines Erfahrungshorizonts liegen? Ich glaube nicht. Schlummert nicht selbst unter den Bedingungen, die für uns eine gute Kindheit begründen – elterliche Liebe und Anteilnahme, körperliches Wohlergehen, materielle Sicherheit –, in jedem Kind ein instinktives Gefühl für die gemeinsamen Nöte, für die Schicksalsschläge, die uns alle treffen können?

Im Fernsehen habe ich vor Kurzem eine Reklame für eine Kinderdecke gesehen, die mit irgendeinem chemischen Stoff behandelt ist und im Dunkeln leuchtet. »Damit Ihr Kind sich sicher fühlt«, sagte die Fernsehverkäuferin einschmeichelnd. Sicher, wovor? Die Drohung, die man so häufig in kommerziellen Angeboten entdeckt, ist in gewisser Hinsicht nur die plumpere Form eines erhobenen moralischen Zeigefingers: Sei fürsorglich, gütig, liebevoll – sonst …!

Das Paradox ist, dass wir mit unserer ständigen obsessiven Beschwörung der Sicherheit die dunklen Kräfte, vor denen die Sicherheit uns schützen soll, immer stärker herbeizitieren. Wir fürchten uns vor der Dunkelheit; das Licht einer chemisch behandelten Sicherheitsdecke aber enthüllt nur ihre Schwärze. Wäre es nicht klüger, sich einzugestehen, dass unsere Kinder genau wie wir, als wir jung waren, die Unsicherheiten und Ängste und Wirrnisse des Lebens, des Aufwachsens fühlen?

Der kleine Junge mit Kinderlähmung war glatt durch die Welt der Oberflächen hindurchgestürzt. Vielleicht war seine Betroffenheit zu groß. Doch als das Stück aus war, klatschte er den Schauspielern lebhaft Beifall. Ich sah, wie er sich mühsam aufrappelte, die Schwester anstrahlte und den langen Gang hinunterhumpelte, zum Theater hinaus. Er war guter Dinge. Sein Mitgefühl mit dem armen Narren des Stücks hatte ihn nicht gebrochen. Er hatte das Sichtbare gesehen und das Unsichtbare genauso. Rückblickend denke ich heute, dass er Mut hatte.

Vor Kurzem las ich E. M. Forsters Roman *Zimmer mit Aussicht* wieder, und ich stieß auf eine Stelle, die mich nachhaltig beeindruckte. Sie lautet:

> Sie gab es auf, sich selbst verstehen zu wollen, und reihte sich in das gewaltige Heer der Unwissenden, die weder ihrem Herzen noch ihrem Verstand folgen, sondern kraft irgendwelcher Schlagworte ihrem Schicksal entgegengehen. Diese Heere werden aus netten und redlichen Menschen gebildet. Gleichwohl waren diese dem einzigen Gegner gewichen, auf den es ankommt – dem Feind im eigenen Inneren. Sie haben sich gegen Leidenschaft und Wahrheit versündigt, und all ihr Trachten nach Höherem bleibt vergeblich.

Es ist auf kurze Sicht natürlich viel einfacher, auf Schlagworte zurückzugreifen, wenn uns Angst erfasst, Verwirrung, eine Ahnung des Chaos, das unser Leben an jedem schönen Sonnentag über den Haufen werfen kann. Mir fällt da die Geschichte einer Frau ein, die auf die Nachricht hin, dass ihr Vater im Sterben lag, prompt bemerkte, der Tod könne eine sehr bereichernde Erfahrung sein. Bevor Herz oder Hirn sich von diesem ungeheuerlichen Geschehen berühren lassen konnten, war sie schon davor fortgeeilt und hatte einen Anspruch auf Bereicherung angemeldet. Der Tod sollte ihr ja nicht zuvorkommen.

Und mir fällt ein Mädchen ein, von dem ich in einem Zeitungsartikel über junge Krebspatienten las. Sie litt schon monatelang an Leukämie und wurde mit einem Satz zitiert, den sie während der langwierigen Behandlung zu ihren Eltern gesagt hatte: »Bitte, bitte, wisst nicht immer gleich alles, was mit mir passieren wird. Bitte, versteht meine Gefühle nicht zu schnell.«

Selbst in kleinen Dingen fehlt uns oft die Geduld, uns in Erstaunen setzen zu lassen. Wir beeilen uns, Ereignisse, Anomalien, Überraschungen aller Art zu definieren, bevor wir auch nur eine Ahnung haben, wie wir sie empfinden und wahrnehmen. Wir erledigen ganze Kontinente menschlicher Unergründlichkeiten mit abgeschmackten Klischees, und manchmal reduzieren wir einen undurchschaubaren Menschen, der direkt vor uns steht, auf einen Haufen psychologischer Plattitüden. »Die Augen, die dich in einer Formel fixieren«, nannte T. S. Eliot das. Und allzu oft verwenden wir Formeln, um etwas zu erhellen. Sie geben ein trübes Licht.

In diese Formeln werden mittlerweile die geläufigen Meinungen gefasst, die wir alle vertreten sollen. Sie haben, wie Randall Jarrell in dem Essay »The Taste of the Age« darlegt, den Platz eines gemeinsamen Wissensfundus eingenommen, über den Gebildete – und viele Ungebildete – einst verfügten. »Märchen, Mythen, Sprichwörter, Literatur – die Bibel und Shakespeare und Dickens, die *Odyssee* und *Gullivers Reisen* –«, schreibt Jarrell, »bei ihnen und sonstigem in ihrer Art ist es überraschend häufig der Fall, dass die meisten Leute es nicht mehr verstehen, wenn eine Anspielung darauf, ein Witz darüber gemacht wird.« Aber, fährt er fort: »Sie waren der Grund, auf dem sich früher die Menschen zusammenfanden.«

Was die Werke auf Jarrells Liste wesentlich auszeichnet, ist ein Bewusstsein der Eigentümlichkeit und Einzigartigkeit des menschlichen Seins. Zum Menschsein gehört, wie der spanische Philosoph Ortega y Gasset schreibt, »dass wir im Grunde unseres Wesens immer dieses dramatische Bewusstsein bewahren und wie einen in unserem Inneren fortklingenden Grundton wahrnehmen, dass für uns nur die Unsicherheit sicher ist«.

Wer war sicherer, frage ich mich, wer war wirklich innerlich gefestigter in dieser Theatervorführung, die ich vor langer Zeit sah? Das selbstgefällige, lachende Publikum, das einer Karikatur jugendlicher Not frenetisch applaudierte, oder der weinende behinderte Junge, der das Stück durch sein Vorstellungs- und Empfindungsvermögen mit Sinn erfüllte?

Kinder haben eine klare Sicht. Ihr Blick ist nicht von Sentimentalität getrübt. Sie sehen die Eigentümlichkeit einer Sache, eines Menschen. Sie sehen Dinge, die sie unserer Meinung nach lieber nicht sehen sollten. Sie stellen Fragen, die wir entweder nicht beantworten können oder nicht beantworten wollen. Doch wir halten ihre Unsicherheit nicht aus und reden uns ein, wir müssten sie davor bewahren. Deshalb würgen wir hastig ihre Wissbegier, ihre Spekulationen, ihre erste Ahnung vom Geheimnis des Lebens mit unseren Formeln ab, eine Art geistige Bevormundung, zu der Randall Jarrell in dem oben angeführten Essay E. M. Forster mit der Bemerkung zitiert: »Das Einzige, was wir durch Gängeln begreifen lernen, ist die Funktion des Gängelbands.« Die Art dieses Gängelbands wechselt von Zeit zu Zeit, aber der Impuls, es dem Kind um den Hals zu legen, anscheinend nicht.

Anfang des neunzehnten Jahrhunderts wehrte sich S. T. Coleridge gegen die Formeln seiner Zeit. Was er dazu sagte, scheint mir heute so zutreffend wie damals zu sein. Er dachte viel über die passende Lektüre für Kinder nach, und in seiner *Biographia Literaria* schreibt er:

> Man sorge sich nicht wegen der Gräuel und des Blutvergießens, die wir in Kinderbüchern, den richtigen Kinderbüchern, zu sehen meinen. Es gibt sie gar nicht. Dies ist nur die Art, wie kleine Kinder von einer Generation zur andern so schmerzlos, wie sie es fassen können, mit den harten Bedingungen des Lebens und des Todes vertraut gemacht werden.

Antworten ohne Fragen

In der Schlange vor einer Supermarktkasse bemerkte eine junge Frau vor mir zu ihrem Begleiter: »Oh! Draußen regnet's irgendwie.« Irgendwie? Auf welche besondere Art, könnte man sich fragen, mag dieses Regnen vonstattengehen? Aber ein Blick durch die Schaufensterscheibe zeigte, dass es schlicht und einfach regnete. Eine besondere Regenart war nicht zu erkennen.

Das Füllwort *irgendwie* hat seinen Ursprung in der Szenesprache hinter sich gelassen und wird auch in der Alltagssprache der Beobachtungen und Befindlichkeiten gebraucht, oft so unwillkürlich wie ein Tick. »Es ist irgendwie traurig«, kommentierte ein Junge den Tod eines Klassenkameraden bei einer Gangschießerei an einer Schule in Brooklyn. Es besteht ein kleiner, aber bedeutsamer Unterschied zwischen *regnen* und *irgendwie regnen;* zwischen *traurig* und *irgendwie traurig.* In beiden Sätzen dient das sinnlose *Irgendwie,* das keine grammatische Funktion hat, nur dazu, die Wahrnehmung des wirklichen Regnens und des wirklichen Todes um ein, zwei Sekunden hinauszuschieben.

Wenn man sagt: »Es regnet« oder: »Ich bin traurig«, ist das konkret. Aber wie George Orwell 1949 schrieb: »Die ganze Tendenz der heutigen Prosa führt vom Konkreten weg.« Um diese These zu veranschaulichen, parodierte er einen Satz des Predigers Salomo. Er lautet: »Wiederum sah ich, wie es unter der Sonne zugeht: Zum Laufen hilft nicht schnell sein, zum Kampf hilft nicht stark sein, zur Nahrung hilft nicht geschickt sein, zum Reichtum hilft nicht klug sein, und um zu gefallen, hilft es nicht, dass man etwas gut kann, sondern alles liegt an Zeit und Glück.«

Und nun Orwells Modernisierung: »Die objektive Betrachtung aktueller Phänomene nötigt zu dem Schluss, dass sich der Erfolg oder Misserfolg in Konkurrenzsituationen tendenziell nicht nach den inhärenten Qualitäten richtet, sondern dass ein nicht zu gering zu veranschlagendes Element der Unvorhersehbarkeit kategorisch in Rechnung gestellt werden muss.«

Wenn wir hören, dass das jüngste Mitglied in einem Familienverband mit Unterstützung seiner primären Bezugspersonen begonnen hat, zwischenmenschlich zu kommunizieren, wissen wir dann mehr, als wenn man uns sagt, dass ein Baby begonnen hat, mit seinen Eltern zu sprechen?

Ich hoffe, ich kann es Ihnen zumuten, ein paar Ausschnitte aus einer Besprechung eines Buches von mir vorzulesen, das *The Moonlight Man* (deutsch *Der Schattentänzer*) heißt. Ich will damit ein Beispiel für das Verbrechen an der Sprache und damit am Sinn geben, aber nicht mich über eine ablehnende Kritik beschweren. Die Rezensentin schreibt:

Der Vater … ist Alkoholiker und ein interessanter, aber recht unproduktiver Mensch … die Tochter fungiert als Förderin seines Alkoholismus, was kein gesundes Vorbild für Schüler ist, die sich mit diesem Problem konfrontiert sehen könnten. Das Buch behandelt ihre Abnabelung von ihren Eltern als Individuen, aber es endet damit, dass ihr Vater sie verlässt. Die

Aufgabe der endgültigen Abnabelung von den Eltern stellt sich nicht für derart junge Schüler, und ich glaube nicht, dass man sich in diesem Alter mit dem Verlassenwerden durch die Eltern befassen muss. Hinzu kommt, dass dieses Buch einem Kind, das es mit einem alkoholabhängigen Elternteil zu tun hat, keine akzeptable Anleitung gibt, mit dem Problem umzugehen.

Meiner Ansicht nach enthält diese Darstellung ein grundsätzliches Missverständnis dessen, worum es der Literatur und dem Geschichtenerzählen geht: was es heißt, ein Mensch zu sein. Sie ist im sozialwissenschaftlichen Jargon geschrieben. Die Verfasserin mag das Buch nicht und bringt es nicht fertig, das auszusprechen. Stattdessen operiert sie mit einer zeitgenössischen Vorstellung von Tugend und Sünde: Produktivität und Unproduktivität. Der Vater solle der Klient oder der Patient der Tochter sein. Die Geschichte sei nicht akzeptabel, weil sie keine »Anleitung« gebe.

Was mich hier beschäftigt, ist die Abstumpfung der Sprache, eine extreme Form der Entfremdung, die sich in Worten ausdrückt, in denen nichts aufklingt und die keinerlei inneren Bezug zu lebendigen Menschen haben. »In diesem Alter«, meint die Rezensentin, müsse man sich nicht mit dem Verlassenwerden durch die Eltern befassen. Ohne hier auf die Frage einzugehen, ob es sich wirklich um Verlassenwerden handelt, was in aller Welt ist »dieses Alter«? Wer muss sich womit nicht befassen? Welche Jungen? Welche Mädchen? Welche Menschen?

Es scheint eine Tendenz gewisser sozialwissenschaftlicher Disziplinen zu sein, intellektuell zu versteinern und geistig abzusterben, wenn nicht ein gegenteiliger Impuls ins Spiel kommt.

Der flüchtigste Blick auf Veränderungen in der Betrachtung der menschlichen Psyche in den letzten fünfzig Jahren lehrt uns, dass wir über den Sinn von Verhaltensweisen nur Hypothesen aufstellen können. Ständig kommen neue Informationen hinzu; das letzte Wort ist nie gesprochen.

Weil wir nicht auf die stabilisierenden Formen früherer Kulturen zurückgreifen können, sind wir in diesem Land vielleicht offener für neue Ideen. Wir sind aber auch, wie mir scheint, eher geneigt, das Neue als unbedingte Wahrheit aufzufassen – bis das nächste *Neue* daherkommt.

Nietzsche sagt: »Alles Unbedingte gehört in die Pathologie.« Ein Physiker unserer Tage, David Bohm, schreibt: »Die meisten Kategorien sind uns so vertraut, dass sie fast unbewusst gebraucht werden … Kategorien können sich als Teil des Intellekts derart verfestigen, dass das Denken sich schließlich auf ein falsches Spiel einlässt, um sie zu stützen.«

Es gibt noch eine andere Konsequenz der Fossilisierung des Intellekts, die sowohl Ursache als auch Wirkung einer Abhängigkeit von Kategorien, von allem Unbedingten, von Phrasen ist. Ich habe sie angedeutet, als ich davon sprach, wie sich mit dem Wörtchen *irgendwie* die Wahrnehmung der Wirklichkeit hinausschieben lässt. Phrasen nehmen uns nicht nur die Verpflichtung ab, kreativ zu denken; sie stumpfen unser Empfinden ab, unsere Fähigkeit, mitzufühlen. Während des Vietnamkriegs drang der Ausdruck *body count* in unsere Sprache ein. Es ist ein verwaschener Ausdruck für die damit gemeinte Zahl feindlicher Kriegsopfer, unorganisch, sogar leicht sportiv. Er distanzierte uns von der schmerzlichen

Wirklichkeit der Leichen, der toten, verstümmelten Menschen.

Die Phrasensprache ist wie Papiergeld, verantwortungslos in Umlauf gesetzt, ohne dass sie von realen Werten gedeckt wäre, das heißt, ohne dass der Verstand sich die Mühe machte, etwas zu erkennen, es wahrhaft zu begreifen.

George Orwell schrieb: »Wie das Denken die Sprache verdirbt, so verdirbt auch die Sprache das Denken.« Ein Beispiel dafür sind rassistische Schimpfwörter, deren Gebrauch die Fantasie der Fähigkeit beraubt, die Wirklichkeit anderer Menschen zu erfassen. In ihrem Roman *Middlemarch* nennt George Eliot das »die tief sitzende Gewohnheit unmittelbaren Mitempfindens mit individuellen Mitmenschen«.

Bei einem schrecklichen Vorfall in dem New Yorker Stadtteil Queens vor einigen Jahren grölten weiße Jugendliche rassistische Schimpfwörter, während sie einen Schwarzen totfuhren und dann einen anderen brutal zusammenschlugen. Was soll aus uns allen ohne Mitgefühl werden? Wie sollen wir es Kindern vermitteln, wenn wir es ihnen gegenüber nicht haben? Wenn wir sie als eine gesonderte Kategorie behandeln und Managementtechniken und hohle Klassifizierungen an die Stelle von Mitgefühl und Miteinander treten, wonach wir uns doch im Leben alle sehnen?

Kinder haben kein Urteilsvermögen; dafür haben sie noch nicht lange genug gelebt, auch nicht für den inneren Abstand, den das Urteilen verlangt. Deshalb brauchen sie den Schutz der Erwachsenen. Aber in beinahe jeder anderen Hinsicht sind sie einfach so wie wir, nur in neu.

Als Kind bekam ich zu hören: »Das sind jetzt die besten Jahre deines Lebens. Warte nur, bis du erwachsen bist!« Meine

Kindheit war leidvoll – wenn das die besten Jahre sind, dachte ich mir, was kommt dann um Gottes willen noch? Als ich älter wurde, erfuhr ich, dass auch Menschen, die in nicht so offenkundig schwierigen Verhältnissen aufgewachsen waren wie ich, die gleichen Enttäuschungen, Schmerzen, Entbehrungen erlitten hatten. Die Kinderjahre sind nicht notwendig die besten oder die schlechtesten, sie sind die ersten Jahre unseres Lebens. Wenn wir das vergessen, vergessen wir unser gemeinsames Menschsein, und damit nehmen wir den Kindern ihre Würde und ihre Geheimnisse.

Im Zusammenhang mit meinem oben erwähnten Buch fragte mich ein Rundfunkmoderator, nachdem er sich als Optimist bezeichnet hatte, warum meine Geschichte nicht mit einem etwas positiveren Ton ende. Die Leute mögen Happy Ends, sagte er in dem leicht drohenden Tonfall, den ich mittlerweile mit Optimisten verbinde. »Manche Leute nicht«, war alles, was mir als Antwort einfiel. Was er wollte, war für mein Gefühl unehrlich, eine Disneyfizierung der Geschichte, Unverfänglichkeit, heiteres Ladida, weil das angeblich gut für Kinder ist. An einem Schluss, der zu der vorausgegangenen Geschichte passte, schien ihm nichts zu liegen.

Wir stehen nicht allein mit unserem Wunsch, Tragödien mögen glücklich ausgehen. Vom Ende des siebzehnten Jahrhunderts bis 1834 wurde *King Lear* mit einem Happy End gespielt. Cordelia starb nicht.

Es ist nicht richtig, wenn Kinder um eines transzendenten Wahrheitsbegriffs willen mit der Kenntnis sämtlicher Fehlentwicklungen in der menschlichen Gesellschaft und im individuellen Leben belastet werden, die sie ohnehin nicht verarbeiten können. Aber es gibt so viele Kinder, die diese Fehlentwicklungen am eigenen Leib erlebt haben, an der eigenen Seele! Trotzdem hören sie nicht auf zu hoffen, selbst in den furchtbarsten Verhältnissen – und sie brauchen Hoffnung.

»Mutter war trostlos! Vater bang, / Als in die harte Welt ich sprang …«, schrieb der Dichter William Blake. Spüren wir nicht am eigenen Leib, dass diese Welt hart und gefährlich ist? Und liegt es nicht an dieser tiefen Vorahnung, dass wir mutig sein können?

Ich möchte Ihnen von einigen der tapferen Kinder erzählen, die ich kennengelernt habe.

Kurz nach dem Ende des Zweiten Weltkriegs war ich ein Jahr lang freie Korrespondentin – der niedrigste Rang im Journalismus – für eine englische Nachrichtenagentur. Einer der Orte, die ich besuchte, war der frühere Feriensitz eines preußischen Aristokraten in der Tatra an der polnisch-tschechoslowakischen Grenze. Die polnische Regierung hatte ihn in eine Art Erholungsheim für Kinder umgewandelt, die in Konzentrationslagern geboren worden waren oder dort einen Teil ihrer Kindheit verbracht hatten. Ihre Eltern waren ausnahmslos von den Nazis ermordet worden.

Unser kleiner Reportertrupp traf eines Nachmittags nach einer langen, eiskalten Fahrt durch die stille Winterlandschaft ein. Es war noch nicht dunkel. Zwölf oder dreizehn Jungen und Mädchen und ein paar Betreuer lebten in dem heruntergekommenen herrschaftlichen Haus mit seinen kahlen Wänden, den aller Teppiche beraubten und mit Linoleum ausgelegten Fußböden und den großen vorhanglosen Fenstern, durch die das grelle Weiß der schneebedeckten Berge hereinblendete.

Das Alter der Kinder ließ sich unmöglich schätzen, so verkümmert waren sie. Sie freuten sich, uns zu sehen, und sie hängten sich an uns und fassten uns an den Händen, während sie uns ihr Klassenzimmer zeigten, dann einen früheren Salon, in dem jetzt schmale, ordentlich gemachte Feldbetten standen, ein lange schon bücherloses Bücherzimmer, dessen Regale ein paar Spielsachen und Brettspiele enthielten, und das Esszimmer, wo wir mit ihnen an einer langen, mit gelbem Wachstuch bedeckten Tischplatte auf Böcken früh zu Abend aßen.

Nach dem Essen gab eine Frau aus Dublin, die zu unserer Gruppe gehörte und wunderschön singen konnte, den Kindern ein Konzert. Mit gespannter Aufmerksamkeit lauschten sie der süßen Sopranstimme, die von den Molly Maguires sang, von Massakern und Verrat und von irischen Jungen, die mit einer Kugel in der Brust im Moor gefallen waren.

Ein jugoslawischer und zwei tschechische Journalisten sprachen Polnisch. Wir Übrigen waren auf einen Dolmetscher angewiesen. Die Kinder wollten wissen, woher wir kämen und warum, ob wir in Häusern lebten und in was für welchen. Und falls wir Kinder hätten – wo blieben die, wenn wir so weit wegführen? Von ihrer eigenen Geschichte sprachen sie höchstens sehr indirekt und nicht in Worten. Sie achteten messerscharf auf jede plötzliche Bewegung unsererseits; sie verstummten abrupt mitten im fröhlichen Trubel, als versänken sie in einen Traum, und dann brachen sie urplötzlich in überdrehtes Gelächter aus.

Ein Junge, der auf Englisch Richard geheißen hätte, bat mich durch den Dolmetscher, ihn so zu nennen. Er wollte nicht mit seinem polnischen Namen gerufen werden. Er bat mich, mit ihm in einen der großen Gärten zu gehen, die das Haus umgaben. Ich schätzte ihn auf ungefähr neun. Man sagte mir, er sei vierzehn.

Wir gingen zur Terrassentür des Esszimmers hinaus. Es war inzwischen fast dunkel. Er hielt meine Hand, während wir auf einem teilweise geräumten Pfad zwischen schneeschwer herabhängenden Sträuchern hindurchgingen, über uns die kahlen Äste winterschwarzer Bäume. Es war ein düsterer, eisiger, einsamer Ort mitten im tiefsten Winter. Er lief ein paar Schritte voraus und wischte mit Armen und Händen den Schnee von einer Art Sockel, auf dem vielleicht einmal, dachte ich, ein antiker Held oder sonst eine mythologische Gestalt gestanden hatte. Es war eine große Vogeltränke.

Er lächelte mich an und zeigte zum Himmel. Er machte Flugbewegungen mit den Armen, dann flatterten seine Hände immer langsamer, weil der Vogel, den er nachmachte, die Flügel anlegte und schließlich auf dem Rand der Vogeltränke landete. Er drehte etwas den Kopf und streckte ihn vor, wie um zu trinken. Wieder flatterten seine Hände, die Arme schwangen, der Vogel flog fort. Er schüttelte Schnee von einem Strauch, bedeutete mir, genau hinzuschauen, zeigte auf einen Zweig, legte die Hände unter dem Kinn zusammen und führte sie dann allmählich auseinander. Ich schob mit dem Fuß den Schnee von einer Stelle am Boden. Die Erde sah aus wie Eisen. Ich bückte mich und tat so, als wäre mein Arm ein Stängel, der aus dem Boden wuchs. Ich öffnete die Finger, schnupperte an einer imaginären Blume. Er stieß einen kurzen Lacher aus, schnappte meine Hand und drückte sie sich an den Kopf. Ich hatte verstanden, dass er das Kommen des Frühlings beschrieb.

Bevor wir an dem Abend fuhren, sangen die Kinder ein Lied für uns. Ihre bleichen Gesichter waren gerötet vor Freude darüber, uns ihr Lied zu schenken. Als wir aufbrachen, scharten sie sich am großen Eingang zusammen. Sie weinten. Aber sie blieben still stehen, als wir den geräumten Pfad zu unserem kleinen Bus zurückgingen. Und als wir abfuhren, sahen wir sie kräftig winken, als wünschten sie uns eine gute Fahrt.

In den Fünfzigern hatte ich eine Stelle als Lehrerin in einem Heim für vernachlässigte Kinder. Ich werde es Sleepy Hollow nennen. Es befand sich auf einem alten Anwesen am Hudson River, ungefähr fünfzig Kilometer nördlich von New York City. Die Kinder waren Schwarze, Weiße und Puerto Ricaner. Die meisten stammten aus armen Verhältnissen; einige kamen auch aus Mittelschichtsfamilien, die durch eine der lebenszerrüttenden tragischen Geschichten des Alltags zerbrochen waren: Arbeitsplatzverlust, Alkoholismus, Scheidung, Aufdeckung einer langjährigen inzestuösen Beziehung.

Vielleicht die Hälfte von ihnen war schon mit dem Gesetz in Konflikt gekommen oder stand kurz davor. Ein paar waren eine Zeit lang im alten Bellevue Hospital gewesen, und zwar noch in der Zeit, als in der Psychiatrie Elektroschocks fast so großzügig verabreicht wurden wie Aspirin. Andere waren von einem verzweifelten Familienmitglied eingeliefert worden, das entweder zu arm war, um noch ein Kind mehr zu ernähren, oder einfach nicht wusste, wie es mit einem wilden, aggressiven Kind fertig werden sollte.

Die Kinder lebten in kleinen Häusern, wo sie unter der Aufsicht von Ehepaaren stehen sollten, Ende fünfzig die meisten, deren Eignung mir, mit einigen Ausnahmen, im Wesentlichen in phlegmatischer Sturheit zu bestehen schien. Sie sahen so aus, als hätten sie schon alles erlebt und als wäre nichts toll gewesen.

Etliche der Kinder, im Alter zwischen acht und siebzehn Jahren, besuchten die örtlichen Schulen. Ich wurde angestellt, um diejenigen zu unterrichten, die entweder zu labil oder zu aggressiv waren, um das Gelände zu verlassen, oder die, wenn sie es taten, in ihren schulischen Leistungen stark nachließen.

Das Haupthaus ächzte vor Alter und Baufälligkeit, aber aus seinen großen Fenstern konnte man, wenn man wollte, auf den majestätischen Hudson hinausschauen, während man auf seinen Termin bei einem Sozialarbeiter wartete. In der Luft hing der typische Anstaltsgeruch, eine säuerliche und bedrückende Kombination von Bohnerwachs und Desinfektionsmittel. Fast alle Sozialarbeiter standen ihren Klienten wohlwollend gegenüber, und ein paar waren leidenschaftlich engagiert. Ein Psychiater kam einmal die Woche zur Beratung. Ein Geistlicher hielt sonntagmorgens in der einstigen Privatkapelle des früheren Besitzers konfessionell nicht gebundene Gottesdienste.

An den Ufern des Hudson, über den Eisenbahngleisen, zwischen den Bäumen, an bestimmten Stellen auf den großen, ungepflegten Rasenflächen kamen die Kinder zusammen und führten ein anderes, geheimes Leben. Sie ließen sich zu den Mahlzeiten blicken, verrichteten in den Wohnhäusern einige der ihnen aufgetragenen Arbeiten, erschienen zu ein oder zwei von drei Terminen bei ihren Sozialarbeitern und schauten am Sonntag gelegentlich in der Kapelle vorbei. Doch sie bildeten eine abgeschlossene Gemeinschaft im größeren Ganzen von Sleepy Hollow. Vonseiten des Sozialdienstes konnte man beschämt zu hören bekommen, dass die Kinder häufig gegenseitig mehr füreinander taten als ihre Therapeuten.

Die alten Hasen machten denen Druck, die andere schikanierten, und trösteten die, denen es besonders dreckig ging, auf eine unmissverständliche, oft direkt körperliche Art. Sie waren hartgesotten; sie verschwendeten weder Zeit noch Worte damit, sich neuen Mitgliedern der Gemeinschaft taktvoll zu nähern, die Ärger machten beziehungsweise so verängstigt waren, dass sie sich unterm Bett verkrochen.

Als ich eines Abends die Stufen zum alten Pförtnerhaus hinaufstieg, wo mein Unterrichtszimmer war, sah ich in der Nähe ein kleines Mädchen weinen. Später erfuhr ich, dass sie an dem Morgen in Sleepy Hollow eingeliefert worden war. Drei Kinder standen um sie herum. Ein Junge schnitt komische Grimassen für sie, und weil er so viel größer war, bückte er sich dabei, damit sie ihn anschaute. Ein anderer Junge hatte einen Arm um ihre schmale Schulter gelegt. Und das dritte, ein älteres Mädchen, hielt ihre Finger und schien sie zu zählen. Als ich näher kam, hörte ich sie sagen: »Das ist der Daumen, der schüttelt die Pflaumen …« Das kleine Mädchen schluchzte. Der große Junge sagte: »Hör auf damit! Das nützt nichts. Du verplemperst bloß dein Wasser.« Der zweite Junge fasste sie fester und schaukelte mit ihr hin und her. Sie schniefte. Sie streckte die Hand aus und berührte die kunstvollen Flechtreihen im Haar des Mädchens, das die Finger ihrer anderen Hand nicht losließ. »Wie machst du das?«, fragte sie zwischen den Schluchzern. Plötzlich sausten alle drei wie ein Schwarm aufgescheuchter Vögel zu einer Gruppe von Lärchen und hielten dabei das kleine Mädchen weiter fest, als könnten sie es so körperlich aus seinem Elend herausreißen.

Sie hieß Gloria. In dem Jahr wurde sie an drei Pflegefamilien vermittelt. Jedes Mal kam sie nach Sleepy Hollow zurück. Sie war acht, mager und klein, aber die Gewalt ihres Zorns erschreckte die Pflegeeltern. Sie machte Möbel kaputt, Geschirr, Kleider, die man ihr gab, und schrie dabei aus Leibeskräften, dass sie nicht wollte. Sie wollte nicht. Ihre Verweigerung war gigantisch. Sie wollte nicht von den anderen Kindern im Heim weggehen. In einem schwarzen Meer des Grauens waren sie eine sichere Insel.

Einmal aß ich in ihrem Wohnhaus zu Abend und saß neben ihr. Alle außer Gloria beschwerten sich, nicht zu Unrecht, über die verbrannten und scharf schmeckenden Würstchen. Die Hauseltern nahmen es ungerührt zur Kenntnis. Darauf verstanden sie sich. Gloria grinste mich an und flüsterte: »Ich liebe diese Hotdogs.« Ich glaube, sie hätte Holzkohle gegessen, solange sie nur bei den Kindern bleiben durfte. Das Zutrauen, das sie zu ihnen gefasst hatte, seit drei sie zu den Lärchen geschleppt und ihr die Angst genommen hatten, setzte die Munterkeit und den Humor in ihr frei. Sie kam schließlich zu einer Pflegefamilie, in der viele andere Kinder lebten. Diesmal klappte die Vermittlung.

Es war das Ziel der Heimleitung, so viele Kinder wie möglich zu vermitteln. Mit Jungen und Mädchen über zehn Jahren hatte sie dabei nicht viel Glück.

Mein Unterrichtszimmer im Pförtnerhaus war möbliert mit einem abgesplitterten Tisch, meinem Pult, kleinen, lädierten Pulten für die Kinder, einer Tafel und einem einzigen Regal, auf dem ein paar arg mitgenommene Chemie- und Mathematikbücher standen. Ich sollte mit den Kindern lesen und Aufsätze schreiben. In den meisten Fällen konnten sie viel besser rechnen als ich.

Manchmal blieb ich bis zu einer Stunde länger. Dann erzählten wir uns Geschichten. Im Unterschied zu den Kindern aus den Konzentrationslagern redeten sie gern und viel über ihr Leben. Wir sprachen auch über Tiere, Gespenster oder Essen, über alles Mögliche. Mit Vorliebe ekelten sie sich vor widerlichen Speisen: Froschschenkeln zum Beispiel, Nacktschnecken, die es auf chinesischen Märkten zu kaufen gab, wie ich ihnen erzählte, oder dem in der mexikanischen Küche hochgeschätzten Agavenwurm. Zu der Zeit hatte Klapperschlangenfleisch in den USA eine hoffentlich kurze Konjunktur als Delikatesse. Einige der Kinder fanden in einem Lebensmittelgeschäft eine Dose davon und brachten sie mir eines Abends mit; sogar an einen Dosenöffner hatten sie gedacht. Gastronomisch fiel ich bei dem Test durch, bestand ihn aber zu ihrer Zufriedenheit, als ich loskreischte und sie anflehte, mir die Dose aus den Augen zu schaffen.

Sie hörten sich gern Geschichten von meiner Kindheit auf Kuba an. Im Gegenzug erzählten sie mir grausame Geschichten von ihren ersten Jahren: wie sie geschlagen und in dunklen Kammern eingesperrt worden waren, wie sie Feuer gelegt und Tiere und Betrunkene gequält hatten. Es fiel mir schwer, das anzuhören. Ich erkannte bald, dass die neutrale Haltung, die ich für angebracht hielt, nicht das war, was sie wollten. Die brauchten sie vielleicht von ihren Therapeuten, aber nicht von mir. Ich reagierte im Großen und Ganzen so, wie mir zumute war. Mir kam der Gedanke, dass es ihnen bestimmt sehr gefallen hätte, Charles Dickens aus *Oliver Twist* vorlesen zu hören. Es hätte ihre Wahrnehmung der Wirklichkeit bestätigt, die Wahrheit ihres eigenen Lebens. Es war das, was sie kannten, auch wenn es schrecklich war.

An zwei Jungen erinnere ich mich besonders. Einer war der zwölfjährige Danny, der eines Nachts im Nachbardorf in ein Spirituosengeschäft einbrach. Er wurde von der Polizei gefunden, wie er sturzbetrunken zwischen zerbrochenen Flaschen lag. Sie brachte ihn nach Sleepy Hollow zurück, wo er mehrere Tage krank und schwach im Bett lag. Er war ein kleiner, dünner Junge mit feinen irischen Gesichtszügen. Seine Geschichte wurde mir kurz von seinem Sozialarbeiter erzählt. Seine Mutter, eine Alkoholikerin, war Prostituierte geworden, um mit dem Geld ihre Sucht finanzieren zu können. Als Danny zehn war, setzte sie ihn vor die Tür und schloss hinter ihm zu. Er lungerte eine Woche herum, aß aus Mülleimern, schlief auf der Straße, bis die Polizei ihn aufgriff. Die anderen Kinder erzählten mir, er würde Tiere quälen.

Eines Abends war er der Erste, der im Pförtnerhaus erschien. Er war in Rage und fluchte auf eine Art, die man heutzutage drollig finden würde: ein paarmal *verdammt* und ein- oder zweimal *zum Teufel.* Als ich ihn fragte, was los sei, erzählte er mir, der Pfarrer habe ihn ausgeschimpft, weil er Regenwürmer in eine Dose mit Lauge geworfen hatte.

»Ich wollte bloß sehen, was passiert«, erklärte er ohne erkennbare Hinterlist. »Du hast genau gewusst, was passiert«, versetzte ich. »Sie finden das auch nicht gut, was ich gemacht habe«, sagte er. »Nein, finde ich nicht«, bestätigte ich.

Katzen und streunende Hunde witterten Gefahr, wenn

Danny nahte, und flohen. Da hatte einer der Mitarbeiter eine Idee. Sie besorgten ihm einen kleinen Esel. Er versuchte nach Kräften, den Esel k.o. zu hauen. Doch obwohl er ihn schlug und trat, fasste der Esel Zuneigung zu ihm und folgte ihm treu. Nach ein paar Wochen fing er an, das Tier zu mögen. Ich sah die beiden oft zusammen: Der Esel fraß Gras oder trat ins Gebüsch, um sich zu kratzen, und Danny redete mit ihm, einen Arm um seinen Hals gelegt.

Während meines Jahres in Sleepy Hollow machte Danny, der nichts als ein großes, unlösbares Problem gewesen war, wirklich in jeder Hinsicht Fortschritte: schulisch, in seinen Beziehungen zu anderen Kindern und in seinem Verhalten zu Tieren. Er war witzig. Eines Abends kam er mit einer der langen Bambusstangen, mit denen die Kinder am Flussufer angeln durften, ins Unterrichtszimmer. Am Haken hing eine sterbende Margerite, die er anscheinend mit der Wurzel aus dem Boden gerupft hatte. Ja, die sei für mich, sagte er mit seiner trockenen kleinen Stimme und fügte hinzu, er würde eine Blume nicht mal mit der Kneifzange anfassen.

Ich rauchte. Er versuchte öfter, Zigaretten von mir zu bekommen. Weil die Kinder gern in meiner Handtasche wühlten, hatte ich die Zigaretten in meiner Jackentasche. Aber sie hatten mich nach dem Unterricht auf dem Weg zum Auto rauchen sehen.

Danny blieb eines Abends da, nachdem die anderen Kinder gegangen waren. »Wollen Sie mir nicht ein paar Zigaretten schenken?«, fragte er. »Es ist bald Weihnachten.« Ich schüttelte den Kopf. »Nur eine«, bearbeitete er mich weiter. »Nicht einen Stummel«, erwiderte ich. »Ach, kommen Sie!«, bettelte er. »Die werden mich schon nicht umbringen!«

Mein Herz schlug schneller; es war, als hätte ein unnahbares Wesen sein undurchdringliches Schweigen gebrochen und mir plötzlich seinen Namen gesagt. Was ich aus seinen Worten heraushörte, war die Überzeugung, dass mir etwas an seinem Wohlergehen lag. Ich gab ihm keine Zigarette, aber ich erhielt die Erlaubnis, ihn auf eine Spritztour zum Fluss mitzunehmen. Das Einzige, was er von sich gab, war die leicht verächtliche Feststellung, dass ich kein Autoradio besaß. Als ich ihn absetzte, sah ich den Esel aus dem Schatten der Bäume kommen und hinter ihm hertrotten, während er zu seinem Wohnhaus ging.

Eines Abends gab es Streit. Zwei ältere Jungen waren in dem schmalen Gang vor dem Unterrichtszimmer aneinandergeraten. Sie hatten zwei lange Grillgabeln in die Hände bekommen. Das Telefon zum Haupthaus, in dem es einen Nachtwächter gab, war häufig außer Betrieb, und an diesem Abend auch. In meiner ersten Panik hatte ich versucht, dort anzurufen.

Ich packte den Jungen, den ich am besten kannte, am Hemdkragen, hielt ihn mit aller Kraft fest und stieg auf einen der Tische. Ich erinnere mich noch heute, wie sehr ich außer mir war. Ich glaube, ich sagte, vielmehr ich schrie so etwas wie: »Ist das jetzt bei Jahrtausenden menschlicher Kultur herausgekommen? Sind wir alle nichts weiter als bissige, mörderische Bestien?« Dieser konfuse, kopflose Ausbruch und die Tränen der Verzweiflung, die mir die Wangen hinunterliefen, erregten ihre Aufmerksamkeit. Der Streit hörte abrupt auf. Die Kinder starrten mich verwundert und sichtlich belustigt an. Der Bruder des Jungen, dessen Kragen ich gepackt hatte, kam zu mir, als ich auf einen Stuhl sank, und tätschelte mir den Kopf. »Schon gut«, sagte er beschwichtigend, als ob *ich* das Kind wäre. »Keine Sorge. Ist schon wieder gut.«

Was an jenem Abend geschah, ist und bleibt mir ein Rätsel. Manchmal denke ich, der Streit hörte auf, weil ich *wir* sagte statt *ihr.* Ich werde es nie erfahren.

Nachdem ich als Lehrerin in Sleepy Hollow aufgehört hatte, hörte ich, dass Danny sich mit einem älteren Jungen angefreundet hatte. Wenn abends das Licht abgeschaltet wurde, lasen sie zusammen mit einer Taschenlampe *Huckleberry Finn.* In einer dunklen Nacht rissen sie aus. Sie kamen bis Maryland, an die Stelle, wo der Susquehanna River in die Chesapeake Bay mündet. Sie stahlen ein Ruderboot. Sie waren erst wenige hundert Meter vom Ufer entfernt, als der Besitzer des Bootes sie entdeckte. Sie wurden nach Sleepy Hollow zurückgebracht. Als ich lange danach *Huckleberry Finn* wieder las, musste ich an Danny denken. Ich fragte mich, ob es eine Menschenseele gab, die sich nicht gewünscht hätte, dass jemand zu ihr sagte: »Los, komm mit rauf aufs Floß, Huck …«

Ein anderer Schüler von mir war Frank, der älteste Junge in Sleepy Hollow. Er war fast siebzehn, und er besuchte die örtliche Highschool. Er war groß und dünn, schnell auf den Beinen und, wie er über sich selbst sagte, für Basketball wie geschaffen. Aber er hatte mit Sport nichts im Sinn. Was ihn interessierte, war der Weltraum.

Er hatte die meiste Zeit seines Lebens in Pflegefamilien verbracht. Er hatte etwas Getriebenes; er schien immer auf dem Sprung zu sein. Er saß am Rand seines Pults und hörte sich geduldig an, wie ich ihm zu erklären versuchte, was ein vollständiger Satz war, aber er dachte an etwas anderes.

Wenn jemand Ihnen erzählt hätte, Frank sei ein Soziopath, so, wie es mir jemand gesagt hatte, wäre es Ihnen vielleicht schwergefallen, dieses Wort mit Frank in Verbindung zu bringen. Er liebte die Gespräche am Abend, wenn die Arbeit getan war: die Geschichten, die Witze, die spontanen Erinnerungen.

Ich habe ihn nur einmal wütend erlebt. Das war, als die Sleepy-Hollow-Kinder, die außerhalb zur Schule gingen, besondere Essensmarken bekamen. Offenbar gaben sie das ihnen zugeteilte Geld häufig für Süßigkeiten und Zigaretten statt für ein warmes Mittagessen aus. Die anderen Kinder machten es genauso. An Drogen war zu der Zeit noch nicht so leicht heranzukommen wie heute.

Frank und die anderen Kinder weigerten sich, in ihre Schulen zu gehen, bis die Heimleitung die Essensmarken wieder abschaffte. Als Heiminsassen bekannt zu sein, war schon schlimm genug, aber so drastisch ausgegrenzt zu werden wie in dem Moment, in dem sie an der Kantinenkasse ihre braunen Essensmarken abgeben mussten, war ihnen unerträglich.

Die anderen Kinder hänselten und drangsalierten sie oft, indem sie sich und ihre eigenen Lebensumstände – ganz gleich, wie es in Wirklichkeit um die bestellt war – gegenüber den von außen Kommenden in den Himmel hoben, eine Grausamkeit, die nicht auf Kinder beschränkt ist.

Als Siebenjähriger hatte Frank seine Mutter einmal gebeten, mit ihm ins Kino zu gehen. Sie könne nicht, sagte sie. Ein Freund werde gleich kommen und sie zum Arzt fahren. Darauf sagte Frank, er wünschte, sie wäre tot. Wenige Stunden später kam sie bei einem Unfall ums Leben. Franks Vater hatte die Familie einige Jahre zuvor im Stich gelassen. Es gab niemanden mehr, der sich um Frank und seinen Bruder kümmerte. Wenige Wochen nach dem Tod ihrer Mutter begann ihr Leben in Pflegefamilien.

Ich weiß nicht, wie tief oder mit welchem Teil seines Bewusstseins er einen schicksalhaften Zusammenhang verspürte zwischen seinem kurzen Wutausbruch, dem Wunsch, den er ausgesprochen hatte, und dem Tod am selben Nachmittag. Ich weiß, dass er litt – sein innerer Rückzug war eine Form des Leidens.

Eines Abends stand Frank noch vor dem Pförtnerhaus herum. Er fragte mich, ob ich je zuvor an so einem Ort wie Sleepy Hollow gearbeitet hätte. Nein, sagte ich. Dann erzählte ich ihm aus irgendeinem Grund, genau wie Ihnen eben, von den Konzentrationslagerkindern, die ich in der Tatra kennengelernt hatte. Ich sprach ein bisschen vom Holocaust. Wir setzten uns auf eine Stufe. Es war ein klarer Abend, Frühling, die Luft schon ein wenig erwärmt. Am Himmel prangten die Sterne.

»So was habe ich noch nie gehört«, sagte er. Er fragte mich, was mit diesen Kindern in den Bergen geschehen würde. Ich sagte, das wüsste ich nicht, was eben mit allen Menschen geschehe: Sie würden ins Leben treten, sie hätten das Grauen der Lager ertragen und überlebt, und jetzt würde jedes Kind daraus machen, was es konnte. Er sah zum Himmel empor.

»Was ist hinter den Sternen?«, fragte er. »Was ist außerhalb von allem, was wir sehen?«

Ich nannte ein paar Sternbilder, die ich zu erkennen meinte. Obwohl er schlechte Noten hatte, hatte er von sich aus ein Astronomiebuch durchgelesen. Zweimal korrigierte er mein Sterneraten. »Aber was denken Sie, was dahinter ist?«, bohrte er nach.

Ich sagte, für mein Gefühl gebe es eine Grenze der Fantasie, über die hinaus man sich die Unendlichkeit nicht vorstellen könne – wenigstens ich könne das nicht. »Ich auch nicht«, sagte er. Wir blieben noch ein paar Minuten sitzen, dann sagten wir gute Nacht und gingen, ich zu meinem Wagen und er zu dem Haus, wo er noch ein paar Monate leben sollte, bevor er fortlief. Niemand in Sleepy Hollow hörte je wieder etwas von ihm.

Die Kinder in diesem Heim akzeptierten ein gewisses Maß an Disziplin – Hausaufgaben machen, Betten machen, vor dem Nachtisch das Gemüse aufessen –, auch wenn sie sich lautstark darüber beschwerten. Was sie überhaupt nicht ausstehen konnten, waren Äußerungen darüber, was sie für Menschen waren. Sie reagierten hochempfindlich auf Fragen, die gar keine Fragen waren, sondern als Fragen getarnte unumstößliche Behauptungen.

Unter den Mitarbeitern gab es zwei oder drei, die sich ziemlich sicher waren, alles zu wissen. Sie hatten vergessen – falls sie es je gewusst hatten –, dass sich Erklärungen nicht immer mit der Wahrheit decken und diese dazu neigt, sich dem Zugriff in tausenderlei Weise zu entziehen.

Diese Mitarbeiter waren genauso in ihren festen Vorstellungen gefangen, wie die Kinder, mit denen sie regelmäßig Sitzungen durchführten, in Fallgeschichten eingesperrt waren. Wissenschaftlich denkende Menschen brauchen ein Ordnungssystem und die dazugehörigen Begriffe, aber wenn die Möglichkeiten außerhalb des Systems nicht berücksichtigt werden, leidet die Wahrheit darunter. »Was ist außerhalb von allem, was wir sehen?«, hatte Frank gefragt.

Das ist eine Frage, die in uns Menschen angelegt zu sein scheint, bis wir sie mit bequemen Sicherheiten ersticken. Können Maschinen uns sagen, was zwischen dir und mir vorgeht? Wie der Wissenschaftshistoriker Jacob Bronowski einmal sagte, kann ein Computer weder Peinlichkeit noch Reue empfinden. Er kann sich nicht freuen. Wenn wir nicht zu Sicherheitsmaschinen werden wollen, müssen wir, glaube ich, mit dem Verdacht leben, dass es vieles gibt, was wir nicht wissen.

Zehn Jahre nach meiner Zeit in Sleepy Hollow unterrichtete ich an einer weiterführenden New Yorker Privatschule, wo ich lernschwache Kinder aufs College vorbereiten sollte. Die meisten waren Sprösslinge von ehemaligen Schülern und wurden dabehalten, obwohl die Schule ansonsten den Ruf genoss, gute Schüler an die allerbesten Colleges und Universitäten zu vermitteln.

Die »G-group«, wie meine Schüler genannt wurden, weil G außerhalb des Notenspektrums von A bis F lag, waren räumlich und auf subtilere Art auch sozial von der übrigen Schülerschaft getrennt. Unser Klassenzimmer befand sich in einem Anbau. Bis auf zwei oder drei kamen die meisten dieser Kinder aus Häusern, wo sie ein eigenes Zimmer hatten. Ihre Kleiderschränke hingen voll mit schicken Klamotten für jede Jahreszeit. Sie hatten Schlittschuhe, Fußbälle, Schreibmaschinen – aber Aufzählungen ermüden. Sie hatten alles, was sie wollten beziehungsweise was sie nach Meinung ihrer Eltern haben wollten. Sie wuchsen in Familien auf, in denen

Kultur und Bildung großgeschrieben wurden, wie auch immer ihre eigenen Vorlieben aussehen mochten. Literatur, Musik und Kunst gehörten so selbstverständlich zum Leben wie regelmäßige Mahlzeiten, Sommerlager in New England, schöne Anziehsachen und Besuche bei Kinderärzten, Psychologen und Zahnärzten, wenn der Bedarf bestand.

Natürlich gab es Kinder, die sich nicht die Bohne um Kunst, Musik und Literatur scherten. »Er will partout nichts lesen außer Baseballtabellen«, erklärte mir eine Mutter im Ton der Verzweiflung über ihren Siebtklässler, eine Verzweiflung, die eher bei einem Todesfall in der Familie angebracht gewesen wäre als bei der Weigerung eines Kindes, sich durch *Barnaby Rudge* zu quälen. Diese Kinder standen nicht nur unter vielfältigem materiellen Entscheidungszwang; sie bekamen von klein auf auch den Ehrgeiz ihrer Eltern zu spüren, dass sie unbedingt auf eine Eliteuniversität gehen mussten und keinen Deut von diesem großen Ziel abweichen durften, bis sie es sicher erreicht hatten. Das war Ende der sechziger Jahre, und wie die Studentenrevolte uns mit all ihren Konsequenzen gezeigt hat, war diese Sicherheit illusorisch.

Bei der Beschäftigung mit diesen Privatschülern fiel mir der Sohn einer Bekannten ein, der auf die Bronx Science ging, eine staatliche Highschool mit der makellosen Erfolgsbilanz, dass sämtliche Schüler Jahr für Jahr die Abschlussprüfung bestanden. Am Tag der Zeugnisvergabe stand der Sohn meiner Bekannten nicht mit in der Schlange der auf ihre Erfolgsbescheinigung wartenden Schüler. Er war durchgefallen und musste die Klasse wiederholen. Aber er war in der Nähe. In T-Shirt und Jeans stand er draußen auf dem Bürgersteig, und als die glücklichen Familien nach der Feier herauskamen, schrie er jubelnd und triumphierend: »Ich hab's nicht gepackt! Ich hab's nicht gepackt!«

Zwischen Gloria, Danny und Frank und vielen der Schüler auf der New Yorker Privatschule gab es offenkundig große Unterschiede. Einer der unerfreulichsten war die fraglose Ansicht der privilegierten Kinder, dass alles, was sie hatten, ihnen rechtmäßig zustand und dass diejenigen, die weniger hatten, irgendwie minderwertig waren. Die Kinder in Sleepy Hollow dachten nicht im Traum daran, dass ihnen irgendetwas zustehen könnte.

Und doch hatten die Schüler der G-group etwas mit Danny, Gloria und Frank gemeinsam. Auch sie waren in ihrer Gemeinschaft gescheitert. Paradoxerweise waren diese G-Schüler als Menschen manchmal interessanter als ihre erfolgreichen Altersgenossen im Hauptgebäude. Sie besaßen einen gewissen Ernst und kaum etwas von der Selbstgefälligkeit, die ein endloses Dahinpubertieren begünstigt.

Einer von ihnen war der vierzehnjährige Peter. Er war mit seiner Familie während des Aufstands von 1956 aus Ungarn geflohen. Jedes Familienmitglied nahm ein kleines Besitzstück mit auf die Flucht. Bei Peter war es ein Buch mit ungarischen Märchen, das er überall mit sich herumtrug. Ich sah es jeden Tag auf seinem Pult liegen, die Seiten zerfleddert, der Umschlag verblasst. Er berührte es oft, als ob es ein Talisman wäre. Es war einer. Es war ihm in der Zeit, bevor er die Bitterkeit der Fremde und der Hoffnungslosigkeit erlebte, in seiner eigenen Sprache vorgelesen worden.

Ich kam zu der Überzeugung, dass er im Leben nicht weiterkommen konnte, solange er das Buch nicht losließ. Er war ein lieber Junge, höflich, verträumt, sanft. Doch obwohl er gut Englisch sprach, blieb er in sämtlichen Fächern zurück. Er versuchte, die Zeit bis zu dem Punkt zurückzudrehen, als er noch klein und glücklich gewesen war. Wie Frank hatte er andere Dinge im Kopf.

Eines Nachmittags behielt ich ihn da, um noch etwas mit ihm durchzugehen. Das Märchenbuch lag, wie immer in Reichweite, auf dem Pult.

»Wie wär's, wenn du eines der Märchen übersetzt?«, fragte ich ihn.

»Das kann ich doch nicht«, rief er aus, als ob ich ihn aufgefordert hätte, ein Heiligtum zu entweihen. Vielleicht hatte ich das ja.

»Eines der kurzen«, schlug ich vor. Er blätterte unschlüssig das Buch durch, dessen Seiten zum Teil notdürftig mit Klebeband geflickt waren. »Ja«, bekräftigte ich, ohne recht zu wissen, was ich damit bezweckte.

»Aber auf Ungarisch sind sie besser«, sagte er.

»Im Original ist alles besser«, sagte ich. »Aber du kannst es versuchen.«

Ich würde Ihnen jetzt gern erzählen, dass er meinen Vorschlag sofort aufgriff, das ganze Buch übersetzte, große Fortschritte in seinen schulischen Leistungen machte und der G-group entkam. So war es nicht. Aber er versuchte sich an einem der Märchen, und in gewisser Weise ermutigte ihn das. Er war ein tapferer Junge. Schließlich schaffte er die Schule und ging auf ein kleines College im Mittleren Westen. Der Mann, der die Schule in den Jahren leitete, als ich dort unterrichtete, sagte einmal zu mir: »Es ist nicht unzumutbar, in dieser Welt zu humpeln.«

Ich möchte Folgendes fragen: Was haben Pessimismus oder

Optimismus mit Richard zu tun, der seine Kindheit, sechs lange Jahre Tag für Tag, in einem Konzentrationslager verbrachte? Mit Gloria, Danny und Frank? Mit Peter? Mit diesen lebendigen Wesen im Besitz einer menschlichen Seele?

Ist ihr Leben, ist unseres irgendwie traurig? Irgendwie verblüffend? Irgendwie ekstatisch?

Der Rückgang religiösen Glaubens hat zum Verlust der Sprache geführt, die wir brauchen, um etwas Tiefes und Ernstes über unser Leben zu sagen. Wie sollen wir der Verzweiflung, der Verzückung und Befreiung Ausdruck verleihen?

Aber wir können uns von großen Dichtern, großen Schriftstellern dabei helfen lassen, vom Leben, von seinen Geheimnissen zu sprechen. Auch sie empfinden Ehrfurcht vor den Göttern, und ihrer Arbeit wohnt wie der Religion der Glaube inne, dass alles, was geschieht, außerordentlich wichtig ist.

Und so möchte ich diese Ansprache mit den Worten eines großen Schriftstellers beenden. Franz Kafka schreibt:

»Du kannst dich zurückhalten von den Leiden der Welt, das ist dir freigestellt und entspricht deiner Natur, aber vielleicht ist gerade dieses Zurückhalten das einzige Leid, das du vermeiden könntest.«

Die Unterdrückung der Wahrheit

In der Nachtküche

Am 14. Juni 1643 verordnete das englische Parlament die Zensur der Presse. Das Zensuramt sollte von zwei Erzbischöfen ausgeübt werden, die befugt waren, die Veröffentlichung jedes Buches zu verbieten, »das der Doktrin und Disziplin der anglikanischen Kirche widerspricht«.

In seiner gegen die Verordnung gerichteten Schrift *Areopagitica* schrieb John Milton, dass diese »vorzüglich der Vereitelung aller Wissenschaft und der Unterbindung der Wahrheit Vorschub leisten wird, indem sie nicht nur die Nichtbetätigung und Abstumpfung unserer Geistesgaben am bereits Bekannten betreibt, sondern auch die Be- und Verhinderung der ferner noch anzustellenden Forschung«.

In Camden im Staate New York las eine Mutter Anfang der siebziger Jahre ihrem siebenjährigen Sohn das Buch *In der Nachtküche* von Maurice Sendak vor. Auf den ersten paar Seiten stieß sie auf eine Abbildung, bei der sie das Buch zuklappte und weglegte. Anschließend forderte sie die Schulbehörde auf, *In der Nachtküche* aus Grundschulbüchereien zu entfernen. Kinder, erklärte sie, seien in den Medien schon genug Unsittlichem ausgesetzt. Der Schulrat Richard McClements stimmte ihr zu. Seiner Ansicht nach war das Buch nicht von »hinreichendem pädagogischen Wert«, um in Büchereien zu stehen. Schulen, meinte er, hätten »unbedingt die Verpflichtung, das zu repräsentieren, was moralisch, was ehrlich, was anständig ist«.

Wanda Gray, zuständig für Grundschulerziehung in Springfield, Missouri, kam auf einen Gedanken, wie sich der Stein des Anstoßes in Sendaks Geschichte kaschieren ließ. Mehrere der Abbildungen in den vierzig Exemplaren, die an vierzig Vorschulklassen in Springfield gingen, wurden daraufhin mit einem schwarzen Filzstift bearbeitet. »Ich finde, *es* sollte bedeckt werden«, sagte sie (meine Hervorhebung).

Das *Es,* das die Mutter in Camden und Mr McClements anscheinend unmoralisch, unehrlich und unanständig fanden, das *Es,* das nach Meinung von Wanda Gray am besten mit »Shorts« zu bedecken war, wie der Beauftragte für Lehrplanentwicklung in Springfield es nannte, war der unauffällig gezeichnete Penis eines kleinen, auf ein paar Bildern nackten Jungen namens Mickey.

Die Springfielder Lösung erinnert an bestimmte religiöse Orden, die von ihren Mitgliedern verlangten, ihren Körper beim Baden vollständig zu bedecken, um sexuelle Erregung zu vermeiden, womit sie, darf man vermuten, drastisch hervorhoben, was die Bedeckung zu verbergen suchte.

In der Nachtküche ist ein Traumabenteuer. Mickey fliegt in einem Flugzug aus Brotteig durch die sternklare Nacht in die Nachtküche, wo drei Bäckern, die alle wie Oliver Hardy aussehen, die Milch für den Frühstückskuchen fehlt. Mickey findet die Milch, der Kuchen wird gebacken, und Mickey schlüpft zurück in sein Bett und gleitet in einen traumlosen Schlaf. Als Mickey aus der Dunkelheit in das Licht der Nachtküche fällt, büßt er seinen Schlafanzug ein.

Mr Sendaks Arbeiten zeichnen sich stets durch Fantasie,

Witz und Zärtlichkeit aus, und gerade die Zärtlichkeit kommt in diesem Buch besonders zur Geltung, nämlich in seiner Darstellung von Mickeys kindlicher Nacktheit.

Doch so, wie sich einige Betrachter verhalten, muss man zu dem Schluss kommen, dass Mickey im Buch primär als ein verselbstständigtes Geschlechtsorgan erscheint und dass Nacktheit jeder Art in ihren Augen ab ovo pornografisch und unmoralisch ist. Die meisten jungen Zuhörer und Leser entdecken ihre Körperlichkeit, wenn sie ihre Finger und Zehen entdecken, und Mickeys Penis wird für sie schwerlich eine große Offenbarung sein. Meiner Meinung nach spiegeln die rigorosen Reaktionen so vieler Gemeinden im ganzen Land das merkwürdige Gemisch aus Prüderie und Lüsternheit wider, das für bestimmte Aspekte des amerikanischen kulturellen Lebens so typisch ist.

In Lansing, Michigan, erklärten zwei Mütter, das Buch sei pornografisch, und sprachen sich dagegen aus, schulische Mittel zum Ankauf von Büchern zu verwenden, »die eine solche Nacktheit beziehungsweise Unmoral beinhalten«. Eine von ihnen fragte: »Wenn Nacktheit in einer Geschichte für Vorschulkinder akzeptabel ist, wie soll ich dann meinen Kindern beibringen, dass der *Playboy* nicht akzeptabel ist?«

Man möchte ihr zurufen: indem du deinen Kindern *beibringst,* dass der *Playboy* nicht akzeptabel ist.

John Milton schreibt: »Gewiss sind mangelnde Strafverfolgung und übergroße Nachsicht der Untergang des Gemeinwesens, aber die große Kunst liegt hier gerade darin, dass man unterscheidet, wann das Gesetz Verbot und Strafe vorschreibt und wann allein das Mittel der Überzeugung eingesetzt werden soll.«

Was ich über Mr Sendaks Arbeiten gesagt habe, spiegelt meine eigene Reaktion darauf wider und die Meinung, die ich mir dazu gebildet habe. Diese Meinung zu äußern, ist mir nach dem ersten Zusatzartikel zur Verfassung der Vereinigten Staaten gestattet. Der Zusatzartikel erlaubt mir nicht, anderen meine Überzeugung aufzuzwingen, und er erlaubt mir auch nicht zu verlangen, dass alle Kinder *In der Nachtküche* lesen müssen.

Wanda Gray, Mr McClements und die empörten Eltern, die das Buch als anstößig empfinden, dürfen ebenfalls ihrer Meinung Ausdruck verleihen. Der erste Zusatzartikel erlaubt ihnen nicht, ihre Meinung kraft Zensur durchzusetzen.

»Warum sollten wir also eine Härte walten lassen, die dem Vorgehen Gottes und der Natur widerspricht«, schreibt Milton, »indem wir den freien Zugang zu Büchern beschränken oder verwehren und somit auf Hilfsmittel zur Bewährung der Tugend wie zur Übung der Wahrheit verzichten?«

In Beloit, Wisconsin, sagte eine Mutter von drei Kindern: »Es ist unsere elterliche Pflicht, unsere Kinder zu schützen. Wir haben alle möglichen Kinderschutzgesetze, aber warum gibt es keine Auflagen für Bücher?«

Wie den *Daily News* aus Beloit zu entnehmen war, versprach diese Mutter, sich aktiver um die Buchauswahl für Schulen zu kümmern und ein Augenmerk auf, wie sie sagte, »schlechte Bücher« zu haben.

Aus *Areopagitica:* »... wie soll den Zensoren ihrerseits zu trauen sein, es sei denn, wir verliehen ihnen, oder sie beanspruchten für sich selbst vor allen anderen im Land, den Gnadenstand der Unfehlbarkeit und Unbestechlichkeit?«

Die Mutter aus Beloit stellte ebenfalls eine Frage: »Wie

kann ein akademischer Grad jemandem das Recht verleihen, unveränderliche Vorschriften zu machen? Man braucht keinen akademischen Grad, um zu wissen, dass es falsch ist, Sittenverfall und Respektlosigkeit zu lehren.«

In diesen beiden Sätzen bringt sie es fertig, den Gebildeten elitäres Denken zu unterstellen, die Instinktreaktion höher zu bewerten als die harte Arbeit sachkundigen Nachdenkens und ihre eigene Unwissenheit zu offenbaren, wenn sie von unveränderlichen Vorschriften spricht. Vorschriften sind Gesetze, und wer sich dafür interessiert, dem zeigt schon die oberflächlichste Beschäftigung mit dem Recht, dass es ein Spiegel der widerstreitenden und veränderlichen Ansichten der Menschen ist, denen es dient, und sich insofern laufend wandelt.

Roger Baldwin, einer der Gründer der Amerikanischen Bürgerrechtsunion von 1920, war ein wortgewaltiger Gegner der Todesstrafe. Ein Journalist fragte ihn: »Wie ständen sie zur Todesstrafe, wenn Ihre Frau vergewaltigt und ermordet worden wäre?«

Mr Baldwin wurde mit der Entgegnung zitiert: »In dem Fall wäre ich der Letzte, den man fragen sollte.«

In Krisen, die Trauer und Zorn auslösen, ist jeder von uns »der Letzte, den man fragen sollte«. Gerade dann müssen wir, und andere, am allermeisten durch die Rechtsgrundlagen vor unseren eigenen Impulsen geschützt werden. In einer weniger furchtbaren Situation, als von dem Mr Baldwin befragenden Journalisten an die Wand gemalt, brauchen wir denselben Schutz vor unseren Launen und Anwandlungen, die uns dazu verleiten können, Städte zu zerstören und Bücher zu verbrennen, zumal sie von einer Ideologie oder der Überzeugung gerechtfertigt wird, dass unser Verständnis der christlichen Lehre jedes andere Verständnis ausschließt.

Milton sagt: »... wer ein gutes Buch vernichtet, der tötet die Vernunft selbst, er trifft das Ebenbild Gottes sozusagen mitten ins Herz.«

Dass einige Leute Mickeys Nacktheit in dem Buch *In der Nachtküche* als »pornografisch« und »unmoralisch« ansahen und dass andere sogar in Mickeys Entdeckung der Milch einen Subtext erblickten (einen nächtlichen Samenerguss), führte zu einem nicht sehr erbaulichen Streit über Gut und Böse und über Ästhetik. Auf der einen Seite stand die eiserne Ablehnung des Buches, auf der anderen standen diverse, häufig verächtliche Äußerungen eines empörten demokratischen Volksempfindens.

In der besten aller möglichen Welten sollten wir Ansichten, die unseren eigenen widersprechen, mit Respekt begegnen und der Erkenntnis, dass sie unvermeidlich sind. In unserer Demokratie haben wir uns darauf geeinigt, dass wir uneins sind.

Das ist natürlich ein Problem. Die Demokratie steckt voller Probleme. E. M. Forster deutete ihre Unzulänglichkeit im Titel seines Buches *Two Cheers for Democracy* an, und ich glaube, es war Winston Churchill, der erklärte, sie sei eine schreckliche Herrschaftsform, aber die beste, die wir haben.

Bücher dürfen nicht zensiert werden, ganz gleich, wie abstoßend wir ihren Inhalt finden. Zensur bildet Metastasen, die unausweichlich, oft unsichtbar vom Teil auf das Ganze übergreifen.

In *Über die Demokratie in Amerika* schrieb Alexis de Tocqueville: »Ich wüsste nicht, was im Fall einer Niederlage leichter zu unterwerfen wäre als ein demokratisches Volk ohne freie Institutionen.«

Ich bin der Ansicht, dass Mr Sendaks Buch auf lange Sicht in fröhlicher, kompromissloser Menschlichkeit als etwas Eigenes fortbestehen wird, wenn das laute Geschrei um Mickeys Nacktheit längst verklungen ist.

Auf jeden Fall befindet sich Mr Sendak in guter Gesellschaft.

Irgendwann während seiner vierjährigen Amtszeit von 1555 bis 1559 ordnete Papst Paul IV. an, die Genitalien der nackten Figuren in Michelangelos Freskogemälde *Das Jüngste Gericht* in der Sixtinischen Kapelle des Vatikans zu übermalen. Daniele da Volterra, ein zeitgenössischer Maler, erhielt den Auftrag, die anstößigen Stellen der Figuren mit Unterhosen zu bedecken, wofür er den Spitznamen »Il Braghettone« (der Hosenmaler) verliehen bekam.

In einer Replik auf den Papst wegen der Nacktheit der Figuren, die er gemalt hatte, erklärte Michelangelo: »Sagt dem Papst, das ist eine Lappalie und lässt sich leicht beheben. Soll er die Welt bereinigen, denn Bilder sind schnell zu bereinigen.«

Im tiefen Süden

1942, als ich mehrere Monate in New Orleans lebte, war die Stadt für mich ein Paradies auf Erden. 2005 wurde sie durch den Hurrikan Katrina für Hunderttausende Menschen zur schrecklichen Hölle und ist es bis heute.

An meinem ersten Morgen dort, einem Herbsttag vor sechsundsechzig Jahren, lief ich durch eine Straße am Rand des French Quarter. Ich sah einen schmutzigen Umschlag auf der Erde und hob ihn auf. Er war nicht frankiert, aber trug die Anschrift einer Frau in Baton Rouge. Mein Blick wanderte die Mauer des Stadtgefängnisses hinauf. Der Brief musste aus dem Fensterschlitz einer Zelle in einem der oberen Stockwerke geworfen worden sein. Er war nicht zugeklebt, und ich las ihn:

Warum warst du so hart zu mir? Ich sitz hier schon so lange und nie kommt was Liebes von dir. Warum hast du mir nix zu rauchen gebracht? Hab ich dich nicht drum gebeten? Immer schimpfst du und schimpfst und schimpfst bloß mit mir. Ich komm hier um ohne was zu tun, damit die Zeit rumgeht.

Der Brief war mit Bleistift geschrieben und nicht unterzeichnet. Ich trug ihn den ganzen Tag mit mir herum, dann klebte ich ihn zu, frankierte ihn und warf ihn in den Briefkasten.

Im folgenden Frühjahr, an meinem letzten Tag in New

Orleans, ging ich in ein Kaufhaus an der Canal Street, um ein Paar Strümpfe zu kaufen. Im ersten Stock, zwischen den Fahrstühlen, sah ich nebeneinander zwei Trinkbrunnen. Über ihnen große Schilder, auf denen stand: *White* und *Colored*.

Für einen meiner Romane, *Der Gott der Albträume*, der 1990 erschien, habe ich den Text des Briefes verwendet und mit einer Szene kombiniert, die an den Trinkbrunnen spielt. Getrennte Trinkbrunnen und der Brief verkörpern für mich wesentliche Aspekte des damaligen Lebens im tiefen Süden.

Seit dem letzten September 2005 habe ich von verschiedenen Stimmen in den Rundfunk- und Fernsehnachrichten immer wieder zwei Wörter gehört: *Lake Pontchartrain.*

Auf den breiten Stufen am westlichen Ufer dieses Sees saß ich gelegentlich mit einem befreundeten Schriftsteller, Pat, und seinen beiden fast erwachsenen Söhnen zusammen. Meistens entfernte sich der ältere nach und nach von uns, bis er auf der untersten Stufe saß, dicht am graublauen Wasser, das eine leichte Strömung hatte.

Ich war neunzehn. Ich war mit einem gebrauchten Chevrolet von Kalifornien quer durchs Land nach New Orleans gefahren. Ich hatte kaum Geld und brauchte Arbeit und eine preiswerte Unterkunft. Wie ich Arbeit fand, weiß ich nicht mehr, aber meine Unterkunft fand ich in einer ehemaligen Privatvilla an der Royal Street im French Quarter, die zu einer Pension umgebaut worden war. Während der Wochen, in denen ich dort wohnte, standen die untersten Stufen der einst mächtigen Treppe ständig unter Wasser. Erst nach einer Weile erfuhr ich, dass es aus einer Bar um die Ecke stammte, wo die Rohrleitungen der Toilette defekt waren.

Ich teilte mir ein riesiges Zimmer mit einer Frau, die in ihrer Jugend Mitglied einer Schauspieltruppe gewesen war. Selten erlebte ich sie nüchtern. Meistens schlief sie, und wenn sie wach war, behandelte sie mich mit ausgesuchter, lallender Höflichkeit. Ich schlief auf einer schmalen Pritsche gegenüber von ihrem großen Bett, und bis mir abends die Augen zufielen, starrte ich an die hohe Decke mit ihren Tierkreiszeichen auf dunkelblauem Hintergrund.

Vom Balkon ihres Zimmers konnte ich zwei Straßenbahnen sehen, die durch die Royal Street rumpelten. Auf der einen stand vorne *Desire,* auf der anderen *Piety*. Das Geländer, an dem ich lehnte, stammte aus dem neunzehnten Jahrhundert und war, meine ich, von dem Schmied Samuel Yellin angefertigt worden. Es war stabil und zugleich zart wie eiserne Spitze.

Ich fand eine Stelle als Registratorin in einer Behörde, die im Anbau eines gigantischen Armeegebäudes untergebracht war – einem Hangar für Kampfflugzeuge, die noch in der Erprobung waren. In meinem zweiten Monat dort stürzte eine P-59 unweit des Hangars auf einer Wiese ab, kurz nachdem ein Testpilot mit ihr gestartet war. Die Büroangestellten wurden für den Rest des Tages nach Hause geschickt, während ein Team von Sanitätern und Technikern die Leiche des Piloten und die Flugzeugteile aus einem Krater in der Erde barg.

Von der alkoholsüchtigen Schauspielerin hatte ich bald die Nase voll. Ihr früherer Mann, ein Arzt, der sie dann und wann besuchen kam, stellte mich einem Ehepaar vor, das ein paar Straßen weiter in der St. Ann Street wohnte. Wenige Tage, nachdem wir uns kennengelernt hatten, zog ich zu ihnen.

Pat und Mary hatten beide für ihre Debütromane Preise gewonnen, aber nicht viel Geld. Mary musste weiter halbtags als Sekretärin arbeiten. Ich lernte ihre Freunde kennen, die abends oft vorbeikamen und im schlichten, spärlich möblierten Wohnzimmer zusammensaßen und redeten.

In ihrem überwucherten Garten stand ein schmales zweistöckiges Häuschen, in dem früher Sklaven gewohnt hatten. Es besaß zwei Zimmer, im Erdgeschoss eine Küche und darüber ein Zimmer, in dem ich schlief.

Ich liebte Pat und Mary, ich liebte ihr Leben, ihr Haus, ihre Freunde. Abends fuhren wir häufig mit ihrem alten Auto in die Canal Street, wo Pat parkte, damit er, Mary und ich zusehen konnten, wie die Leute ihrem Leben nachgingen, friedlich herumspazierten und redeten oder stritten, sich manchmal sogar prügelten. Wir guckten in die beleuchteten Schaufenster und vorbeifahrenden Autos, und das alles in einer Stimmung, in der sich zielgerichtetes Interesse und Müßiggang verbanden.

Wenn ich an New Orleans denke, kommen mir nicht nur der Duft von Jasmin, nicht nur der Klang einer Jazztrompete aus einer Kneipe in der Bourbon Street in den Sinn, sondern die Stadt selbst, kraftvoll lebendig, von einer Einzigartigkeit, die in jeder Straße, ja schon in der Luft spürbar ist. Und ebenso im French Market unten am Mississippi, nur ein paar Schritte von dem Häuschen in der St. Ann Street entfernt.

1942 war die Markthalle noch nicht »modernisiert«. Wenn Pat und ich hingingen, um Gemüse und Schalentiere für eine Jambalaya zu kaufen (ein regionales Gericht) oder sonst irgendetwas, das er am Abend kochen wollte, lagen die Lebensmittel frisch wie der Morgen in hölzernen Kisten unter knallig bunten Markisen, die sie vor der starken Sonne schützten. Als ich Jahrzehnte später zu einem Kongress in die Stadt zurückkehrte, lagen die Waren in Zementbecken aus und wirkten gar nicht mehr so frisch und besonders.

Wenn wir zu Hause unsere Beutel mit den Lebensmitteln ausgepackt hatten, stieg ich die schmalen Stufen zu meinem Zimmer hinauf, um mich ein paar Minuten hinzulegen. Die Dielen in dem Zimmer waren alt und nicht mehr richtig verfugt, sodass hier und da Ritzen klafften. Durch diese Ritzen führten Pat und ich lange Gespräche, während er unten in der Küche werkelte.

Wenn Pat nachmittags nicht an seinem zweiten Roman arbeitete, trug er manchmal einen alten Korbstuhl auf den Bürgersteig vor dem Haus und verbrachte ein Stündchen mit seinem schwarzen Nachbarn, der sich ebenfalls einen Stuhl vor die Tür gestellt hatte.

Das Haus von Pat und Mary war das letzte in dem reinen Weißenbezirk. Er und sein Nachbar unterhielten sich kameradschaftlich. In den Monaten, die ich dort verbrachte, stritten sie sich nur, als Richard Wrights Roman *Native Son* erschien.

Der Freund, der mich mit Pat und Mary bekannt gemacht hatte, lud mich ein, im Charity Hospital bei einer Operation zuzuschauen. Ich redete mir ein, dass ich vor nichts zurückschreckte. Und sagte zu.

Dem Chirurgen stellte er mich als Praktikantin vor. Im Operationssaal brachte mir eine Schwester einen Hocker, auf den ich mich stellen sollte, und einen Mundschutz. Ich sah über eine Stunde dabei zu, wie die Gedärme des Patienten, vom Skalpell befreit, genau über seinem Bauch in der Luft schwebten. Ich täuschte Interesse vor, solange es ging, doch meine kühne Absicht, die Sache bis zum Ende durchzustehen, schwand mit der Zeit immer mehr, und schließlich bat ich, gehen zu dürfen.

Einige Tage später fuhr der Arzt mit mir in einen Badeort namens Pass Christian am Golf von Mexico. Er trug eine durchsichtige Badekappe, und während wir über den Sand spazierten, blähte sie sich hin und wieder auf. Zu Mittag aßen wir im Speisesaal eines Hotels. Der Kellner war ein hochgewachsener älterer Schwarzer, der auf seinen Füßen schwankte, während er unsere Bestellungen notierte. Ich warf einen Blick auf seine Schuhe und sah, dass er Löcher für seine wunden Zehen ausgeschnitten hatte. Ich war noch sehr jung, aber auch ich hatte bereits gekellnert. Ich wusste ein wenig darüber, wie Kellnerfüße leiden.

Eines Morgens stiegen Pat, Mary und ich zu dritt ins Auto und fuhren zum Mississippi-Delta. Sie besaßen eine winzige Hütte mit zwei Zimmern in einer Siedlung, die Boothville hieß. Das ganze Haus summte wie ein Bienenstock. Es war über die Monate zu einer riesigen Honigwabe geworden. Mary schrieb eine Geschichte darüber, die auch veröffentlicht wurde: *The Honey House*.

Einige Monate nach meiner Rückkehr nach New York kam ein Maler, den ich häufig bei Pat und Mary in der St. Ann Street gesehen hatte, in der kleinen Wohnung in Greenwich Village vorbei, die ich leihweise bewohnte, und brachte mir eine Nachricht.

Pat war tags zuvor im Charity Hospital an einer Herzkrankheit gestorben. Der Maler und ich starrten uns traurig an. Wir sagten lange Zeit nichts nach seinen Worten: »Pat ist tot.«

August 2010

Seinen ersten Herzanfall, einige Jahre früher, hatte Pat nach der Veröffentlichung seines preisgekrönten Romans *Green Margins* gehabt, der von den Cajuns im Mississippi-Delta handelt. Es passierte auf einer Fahrt – einer der vielen im Laufe der Jahre – nach Boothville, einer kleinen Cajun-Gemeinde. Dort packten ihn drei Männer, schleppten ihn in ein Gehölz, schoben ihm einen Schlauch in den After und pumpten einige Minuten lang Luft in ihn hinein.

Von diesem schrecklichen Vorfall erzählte er mir mit neutraler Stimme. Er verstehe, sagte er, warum sie es getan hatten. Sein Roman habe sie »in ihrer Ehre gekränkt«, nicht, weil er irgendwelche Skandale über sie dargestellt hätte, sondern weil sie sich als Gemeinschaft bloßgestellt fühlten und weil es ihnen wichtig war, ihre Anonymität zu wahren.

An jenem Abend hatte man ihn ins Charity Hospital gebracht. Die Ärzte hatten nicht geglaubt, dass er durchkommen würde. Aber er war durchgekommen.

Grace

Wenn sie erst mal draußen auf der Straße waren, schenkte Grace, seine Hündin, John Hillmann keinerlei Beachtung, es sei denn, sie wollte weiter vorauslaufen, als ihre Hundeleine es ihr erlaubte. Dann blieb sie stehen und sah sich mit erhobener Pfote zu ihm um, anstatt vorzupreschen und sich mit dem Halsband zu würgen, wie John es bei anderen Hunden gesehen hatte.

Aus ihrer plötzlich gefurchten Stirn und dem leichten Zucken der gestreckten Pfote meinte er, ein Flehen herauszulesen. Das rührte und ärgerte ihn zugleich. Er hätte gern einen Hund mit mehr Pepp gehabt. Auch wenn er ihre Futterschüssel auf den Küchenfußboden stellte, zögerte sie und starrte ihn unverwandt an, bis er sie ermunterte und »Nun friss« sagte oder: »Da, Grace, dein Fresschen.«

Er betrat den Central Park am frühen Abend und schlug den üblichen Weg ein, und mit jedem Schritt, den er sich von dem Apartmenthaus entfernte, in dem er wohnte, wurde ihm milder ums Herz. Einige von den Leuten, die er traf und die selbst keine Hunde hatten, blieben stehen, um Mutmaßungen über Grace' Alter oder ihre Rasse anzustellen.

»Der klassische Hund von früher«, erklärte ein älterer Herr im langen Regenmantel, an dessen Saum Grace behutsam schnupperte.

John hatte beschlossen, dass sie ungefähr drei Jahre alt sein musste, wie es auch die Leute im Tierheim schätzten, in dem er sie gefunden hatte. Aber die meisten Leute, die ihn im Park ansprachen, hielten sie für älter.

»Gucken Sie sich die Zitzen an. Sie hat auf jeden Fall einmal geworfen. Und ihre Schnurrhaare werden schon weiß«, bemerkte eine jüngere Frau in einem schwarzen Sweatshirt und weiten grauen Baumwollhosen. Sie sah John mit ernster Miene an, und ihr Tonfall war unpersönlich. Trotzdem meinte er, aus ihren Worten so etwas wie eine Grundsatzerklärung herauszuhören: Das Wort »tits – Zitzen« sei ein neutrales Wort, das eine Frau einem Mann gegenüber äußern könne, wenn er nicht in überholten Ansichten befangen wäre.

Was wohl passiert wäre, überlegte er, wenn er sich, von ihrem Gebrauch des Wortes entflammt, auf sie gestürzt und ihre Brüste begrapscht hätte, die, während sie redete, unter ihrem Sweatshirt auf und ab wogten wie Schauspieler, die sich hinter einem Vorhang bewegten?

»Wahrscheinlich haben Sie recht«, sagte er mit einem Blick zur Parklaterne, die, als er sprach, gerade anging und ihr Licht auf weggeworfene Zeitungen, Fruchtsaftpackungen, zerknüllte Zigarettenschachteln und leere Wasserflaschen aus Plastik warf. Er hatte gesehen, wie Leute beim Walken oder Laufen stehen blieben, um an solchen Flaschen zu nuckeln, und sie dabei steil hochhielten, damit ihnen das Wasser möglichst schnell in den Mund lief. Vielleicht waren sie einfach überhitzt.

»Ich kenne mich mit Hunden nicht besonders aus«, fügte er hinzu.

Ihr Äußeres war angenehm, fand er, frisch und burschikos,

sie musste ungefähr in seinem Alter sein, und ihre breitbeinige Art zu stehen, hatte etwas Kumpelhaftes. Er hätte sie gern einen Augenblick begleitet, eine Frau, die sich mit solcher Autorität äußerte, obwohl ihre Laufschuhe so hässlich waren. Er wusste, dass Leute diese alberne Fußbekleidung heutzutage selbst zu Hochzeiten und Beerdigungen trugen. Allerdings hoffte er, dass sie nicht plötzlich anfangen würde, auf der Stelle zu laufen oder die Arme zu strecken oder Nackenübungen zu machen, um etwaige Verkrampfungen zu lösen und dabei ungehemmt zu stöhnen.

Wenn er sich mit Leuten unterhielt, litt er an einer Beklemmung, einer nervösen Angst, sie könnten etwas sagen oder tun, was ihm schrecklich gegen den Strich ging. Er hatte sich fast ein Jahr lang mit einer Frau getroffen, die solche Übungen für den Nacken zu Zeiten machte, die ihm unpassend schienen. Als sie einmal in einer Bar, in die sie häufiger gingen, eine solche Übung beendet hatte, fragte sie ihn: »Hab ich nicht ausgesehen wie ein Miezekätzchen?« »Nein!«, erwiderte er mit eisigem Widerwillen in der Stimme. Er bereute es sofort. Sie verbrachten die Nacht stocksteif nebeneinanderliegend in ihrem Bett. Am nächsten Morgen zog sie sich stumm an, mit versteinertem Gesichtsausdruck. Er hatte versucht, sie mit jungenhafter Fröhlichkeit zu versöhnen. Sie hatte ihr Schweigen mit einem einzigen Satz gebrochen: »Ich will dich nicht mehr sehen.«

»Einen schönen Tag noch«, sagte die Frau mit den weiten Hosen und krümmte winkend die Finger, als sie sich bergab wandte. Er beugte sich rasch zu Grace hinunter und streichelte ihren Kopf. »Aber es ist doch Abend«, murmelte er.

Galt das Interesse der Leute im Park nur seinem Hund? Bezogen ihre freundlichen Blicke ihn mit ein? Wenn der Spaziergang dem Ende zuging, hatte John das Gefühl, dass er ein Land des guten Willens verließ, dass die breite Straße, die er überqueren musste, wenn er aus dem Park trat, um zu seinem Apartmenthaus zu gelangen, die Grenze zu einem anderen Land war, der Stadt New York, die er im Lauf des letzten Jahres zu lieben aufgehört hatte.

Am Bordstein sorgte Grace häufig für Probleme. War die Ampel grün und der Verkehr Richtung Norden rauschte vorbei, hockte sie friedlich auf dem Hintern. Aber wenn die Ampel auf Rot sprang und die Fußgängerampel WALK anzeigte, wurde Grace störrisch, scharrte auf einmal wie wild in der harten Erde am Fuß eines dürren Baumes oder drehte der Straße den Rücken zu. Dann zerrte John an ihrer Leine. Und Grace kläffte. Es war ein schrecklich hohes, dünnes, verängstigtes Kläffen. John biss die Zähne zusammen und schleifte sie über die Fahrbahn, wobei er sich beinahe wünschte, ein Auto möge sie erwischen.

Im Fahrstuhl, wenige Sekunden später, tat es ihm leid, dass er die Beherrschung verloren hatte. Wenn Grace doch nur zu ihm aufblicken würde. Aber sie starrte nur stur auf die Tür.

Das Unangenehme am Leben mit einem Hund ist, dass man mit einem Urteil über sich allein dasitzt, dachte John. Wenn ein Mensch ihm vorgeworfen hätte, er sei gemein, hätte er sich verteidigen können. Aber bei einem Hund … Man leistete sich eine Gemeinheit, wenn man sicher war, dass keiner guckte, und hinterher war es, als hätte man es vor dem Spiegel getan.

John hoffte, dass Grace diese Augenblicke am Bordstein vergaß. Aber sie legte oft die langen seidigen Ohren an, wenn sie neben ihm herlief, und das nahm er als Zeichen. Die Vorstellung, dass sie Angst vor ihm hatte, war beschämend. Wenn sie den Schwanz einzog oder unter einen Tisch kroch, murmelte er ihr Koseworte zu und hielt die Hände ganz still. Er sagte sich, dass er nichts über ihre Vergangenheit wusste; ohne Zweifel war sie misshandelt worden. Doch seine Gedanken kehrten immer wieder zur eigenen Schuld zurück.

Um seine gute Absicht unter Beweis zu stellen, brachte John ihr Leckereien mit und ging auf dem Heimweg von der Arbeit beim Metzger vorbei, um ihr Knochen zu kaufen. Wenn Grace hochsprang und jaulte und tanzte, während John die Tür aufschloss, stellte er seine Aktentasche ab und langte in einen Plastikbeutel, um Grace zu zeigen, was er ihr mitgebracht hatte. Sie machte sich immer sofort über den Knochen her, mit einer Wildheit, die sie sonst niemals an den Tag legte. Und John setzte sich, ohne Licht zu machen, in einen Sessel im Wohnzimmer und genoss seinen inneren Frieden.

Nachdem er sie gefüttert hatte, ging er mit ihr in den Park. Wenn alles gut lief, dauerte das friedliche Gefühl den Abend über an. Doch falls Grace stur war, wenn die Ampel auf Grün sprang – oder schlimmer, wenn die Ampel umsprang, während sie noch mitten auf der Straße waren und von den anfahrenden Autos überrascht wurden und Grace sich sperrte und den Schwanz einkniff und sich aufs eingerollte Hinterteil setzte –, dann riss John trotz seiner guten Vorsätze an der Leine, und Grace kläffte. Wenn das passierte, musste er sich eingestehen, dass er sie hasste.

Dieser mörderische Zorn veranlasste ihn dazu, sich so

ähnlich zu misstrauen wie den Männern, die allein durch den Park liefen, schäbig gekleidet und schmutzig. Männer, wie er sie häufig auf einem Weg erspähte oder unter dem Geäst eines Baumes auf halber Höhe an einem Hang. In seiner Gegend gab es bei Tag genauso viele Überfälle wie bei Nacht. Erst eine Woche zuvor war ein Mann weniger als hundert Meter vom Eingang des Parks entfernt erwürgt worden. Jetzt im Frühsommer waren die Bäume belaubt, und es war schwerer zu sehen, aus welcher Richtung möglicherweise Gefahr drohte.

Am Tag nach dem Mord fragte er sich, ob sein Schrei laut genug wäre, um Hilfe herbeizuholen. Er hatte noch nie schreien müssen. Er stellte sich im Badezimmer vor den Spiegel, öffnete den Mund und klappte ihn sofort wieder zu, weil er sich einbildete, gesehen zu haben, wie ein schriller Schrei aus ihm herausplatzen wollte, der sich durch ein leichtes Zittern seines Zäpfchens ankündigte.

Grace bellte nicht – zumindest hatte er sie niemals bellen gehört –, und das verstärkte seine Sorge. Würde sie seine Ermordung stumm beobachten und sich dann mit schleifender Leine davonschleichen?

Manchmal wünschte er sich, sie würde weglaufen. Aber wie sollte sie das tun? Er ließ sie nicht von der Leine, so, wie manche Hundebesitzer es mit ihren Hunden machten. Wenn er das täte, würde sie sich vermutlich ein weiteres Mal verlassen fühlen.

Er hatte sich Grace angeschafft, weil es ihm abends und an den Wochenenden einsam geworden war, nachdem seine Beziehung mit der Miezekatze, wie er sie in seiner Erinnerung nannte, beendet war. In seiner Einsamkeit hatte er begonnen, über seine Vergangenheit zu grübeln. Er war sein Leben lang nachlässig gewesen, zu ungeduldig, um die Konsequenzen seines Handelns zu überdenken. Er hatte seine Gedanken zu einem unbestimmten Wirrwarr verkommen lassen, statt sich mit ihnen auseinanderzusetzen.

Wenn Reue ihn zu überwältigen drohte, bemühte er sich, das Positive zu sehen. Er hatte eine passable Stelle in einem Wirtschaftsprüfungsunternehmen, eine freundliche ältere Schwester in Boston, mit der er einmal im Monat telefonierte, und eine mietgebundene Wohnung. Er hatte immer noch Freude an Büchern. Er hatte am College Komparatistik studiert, bis er auf Betriebswirtschaft umgesattelt hatte, weil er meinte, dass er mit Literatur beruflich nicht weiterkäme. Er war körperlich gesund. Er war erst sechsunddreißig.

Erst! Würde er sich an seinem nächsten Geburtstag sagen, dass er *erst* siebenunddreißig war, und sich mit einem Wort zu trösten suchen, das sich auf der Kippe zwischen Hoffnung und Grauen befand?

Im Büro hatte er wenig Zeit, über die Vergangenheit zu grübeln, doch dort glitt er oft in einen Zustand seelischer und körperlicher Taubheit ab, nur anfallsweise unterbrochen durch eine Überspanntheit, wie er sie auch bei Kollegen und Bekannten beobachtete. Dieses Phänomen taufte er »kleine Aussetzer in großen Städten«.

Seine eigenen kleinen Aussetzer nahmen die Form einer Reizbarkeit an, die sich stündlich zu steigern schien. In den überfüllten Subwayzügen, mit denen er zur Arbeit und wieder nach Hause fuhr, raubte ihm ein starker, fettiger Geruch nach Haaren den Atem. Es gab so viel Haar dort, strähnig oder gelockt, kraus oder glatt, buschig oder eckig ausgeschnitten, geschmückt mit grob gezahnten Kämmen, Klammern aus Metall, Lederstücken, Gummibändern. Manchmal hielt sich John mit einer Hand Mund und Nase zu.

Dann gab es den bärtigen Mann, mit dem er sein Büro teilte. Den ganzen Tag zwirbelte er zwischen Daumen und Zeigefinger ein Haar in seinem Bart, als wäre es eine Sprungfeder, die er in die Haut zurückschrauben wollte. Wenn John zufällig aufblickte und seinen Bürogenossen dabei ertappte, konnte er weder wegschauen, noch ein einziges Wort aufnehmen, das der Mann sagte.

Er kochte vor Wut. Warum konnte der Mann sich sein Zupfen und Zwirbeln nicht für Zeiten aufsparen, in denen er alleine war?

Das war natürlich der Kern der Sache: die Privatsphäre. Dafür hatte keiner mehr das geringste Gefühl. Leute kratzten, kämmten und schminkten sich, zwirbelten Haare, schrien, ließen ihr Radio mit voller Lautstärke plärren, aßen, ja, liebten sich in aller Öffentlichkeit. Nicht, dass jemand dabei noch von Liebe sprach.

Auf einen Zettel, den er auf seinem Schreibtisch fand, schrieb John:

Name's Joe Sex
You can call me Tex
You can have me, have me
At 34th and Lex.

Er knüllte ihn zusammen und zielte, verfehlte aber den Papierkorb. Später am Tag fand ihn eine Sekretärin und las ihn den Mitarbeitern vor. Die Leute wurden fröhlich und kokett. Alle dankten ihm dafür, dass er sie aufgemuntert, den Tag heiterer gemacht hatte.

An dem Wochenende, bevor er Grace im Tierheim fand, schrieb er drei Briefe an die *New York Times*. Der Erste war an einen bekannten Psychiater gerichtet, der ein Buch über Kindesentwicklung rezensiert und es als »sofortigen Klassiker« bezeichnet hatte. John schrieb: »Die Bezeichnung sofortiger Klassiker ist ein Widerspruch in sich. Ein Klassiker etabliert sich erst mit der Zeit, niemals sofort.«

Der Zweite ging an einen Rezensenten, der einen Kriminalroman als *liebevoll* geschrieben bezeichnet hatte. »Liebevoll«, schrieb John, »ist kein Adverb, das auf Literatur passt, insbesondere nicht auf Thriller, die von Verbrechen handeln.«

Sein dritter Brief spießte einen Begriff auf, den ein Verfasser zur Beschreibung einer Romanheldin benutzt hatte: »street smart« – für großstadterfahren und clever. »Das klingt zwar pfiffig, ist aber ein bedeutungsleeres Klischee, welches die Realität verharmlost«, schrieb er. »In Wirklichkeit stolpern die Leute verwirrt und verschreckt durch die Straßen, selbst wenn sie mit dem Verkauf illegaler Drogen ein Vermögen verdienen. Clever sind Leute höchstens mal für ein paar Minuten.«

Während er die Briefe schrieb, war er euphorisch. Er kämpfte gegen den Verfall der Sprache und des Denkens. Doch bald verging der Rausch. Er starrte die Briefe auf seinem Schreibtisch an. Sie wirkten mehr als lächerlich. Er zerknüllte sie und warf sie in einen Papierkorb.

Dann kam er zu einem Schluss. Was er brauchte, war ein

lebendiges Wesen, für das er sorgen musste; ein Tier wäre eine Verantwortung, die ihn im Alltag verankern würde.

An Wochenenden war Grace ein Segen. John spielte mit ihr und zog dazu alte Lederhandschuhe über, damit ihre Zähne sich nicht in seine Hände gruben. In einem Drogeriemarkt kaufte er ihr Gummispielsachen, und sie lernte sie suchen und apportieren. Einmal, als er in der Badewanne lag und döste, brachte sie ihm eine Gummiente. »Nanu, Grace«, sagte er und tätschelte sie mit seiner nassen Hand. »Wie passend!«

Vielleicht hatten Hunde Gedanken. Wie ließ sich sonst erklären, dass Grace manchmal plötzlich von dem Platz aufstand, an dem sie lag, und in ein anderes Zimmer spazierte? Ihr musste etwas durch den Kopf gegangen sein.

Sie folgte ihm durch die Wohnung, wenn er sich rasierte, Frühstück machte, seine Socken wusch, die Möbel mit einem alten Hemd abstaubte. Wenn er sich mit seiner Zeitung hinsetzte, rollte sie sich in der Nähe auf dem Fußboden zusammen. In den drei Monaten, die er sie schon besaß, war ihr Fell glatt und glänzend geworden. Er betrachtete sie gern. Wo stammte sie her?

Als ob sie seinen Blick spürte, sah sie zu ihm auf. In solchen Momenten, in denen sie sich gegenseitig musterten, hatte John das Gefühl, die Zeit wäre stehen geblieben. Er versank in der natürlichen Welt, die sich in ihren Augen spiegelte, und näherte sich einer Form der Wahrnehmung, für die er keinen Namen wusste.

Doch wenn er sich zu ihr hinunterbeugte, um sie zu streicheln, legte sie die Ohren an. Und wenn er sie im Stehen berührte, zitterten ihre Beine vor Anstrengung, aufrecht und zugleich unterwürfig zu bleiben. Jedenfalls bildete er sich das ein.

Eines Tages kam er schon mittags von der Arbeit. Ihm war am Schreibtisch beim Kaffeetrinken schwindelig geworden. Grace war nicht an der Tür, um ihn zu begrüßen. Er rief nach ihr. Es kam keine Antwort.

Nach gründlicher Suche, überrascht davon, wie heftig sein Herz klopfte, entdeckte er sie unter dem Sprungrahmen seines Bettes. »Oh, Grace!«, rief er vorwurfsvoll. Sobald er sie herausgezogen hatte, drückte er sie an sich und presste den kleinen harten Kopf an seinen Hals. Nach einem Augenblick setzte er sie auf den Boden. »Du hast mich erschreckt«, sagte er. Grace leckte sich die Flanke. Hatte sein Gefühlsausbruch sie verlegen gemacht?

Johns Hals war rot und entzündet, aber er machte sich sofort mit Grace zu einem Spaziergang auf. Vielleicht war sie ja von der Änderung ihrer Routine verwirrt. Am Eingang zum Park setzte sie sich plötzlich hin. Er zupfte an der Leine. Sie blieb sitzen – unglücklich, wie er fand. Er nahm sie auf den Arm und lief mit ihr zu einer Fläche mit mittelhohem Gras und setzte sie dort ab. Pflichtbewusst ging sie in die Hocke und ließ Wasser. Ein kleines Stück entfernt sah John einen schwarzen Hund, der um einen Baum sauste, während sein Herrchen ihm zusah, die Leine schwang und grinste.

Grace erschien ihm heute besonders lustlos. Später, als er aufrecht im Bett saß und Tee aus einem Becher mit seinen Initialen trank – einem Geschenk der Miezekatze –, fragte er sich, ob Grace wohl auch krank war.

Sie lag vor dem Schlafzimmerfenster, die Pfoten zuckend, die Augen nach hinten verdreht, sodass unter den halb geschlossenen Lidern nur Weiß zu sehen war. Er versuchte zu vergessen, wie er sie nach ihrem kurzen Ausflug nach Hause gezerrt hatte.

Natürlich waren Tiere nicht nachtragend. Sie verziehen oder vergaßen solche Wutausbrüche. Trotzdem mussten sie eine Art Gedächtnis besitzen, Rückstände von Schrecken sozusagen, die ihre Einstellung zu ihrer Umwelt prägten. Grace wäre genauso ausgelassen wie der schwarze Hund, der um den Baum rannte, wenn ihre Kindheit anders verlaufen wäre. Sie sprang und jaulte, wenn John von der Arbeit kam, aber war das nicht schlicht Erleichterung? Mein Gott! Was machte sie den ganzen Tag in der Wohnung, Stunde um Stunde mit zunehmend vollerer Blase, vor den Fenstern der Lärm der Stadt, den sie hörte, ohne ihn zu verstehen?

Gegen Abend, nachdem er von einem Nickerchen erwacht war, fühlte John sich besser. Er beschloss, mit Grace zum Tierarzt zu gehen. Das hätte er schon längst tun sollen. Im Telefonbuch fand er einen Tierarzt in den West Eighties, nur wenige Straßen von seinem Apartmenthaus entfernt.

Am nächsten Morgen rief er im Büro an, um zu sagen, dass er erst nach der Mittagspause kommen werde; er müsse zum Arzt. Hörte die Sekretärin einen Doppelsinn heraus, als er das Wort Arzt sagte? Sie wusste nicht, dass er einen Hund hatte. Niemand im Büro wusste es.

Aber war es dennoch möglich, dass seine Ausflüchte, seine Lügen für andere durchsichtig waren? Und dass sie darauf verzichteten, sie näher zu ergründen, weil die Wahrheit womöglich noch weit belastender war?

Ihm war klar, dass man ihn bestenfalls für einen komischen Kauz hielt. Im schlimmsten Fall, mahnten ihn seine

Freunde, werde er vor lauter Mangel an Emotion vertrocknen. Doch in seinen Augen waren die meisten von ihnen übermäßig sentimental und trieben einen Kult um vage Empfindungen, die sie Gefühle nannten.

»Kaum hat man eine flüchtige Empfindung, wird sie sofort in eine Überzeugung umgemünzt«, sagte er zu einer Frau, die bei einem Dinner neben ihm saß. Die Gastgeberin hörte ihn, sprang auf, nahm die Salatschüssel mitsamt dem verbliebenen Inhalt und leerte sie über seinen Kopf. Er war empört, schaffte es aber, gemeinsam mit den anderen Gästen zu lachen, während sie halfen, ihm Salatblätter und Möhren- und Radieschenschnipsel von Kragen und Hals zu sammeln.

Den Rest des Abends hüllte ihn Verlassenheit ein wie ein Mantel. Alle, er selbst eingeschlossen, lebten im Irrtum. Er wusste irgendwie, dass er lebte. Das Leben war ein unlösbares Rätsel, das von Geschwätz umschlossen war. Die Olivenölflecken ließen sich nicht aus dem Hemd entfernen, und er musste es wegwerfen.

Im Wartezimmer des Tierarztes, wo Grace dicht an Johns Füßen saß, bewegten sich ihre Ohren zu den Miautönen einer Katze in einem Tragebehälter auf und ab. Die Besitzerin der Katze tippte mit dem Zeigefinger auf den Tragebehälter und lächelte John an. »Tut mir leid, dieser Lärm«, sagte sie. »Wir haben alle Angst, wenn wir zum Arzt müssen.«

Es mochte sein, dass sie recht hatte, aber ihr allumfassendes »Wir« wollte er sich vom Leib halten. Er deutete ein kleines Lächeln an und nahm eine Ausgabe des *Time Magazine* vom Tisch.

Als die Sprechstundenhilfe ihn aufrief und in Zimmer eins

schickte, machte sich Grace steif. Er wandte sich vom mitfühlenden Blick der Katzenbesitzerin ab und nahm sie auf den Arm. Er setzt Grace auf die Edelstahlplatte des Untersuchungstischs in der Mitte der kleinen kahlen Kabine. In einem anderen Zimmer jaulte eine Katze.

Als der Arzt eintrat, in einem Kittel, der den strengen, trockenen Geruch von Desinfektionsmittel verströmte, nickte er John zu und sah Grace an. Sie hatte sich ganz flach auf den Tisch gelegt, den Kopf zwischen den Pfoten. Die geröteten Hände des Arztes bewegten Grace' Hülle aus Fell und Haut über ihren Knochen hin und her, und er murmelte: »Braves Tier, braver Hund.«

Er maß Fieber, untersuchte ihre Zähne und drückte auf ihren Bauch. Grace wurde mit jeder Maßnahme passiver. »Staupeimpfung?«, fragte der Arzt. John schüttelte stumm den Kopf. Der Arzt stellte ihm weitere Fragen, doch die meisten konnte John nicht beantworten. Schließlich erläuterte John, dass er sie aus einem Tierheim hatte. Der Arzt machte ein finsteres Gesicht. »Die waren schon nicht doll, bevor die Stadt ihnen das Geld gekürzt hat«, sagte er. John nickte, als pflichtete er ihm bei, dabei war ihm alles neu. Das Einzige, was er über Hunde gewusst hatte, war, dass sie Tollwut bekommen konnten und mindestens zweimal am Tag Bewegung haben mussten.

Der Arzt sagte, Grace habe leichtes Fieber. Es wäre besser, sie über Nacht zur Beobachtung dazulassen. John könne sie Samstagmorgen wieder abholen.

John ging ins Büro. Die Kollegen kommentierten seine Blässe und fragten ihn, was der Arzt gesagt habe. »Ich hatte gestern

Fieber. Wahrscheinlich eine leichte Grippe«, erwiderte er. Darauf hielten sie Abstand zu ihm. Eine Sekretärin stellte ihm eine Flasche mit Vitamin-C-Tabletten auf den Schreibtisch und erklärte mit abgewandtem Gesicht, diese seien Munition im Krieg gegen Erkältungen.

»Ich habe Lepra«, sagte John.

Sie kicherte und entfernte sich von seinem Schreibtisch. Sie weiß nicht, was Lepra ist, dachte er, oder sie spürt, dass es etwas irgendwie Unamerikanisches ist.

Den Rest des Tages blieb er in seinem Teil des Büros. Er war froh, dass seine Kollegen ihn als ein wenig verrückt abgestempelt hatten. Es lag ihm nichts daran, den Stempel loszuwerden. Er machte es leichter. Wie er jetzt, seine dritte Tasse Tee trinkend, darüber nachdachte, wusste John nicht, welches *Es* leichter gemacht wurde.

Nach der Arbeit hatte er keinen besonderen Grund, nach Hause zu gehen, und machte in einer Bar an der Columbus Avenue halt. Er bestellte einen doppelten Whiskey. Als er ihn trank, meinte er zu spüren, wie sein Gehirn im Schädel aufstieg und einen Raum hinterließ, der sich mit ruhiger Leere füllte. Er bestellte noch einen, um sich das Gefühl zu erhalten, das ihn an die Momente nach der Liebe erinnerte, eine Pause im Dasein beinahe. Doch als er das Glas hob, kamen ihm bei der Vorstellung von vier Whiskeys auf leeren Magen Bedenken, und er bestellte bei einem vorbeigehenden Kellner ein Steak, medium. Er setzte sich mit seinem Drink an einen Tisch.

Als es kam, war das Steak zäh und erinnerte ihn an die Handschuhe, die er trug, wenn er mit Grace spielte. Und sie lag in diesem Augenblick in einem dunklen Käfig, verwirrt, aber gefasst. Oder vielmehr gleichmütig, das arme Ding, vom Strom des Daseins dahingetragen. Kein Wunder, dass sie manchmal plötzlich aufstand und in ein anderes Zimmer spazierte, um sich hinzulegen. Es war kein Gedanke, der sie trieb, sondern bloß das Bedürfnis nach einer kleinen Freiheit, ein wenig Bewegung im Schicksalsgefüge. Warum hatte er schließlich in dieser schrecklichen schummerigen Bar Station gemacht?

Er hatte ein paar Freunde, die meisten eingesponnen in eine gewisse Häuslichkeit, weil sie mit jemandem zusammenlebten oder fest zusammen waren. Sein ältester Freund war verheiratet und Vater eines Kindes. Dann und wann stellte ihm jemand eine Frau vor, zwecks möglicher Beziehungsanbahnung, halbherzig getarnt als Dinnereinladung.

Eine hatte kein Interesse an ihm gezeigt, doch eine andere hatte ihn beiseitegenommen und gefragt, warum er sich auf etwas einließ, das im Grunde genommen eine Sklavenauktion war. Ihm lag die Bemerkung auf der Zunge, dass keiner für sie geboten hatte. Stattdessen fragte er, warum sie sich bereit erklärt hatte, ihn kennenzulernen. Sie sagte, sie habe ein soziologisches Interesse am Lebensstil alleinstehender Männer in New York. Woraufhin er sagte, das Leben sei keine Stilfrage, ebenso wenig wie der Tod. Sie nannte ihn einen Dinosaurier.

Die einzige Frau, für die er sich im Lauf der Jahre auch nur einen Hauch interessiert hatte, war die Mutter des Kindes seines Freundes. Als ihm dieses Interesse aufging, weil es, nachdem mit der Miezekatze Schluss war, erneut erwachte, spielte sich in seinem Kopf eine Folge von Szenen ab wie ein Film: Betrug, Entdeckung, zerbrochene Familie, er ein Stiefvater, verspätet überwiesene Alimente. Sie war treu und fühlte sich nicht besonders zu ihm hingezogen.

Eine Zeit lang hatte er die Miezekatze zu geselligen Abenden bei seinen Freunden mitgebracht. Ihre Begeisterung für sie war von Hysterie gefärbt, stellte er fest, so, als hätte er sich von einem einsamen Wolf in ein fügsames Schaf verwandelt. Auf dem Heimweg von der Wohnung eines Freundes, wo sie zusammen den Abend verbracht hatten, fühlte er sich wie der Held auf einem Abziehbild: ein verlorener Sohn, gerettet durch eine Frau.

Jetzt war alles, was er noch hatte, ein kranker Hund. Auf ihn wartete eine Wohnung voll hässlicher Möbel. Und keine Grace.

Ihm drehte sich alles, nach dem ganzen Whiskey. Die Gabel rutschte ihm aus der Hand und fiel unter den Tisch. Er suchte gar nicht erst nach ihr, sondern blieb einfach regungslos am Tisch sitzen, den größten Teil des Steaks ungegessen auf dem Teller.

Vielleicht war es nur eine seltsame Schwäche, die ihn wie eine Ohnmacht befallen hatte, doch er bildete sich ein, spüren zu können, wie seine Körperkanäle eintrockneten, die Augen sich trübten, seine Haarwurzeln verdorrten und leise zerplatzten wie Seidenpflanzensamen, die man zwischen den Fingern zerdrückt.

Sein schallendes Nein zur Miezekatze vor Monaten klang in ihm nach. Was hatte ihn daran gehindert, Ja zu sagen? Vielleicht hätte sie gelacht und ihn umarmt. Durch den Zauber der Liebe, der einen befähigt, über Peinlichkeiten zu lachen, hätten sie womöglich alles, was folgte, abwenden können. Stattdessen hatte sie sich zur Wand gedreht, und er hatte geglaubt, sie wäre eingeschlafen, während er selbst von Unruhe gepeinigt wach lag und sich mit seinem Ärger über ihre Dämlichkeit ein, wie er mittlerweile erkannt hatte, hartes Urteil über seinen eigenen Charakter vom Leib hielt.

Im Grunde war sie eine sehr nette Frau: freundlich, großzügig, gutherzig. Was war schon dabei, dass sie, wenn sie sich zu einem Haustier oder dem kleinen Kind eines Freundes hinunterbeugte, mit hoher Piepsstimme sprach, dass sie sich die Hand aufs Herz legte, wenn sie gerührt war, dass sie sich in Theaterposen warf, wenn sie ihm ein neues Kleid oder eine neue Frisur vorführte? Was war dabei gewesen? Sie beide Körper an Körper – was war dann noch dabei?

Er seufzte und bückte sich, um seine Gabel aufzuheben. In der Dunkelheit unter dem Tisch fand er eine ungerauchte Zigarette zwischen den feuchten Saueregurkenenden und zerknüllten Servietten. *Steck sie dir an*, sagte er sich und spürte, wie die Kraft in seine Arme und Hände zurückkehrte. Rauchen war das Einzige gewesen, was die Miezekatze wütend gemacht hatte. Das hatte ihn gestört, so sehr, dass er sich die Freude versagt hatte, abends nach dem Essen gelegentlich eine Zigarette zu rauchen. »Mach keine Religion draus«, hatte er sie gemahnt. »Es ist nur eine von tausend möglichen Todesursachen.«

Er winkte einem Kellner und bat um ein Streichholz. Noch während er sprach, hörte er eine Stimme brüllen: »… mit üblen Auswirkungen für die Wirtschaft.« Jemand hatte den Ton des Fernsehers über der Bar laut gestellt. John warf einen Blick zum Sprecher auf dem Bildschirm, einem älteren Mann, der eine Brille mit Stahlrand trug. »Auswirkung auf, nicht für, du Idiot«, murmelte er, seine Zigarette paffend.

»Immer korrigierst du mein Englisch«, hatte sie mehr als einmal protestiert. Plötzlich fiel ihm ein, dass er sich selbst darüber belogen hatte, wie die Beziehung zu Ende gegangen war. Er hatte sich eingeredet, sie hätte wütend seine Wohnung verlassen, morgens nach ihrem Streit über das »Miezekätzchen«. In Wirklichkeit hatte es eine Woche gedauert, in der sie sich am Ende des Tages in seiner oder ihrer Wohnung trafen, zusammen aßen, ins Kino gingen, nebeneinander im Bett schliefen. Sie hatten sich nicht geliebt. Wenn sie miteinander sprachen, dann über alltägliche Dinge, und wenn sie morgens auseinandergingen, er ins Büro, sie in die Privatschule, wo sie die erste Klasse unterrichtete, hatte sie flüchtig ihre Wange an seine gedrückt. Das Leben hat seine Rhythmen, hatte er sich gesagt.

Doch am Ende der Woche, nachdem sie das leichte, von ihm zubereitete Abendessen angestarrt hatte, sprudelten auf einmal Worte aus ihr heraus, die wie die Fortsetzung eines wütenden inneren Monologs wirkten: »… und es ist nicht nur meine Art zu reden. Du versuchst, alles an mir zu ändern!« Sie stockte, dann schrie sie: »Warum sagst du nie, was du wirklich meinst? Mein Gott! Der Eiffelturm könnte auf dich drauffallen, und du würdest nicht mal reagieren!«

Er hatte gelacht, vor Überraschung über ein so hergesuchtes Bild. »Ja, da wäre ich sprachlos«, hatte er gesagt. Aber er hatte auch zugegeben, dass er sich ungeschickt verhalten hatte.

Erst dann hatte sie unter Tränen gefragt, wie er nur so rigoros hatte Nein sagen können. Hinterher, während sie innerlich völlig tot gewesen war, sei er mit einem dummen Grinsen durch die Wohnung gelaufen – so, als wäre zwischen ihnen nichts vorgefallen.

Sie nahm ihre Handtasche vom Stuhl, auf dem sie gesessen hatte, ohne zu essen, während er sein Mahl vertilgt und weiter munter vor sich hin geplaudert hatte.

»Du bist ein einziges großes Nein!«, platzte sie heraus. »Und du grinst sogar jetzt …«

Er erinnerte sich, dass er sich ans Gesicht gefasst hatte. Sie hatte recht gehabt. »Das ist keine Absicht«, hatte er gesagt. Sie war aufgestanden, hatte ihren Schlüssel auf eine Arbeitsfläche gelegt und die Wohnung verlassen.

Er hatte ihr unberührtes Abendessen aufgegessen, sein Kopf wie ein leerer Eimer. Dann hatte er darauf gewartet, dass sie ihn anrief. Er hatte darauf gewartet, dass er sie anrief. Aber irgendwas war weg. Er war in einen sturen Trotz gegen sie verfallen: Sie mied die wahren Probleme des Lebens, gab nur Plattitüden von sich.

Er warf die Zigarette weg, die ihm der Kellner angezündet hatte, stand auf und eilte aus der Bar. Der Kellner kam hinter ihm her. John zahlte seine Zeche auf dem Bürgersteig und fühlte die Blicke der Passanten.

Ich werde nicht an sie denken, befahl er sich, als er heimwärts ging. Ich habe Klarschiff gemacht. Es geht mir besser so.

Als er die Tür aufschloss, rief er: »Grace!« Dann fiel es ihm wieder ein. »O Gott …«, sagte er laut.

Er duschte heiß und lange. Hinterher fühlte er sich schwach, und ihm war unangenehm warm. Noch nackt ging er durch die Zimmer, ließ sich von der Luft trocknen, wedelte mit den Armen, ein Schwergewicht, das zu fliegen versucht.

Vor dem Schlafzimmerfenster, das auf den Central Park hinausging, blieb er stehen. Vielleicht schaute die kameradschaftliche Frau, die von Grace' Zitzen geredet hatte, beim

Joggen hinauf und fragte eine Freundin: »Siehst du den Schwanz da oben im Fenster hängen?« Aber er war im sechsten Stock, unsichtbar für alle außer vorbeifliegenden Vögeln.

Er zog ein ausgeleiertes T-Shirt über und stellte den Fernseher an. Normalerweise guckte er Opern, eine freitagabendliche Nachrichtensendung und dann und wann einen alten Film. Heute wollte er nehmen, was kam. Es fiel ihm schwer, nicht immer wieder daran zu denken, wie er, ohne zu bezahlen, die Bar verlassen hatte.

Ein Nachrichtensprecher sagte: »Die Krise kreist um …« Er schaltete um und landete bei einer Psychologin mit diabolisch rotem Haar, die über Rollenvorbilder und Kommunikation sprach. »Wir müssen kommunizieren«, erklärte sie in einem Ton, den John als bedrohlich empfand. »Worüber denn?«, fragte er den Bildschirm. »Ohne Ergänzung ist das Verb tot. Und ist ›Rollenvorbild‹ nicht tautologisch?«

Auf einem anderen Sender verkündete eine nicht mehr ganz junge Schauspielerin, dass sie sich nach langen Jahren des Rauschmittelmissbrauchs – »yeah, Kokain, die ganze Latte« – und liebloser Beziehungen zu einer Frau mit reifer Sexualität entwickelt und die Verantwortung für sich und ihren Körper übernommen habe. Der Interviewer nickte und lächelte ununterbrochen.

Bei einem Live-Interview mit Zuschauerbeteiligung wurde ein sehr korpulenter arabischer Emir von einem Anrufer mit Abdul angeredet und anschließend gefragt: »Wie geht's?« Die verschlossene Miene des Emirs blieb unbewegt, aber von ihm schien ein Glühen auszugehen wie von heißer Kohle.

John schaltete schneller um. Von jedem der auf dem Bildschirm sprechenden Münder wurde besitzerlos, ohne jeden inhaltlichen Bezug das Wort »hoffentlich« in die Sätze eingestreut wie diese weißen Styroporflocken, in die man Porzellan und Gläser einpackte.

Das Telefon klingelte. Überrascht – abends um diese Zeit rief sonst niemand an – nahm er den Hörer ab, und eine forsche männliche Stimme fragte: »John?«

Er kannte die Stimme nicht. Vielleicht hatte er sie vergessen. Er hatte kein gutes Gedächtnis für Stimmen. »Ja«, antwortete er. Und merkte dann sofort, dass der Mann etwas verkaufen wollte. »Kennen Sie mich?«, fragte John. Die Stimme lachte. »Nein, John, das nicht«, sagte sie. John legte auf.

Es war fast Mitternacht, als er das Gerät ausschaltete und ins Bett ging. Auf einem Tisch am Bett lag ein Band Kurzgeschichten von einem englischen Autor. In einer von ihnen hatte der Autor geschrieben: »Man kann nicht umhin, an den Krankheiten seiner Zeit zu leiden.«

Er dachte an die Leserbriefe, die er weggeworfen hatte. Warum hatte er sie überhaupt erst geschrieben? Schließlich würde die Welt von schlechtem Sprachgebrauch nicht untergehen. »Ich habe einen Sprung in der Schüssel, Grace«, sagte er zum abwesenden Hund.

Sein Körper und sein Hirn begannen langsam, in die Formlosigkeit des Schlafens überzugehen. Seine Hand angelte nach dem Lichtschalter, und er drückte ihn, so schien es ihm, mit dem letzten Fitzelchen Kraft.

Sofort begann sein Herz zu rasen. Seine Lider öffneten sich, er war hellwach und mitten in der Erinnerung an den Bericht der Miezekatze über den Tod ihres einzigen Bruders einige Monate, bevor er sie kennengelernt hatte. Ihr Bruder war aus dem Mittleren Westen bei ihr zu Besuch gewesen. Eines Morgens war er beim Rasieren im Bad umgefallen und an einem Herzinfarkt gestorben. Er war achtundzwanzig gewesen.

Sie hatte ihre Mutter in Norman, Oklahoma, telefonisch benachrichtigt. Ihr Vater war vor einigen Jahren an der gleichen Krankheit gestorben.

»Oh, Himmel – woher sollen wir das Geld nehmen, um ihn nach Hause zu fliegen und zu beerdigen?«, seien die ersten Worte ihrer Mutter gewesen, hatte sie John erzählt.

Er hatte sich darüber empört, dass eine Frau, deren Sohn gestorben war, solche banalen Sorgen im Kopf hatte.

»Du verstehst das nicht«, hatte sie ausgerufen. »Sie hat etwas vor ihren Kummer geschoben – so wie eine Tür, die man gegen Einbrecher verriegelt. Und Geld ist nicht banal, wenn man wenig davon hat!«

Sie hatte zugleich recht und unrecht gehabt, genauso wie er. Aber das hatte er schwerlich näher mit ihr besprechen können, während ihr die Tränen über die Wangen liefen.

Er knipste das Licht wieder an, nahm das Buch mit den Kurzgeschichten vom Tisch und schlug es irgendwo auf. Er las ein paar Sätze. Da er kein Wort verstand, legte er das Buch wieder weg. Das Telefon klingelte. Er griff nach dem Hörer und spürte, wie ihm die Luft wegblieb, weil er hoffte, dass sie es war. »Hallo, hallo?«, sagte er flehentlich. Am anderen Ende sagte eine gedämpfte Stimme: »Manuel?«

Am nächsten Morgen ging er wieder zum Tierarzt. Das Wartezimmer war voll von Tieren und ihren Besitzern. Hunde hechelten oder bewegten sich rastlos oder wimmerten. Auf dem Schoß eines Mannes saß eine Katze mit glänzenden Augen, das eine Ohr fast ganz vom blutverschmierten Kopf abgetrennt.

Zu Johns Erleichterung schickte ihn die Sprechstundenhilfe gleich in einen Untersuchungsraum. Dort erwartete ihn der Arzt mit ernster Miene.

»Es tut mir leid, Ihnen sagen zu müssen, dass« – er warf einen Blick auf eine Karte, die auf dem Tisch lag – »Grace entschlafen ist.«

Zu seinem Erstaunen hörte sich John laut aufstöhnen. Der Arzt nahm seinen Arm. »Schon gut! Beziehungen zu Haustieren gehen sehr tief«, sagte er leise. »Sie dürfen sich nicht die Schuld geben. Grace hatte ein ganzes Buch voll Krankheiten. Aber gestorben ist sie am Herzwurm.«

»Herzwurm!«, rief John.

»Das wird von Stechmücken übertragen«, erklärte der Arzt. Er ließ Johns Arm los.

»Sie erschien mir gar nicht so krank«, sagte John matt und lehnte sich an den Untersuchungstisch.

»War sie aber«, entgegnete der Arzt entschieden. »Und bitte lehnen Sie sich nicht gegen den Tisch, sonst rutscht er weg. Ich möchte Ihnen raten, eine Weile zu trauern, und danach wird es hoffentlich weitergehen. Schaffen Sie sich ein neues Haustier an. Es gibt reichlich, die ein Zuhause suchen.« Er nickte zur Tür hin.

John hob die Hand. »Warten Sie! Hat sie je Junge gehabt?«

Der Arzt runzelte flüchtig die Stirn. »Ja, ich glaube schon.«

»Was machen Sie mit den Kadavern?«, fragte John an der Tür.

»Wir haben eine funktionierende Entsorgung. Sie bekommen Bescheid«, antwortete der Arzt, während er bereits eine Flasche mit einer rosa Flüssigkeit aus dem Regal nahm und schüttelte.

Draußen auf dem Bürgersteig blieb John stehen, um sich zu fassen. Er spürte einen stechenden Schmerz über dem Bauchnabel. Er lockerte den Gürtel, und der Schmerz ließ nach. Er hatte in letzter Zeit unvorsichtig gegessen und auf jeden Fall zugenommen. Er kehrte in seine Wohnung zurück.

Im Wohnzimmer blätterte die Farbe an der Decke. Er musste wirklich was tun. Er holte einen Mopp aus der Kammer und fuhr damit über den Boden. Unter einem Polstersessel fand er einen Knochen, den Grace dort versteckt haben musste. Als er sich bückte, um ihn aufzuheben, entstand in seinem Kopf eine Frage. War es nur ihre Vergangenheit gewesen, die sie ängstlich gemacht hatte? Ihre Welpen fort, die Autos gefährlich, die Suche nach Nahrung endlos, der Wurm in ihrem Herzen bei seinem tödlichen Werk. Er starrte auf den Knochen mit den Spuren ihrer Zähne.

Wie von einem heftigen Ruck erfasst ging er zum Telefon. In einem Notizbuch befand sich zwischen Buchtiteln, Opernzetteln und Zugfahrplänen nach Boston eine Liste mit Telefonnummern. Den Namen der Miezekatze hatte er ausgestrichen, aber nicht ihre Telefonnummer. Mit dem Hundeknochen von Grace noch immer in der Hand wählte er sie.

Beim fünften Klingeln ging sie ran.

»Hallo, Jean«, sagte er.

Er hörte, wie sie nach Luft schnappte. »So. Du bist's«, sagte sie.

»Ja, ich bin's«, sagte er.

»Und was willst du?« Ihr Atem ging schnell.

»Ich würde dich gern sehen.«

»Wozu?«

»Jean, ich weiß, wie gemein es war, was ich zu dir gesagt habe.«

»Du warst so – verächtlich!«

»Ich weiß. Ich hatte kein Recht –«

Sie unterbrach ihn. »Das hat niemand.«

Sie verstummten gleichzeitig. Ihr Atem ging langsamer.

»Es ist nicht so, dass ich auf dich gewartet habe«, sagte sie abwehrend.

»Ich will nur mit dir reden.«

»Du willst! Einmal im Jahr solltest du auch mal dran denken, was andere wollen!«

»Jean, bitte …« Er ließ den Knochen auf den Tisch fallen.

Plötzlich sprudelte sie los. »Das war so dumm, dass ich dich gefragt habe! Das werde ich nie vergessen. Ich halte es nicht mal aus, mir selber zu erklären … wie das kam. Ich spüre bloß, wie sehr ich mich dafür schäme.«

»Wir werden in diese Welt geboren, und dann kann alles passieren«, sagte er.

»Was?«

»Hör zu. Ich hatte einen Hund. Grace. Sie ist krank geworden. Heute Nacht ist sie in der Tierklinik gestorben. Ich glaube, ich wollte es einfach jemandem erzählen.«

»Ich weiß nicht, was ich mit der Nachricht anfangen soll«, sagte sie. »Aber es tut mir wirklich leid für dich.« Sie hielt inne, dann fuhr sie fort. »Das arme Ding«, sagte sie sanft wie zu jemandem, der neben ihr stand.

Etwas schmerzhaft Prickelndes stieg in seinem Hals auf. Er hielt die Luft an, doch das Schluchzen ließ sich nicht zurückhalten. Obwohl es so laut war, hörte er sie sagen: »John? Ist alles in Ordnung?«

»Ja, ja … ich weiß nicht.«

»Oh, John, ich kann sofort zu dir kommen. Ich war Laufen, aber ich kann mich schnell umziehen. Ich habe nicht das Gefühl, dass alles in Ordnung ist.«

Die wenigen Tränen auf seinen Wangen waren bereits getrocknet. Sie standen in ihren Wohnungen, hielten sich an ihren Telefonhörern fest und versuchten, sich zu entscheiden, ob sie sich wirklich wiedersehen wollten.

Die weiten Gefilde des Todes

New York nach New Mexico

Gegen zwölf Uhr machten sie sich auf den Weg von den Organ Mountains hinunter ins Tal. Die Straße beschrieb einen weiten Bogen, verschwand hinter einem Felsvorsprung und verlief dann gut sichtbar über das Gefälle bergab. Hinter einer scharfen Kurve lenkte Harry Tilson den Wagen an die Leitplanke am Straßenrand und stellte den Motor aus. Amelia, seine Frau, gähnte und streckte sich. Harry zog die Jacke aus und legte sie gefaltet auf die Rückbank. Über und hinter ihnen brieten die Berge in der Mittagssonne.

»Was gibt's im Tal?«, fragte sie.

»Nichts.«

Sie nahm die Karte, die zwischen ihnen auf dem Sitz lag.

»Wann sind wir da?«, fragte sie.

»In knapp einer Stunde«, antwortete er.

»Hast du schon Angst? Vor dem Besuch?«

»Ich weiß nicht. Ich glaube nicht.«

Er hatte seinen Vater Ben dreiundzwanzig Jahre nicht gesehen. Amelia ließ die Karte sinken. »Wie soll ein Mensch diese Dinger richtig zusammenlegen?«, fragte sie. Auf ihren Knien lagen die Vereinigten Staaten, mit Bleistift war ihre Reiseroute von New York nach New Mexico darauf eingezeichnet.

»Was für ein langer Weg«, murmelte sie.

Harry blickte aus dem offenen Fenster auf das bleiche,

ausgedörrte Land unter ihnen. Der Besuch bei seinem Vater, alt und krank, vermutlich im Sterben, war als Abstecher von Taos aus geplant, wo sie Urlaub machten. Den ganzen Morgen hatten die Berge ihr Ziel verdeckt.

Bis Harry das Tal erblickte, hatte er nicht damit gerechnet, überhaupt etwas zu empfinden. Doch jetzt ergriff die Vergangenheit Besitz von ihm, begleitet von einer wachsenden Unruhe. Das alles entzog sich jedem Verständnis. Trotzdem hatte er aus dem, was er von seinen frühen Jahren wusste, lustige Anekdoten für sich und seine Zuhörer gestrickt. Sie überzeugten ihn beinahe, dass er eine Heimat gehabt hatte, eine Kindheit, und was sonst noch so dazu gehört.

Die Geschichten, die er erzählte, waren weniger lustig. Er wusste nicht, warum er sie erzählte. Vielleicht zog er eine gewisse Befriedigung aus den Reaktionen, die er hervorrief, wenn er im Ton eines Regionaldichters von nomadischen Wanderungen auf der Suche nach Arbeit berichtete, von abgewrackten Fords, in denen alles verstaut war, was sein Vater und er besaßen, von Schlägen, die er mit Bindedraht erhalten hatte, nachdem seine Mutter bei der Geburt seines Bruders gestorben war, der ein paar Monate darauf ebenfalls starb, an einer Kinderkrankheit. Wenn er daran zurückdachte, wie die fahrenden Schausteller alle halbe Jahre durch die Täler zogen und wie er nach dem Jahrmarkt, von ihrer bunten, oberflächlichen Fröhlichkeit noch angesteckt, gehofft hatte, sein Leben würde sich ändern, wenn er größer und klüger wäre, verstummte Harry manchmal mitten im Satz. Doch er entdeckte, dass auch das Schweigen seinen Nutzen hatte.

Als er jetzt darauf hinuntersah, war er erstaunt, dass es das Tal tatsächlich gab, und er fand sich mit einer fast beschämenden Wahrheit konfrontiert, für die er keine Worte finden konnte. Der Geruch von wildem Beifuß stieg ihm in die Nase. Er schloss einen Augenblick die Augen und spürte, wie er die Ohren spitzte, um zu hören, ob sich in der Stille der Berge etwas bewegte, genau, wie er es als Kind getan hatte. Es war alles wirklich passiert. Er ließ den Motor an und legte die Hände ans Lenkrad.

»Hast du immer in dieser Gegend gelebt, als du klein warst?«, fragte Amelia.

Harry schaltete in den zweiten Gang; es ging steil bergab. »Ja«, sagte er dann. »Was? Entschuldige …«

»Ich hab gefragt –«

»Ich weiß, was du gefragt hast.« Von hinten näherte sich ein Laster und überholte mit knirschendem Getriebe.

»Ja, und?«, fragte sie.

»Ob ich hier gelebt hab? Ja. Habe ich doch schon gesagt. Als er –«

»Dein Vater?«

»Wir haben immer am Fluss gewohnt. Da gab es Arbeit.«

Amelia versuchte erneut, die Karte zusammenzulegen. Das vergebliche Geraschel ging ihm auf die Nerven.

»Ich hatte ein Talent dafür, die billigsten Autos zu finden«, sagte er.

»Als du klein warst?«, fragte sie.

»Ich war zehn. Das ist nicht klein.«

»Ach so«, sagte sie. Er spürte ihre Skepsis. Was sollte ihre Fragerei? Wenn er sich jetzt zu ihr umschaute, das wusste er, würde eine gewisse leidende Milde in ihrem Gesicht liegen.

»Und dann?«, fragte sie.

»Dann«, begann er und beschleunigte, weil die Straße allmählich abflachte. »Dann packten wir das Auto voll und fuhren, bis wir Arbeit fanden. Den Lohn vertrank er. Samstags endete er im Saloon mit einer Nutte und ohne Geld. Ich lud beide ins Auto und fuhr sie zu unserem Lagerplatz. Manchmal machte die Frau mir Frühstück –«

»– als du zehn warst?«

»Als ich ein paar Jahre älter war. Sie heulten mich voll«, sagte er. Durch seinen Ton fühlte sie sich irgendwie mit gemeint und rückte näher an die Beifahrertür.

»Es sieht nicht so aus, als könnte man hier was zum Wachsen bringen«, bemerkte sie ziemlich steif.

Harry seufzte und lockerte seinen Griff am Lenkrad. Sie hatten die Talebene erreicht. Hier und da standen Rinder und stierten ins Tageslicht, wie sie auch in die Dunkelheit hätten stieren können.

»Man glaubt aber immer daran«, sagte Harry. »Dies ist ein schlechter Monat. Aber da, wo bewässert wird – da könnte man einen Leitungsmast einpflanzen, und der würde Wurzeln schlagen.«

Sie bot ihm eine Zigarette an, und als er sie ihr aus den Fingern nahm, warf er ihr einen Blick zu und grinste flüchtig. Ihre Ehe war jung, ihre Erfahrungen miteinander noch frisch. Alles im Wagen hatte mit ihnen zu tun, war von ihnen – ihre Karten und Zigaretten, die Koffer, in denen ihre Sachen durcheinanderlagen, eine halb leere Whiskeyflasche, die auf dem Boden herumrollte.

Er erinnerte sich an andere Autos, haufenweise klapperndes rostiges Zeug, seine Sachen und die seines Vaters, in Decken gewickelt.

Sie sah ihn an. Er stand als Mensch so sehr für sich allein, dass er in ihrer Vorstellung selbst gezeugt war, ohne Eltern, ohne Vergangenheit. Trotz seiner vielen Geschichten brachte sie ihn nicht mit dem komplexen Erfahrungsschatz in Verbindung, den sie bei anderen Leuten wahrnahm.

»Guck mal! Da ist ein Haus«, sagte sie erstaunt, weil sie nur mit Himmel und Horizont rechnete.

»Wir sind gleich da«, sagte er. »Mrs Coyle hat geschrieben, dass sie nördlich von Las Cruces wohnen.«

»Wie können Menschen so leben?«, fragte sie und wandte den Kopf, um das Haus noch einen Moment länger sehen zu können. Es erschien ihr wie ein unförmiger Haufen aufgeworfener gelber Erde. Das, was der Eingang sein musste, führte ins Dunkel. An der Lehmwand lehnte ein Reifenschlauch, und daneben stand ein Huhn in erwartungsvoller Haltung. Andere Lebenszeichen gab es nicht.

»Das ist ein Erdhaus«, sagte er. »Du würdest dich wundern, wie man noch so leben kann.«

Nun, da ihr Ziel nur noch Minuten entfernt war, stellte Amelia ihm eine Frage, die sie beschäftigt hatte, seit die Briefe von Mrs Coyle, der Amtsschwester, und einem Dr. Treviot eingetroffen waren und Harry über Bens Schlaganfall informiert hatten. »Wird dein Vater gelähmt bleiben?« Ein Zittern in ihrer Stimme verriet, dass sie nicht so distanziert war, wie sie tat.

»Wird schon nicht so schlimm werden«, sagte Harry. »Es setzt sich nicht fort. Ist nur sein rechter Arm.« Während er sprach, legte er ihr beiläufig den Arm um die Schulter. Doch da schoss ihm plötzlich ein Schmerz durch den Unterleib, und er zog abrupt den Arm weg.

»Was ist los?«

»Ach, ich bin bloß müde vom Fahren«, erwiderte er. Er fragte sich, was ihn bewogen hatte, sie zu beruhigen. Sein Vater konnte keine Bedeutung für sie haben, und für ihn war Ben Tilson ein monatlicher Scheck und ein Steuerfreibetrag. Ben sei ein Wrack, hatte der Arzt geschrieben. Niemand wisse, was ihn am Leben halte.

Er wusste es, dachte er, auf die Straße konzentriert, ohne sie wahrzunehmen, weil er seinen Vater vor sich sah, wie er nach achtzehn Stunden Arbeit in einem Bewässerungsgraben schlief und aufsprang, als das Wasser an seine bloßen Füße stieg, eine Gestalt aus einem Albtraum, schwarz und schlammbeschmiert. Es war ein unwürdiges Leben für einen Mann. Wozu waren solche Strapazen gut? Die Erinnerung war ihm zuwider – der Anblick von Ben, eine rasende Vogelscheuche, die trunken vor Erschöpfung den Bewässerungsgraben noch weiter aushob, bis das Wasser richtig floss.

»Da ist es«, sagte Harry. Sie waren um eine Kurve gefahren, und gleich dahinter kam, wie eine Oase, eine Gruppe von Cottonwoodbäumen und an einen Stamm genagelt ein Schild mit der Aufschrift COYLE. Harry stellte den Wagen ein paar Meter vorm Haus ab. Die Holzverkleidung und die Fensterrahmen hatten fast keine Farbe mehr; die Jalousien waren zu, und ein Blechdach funkelte grell im Sonnenlicht.

Einen Moment blieben beide reglos sitzen. Amelia meinte, bei Harry eine gewaltige Überwindung zu spüren, als er über sie hinweglangte und die Tür aufmachte, um dann auf seiner Seite auszusteigen. Als sie aufs Haus zutrat, sah sie einen grauen überdachten Eingang und ein paar magere Hühner auf den Stufen. Ein Hund von einer Farbe wie angekokeltes Holz betrachtete sie mit leerem Blick und legte den Kopf wieder auf die Pfoten. Harry fuchtelte vor dem Eingang einmal durch die Luft, und die Hühner stoben tollpatschig ins struppige Gras. Als Mrs Verbena Coyle die Fliegentür aufmachte, stand der Hund auf und wedelte mit dem dünnen Schwanz. Sie musterte die beiden schweigend, bis ein Lächeln über ihre Lippen kam und kleine vergilbte Zähne entblößte. Nicht ein einziges Haar zippelte aus den dicken Zöpfen, die um ihren Kopf gewunden waren. Ihre blassen Augen blickten starr. Ihre schweren Gesichtszüge waren glatt, Masse an Masse, mondgleich und friedlich.

»Ich hab gewusst, dass Sie es sind, sobald ich das Auto hörte«, sagte sie. »Ben wartet schon den ganzen Morgen – wollte nicht zu Mittag essen. Meinen Sie, Sie könnten ihn dazu bewegen?«

Harry stieg rasch die Stufen hinauf, und Amelia folgte. Mrs Coyle redete weiter. »Ich sage ihm immer, er muss Fleisch essen, wenn er gesund werden will« – sie hielt inne und streckte Harry die Hand hin. »›Ich werd schon bald wieder auf den Beinen sein, Verbena‹, meint er.«

Mrs Coyle trat einen Schritt vor und hielt Amelia die andere Hand hin. »Wird es denn besser?«, fragte Harry.

»Nein«, sagte Mrs Coyle entschieden. »Es kommt bei Krankheiten die Zeit, wo es nichts zu bedeuten hat, wenn man mal einen guten Tag hat.« Sie blickte zum Himmel und schmatzte mit den Lippen. »Er ist ein kranker Mann, Mr Tilson.« Sie ließ die Hände der beiden los und verschränkte die ihren über dem Bauch. »Als ich ihn draußen in der Hütte fand, wie er dalag und sein altes Flacheisen umklammerte – er hatte damit ein Loch in den harten Lehmboden gegraben, wissen Sie –, da dachte ich, es ist bestimmt vorbei mit ihm. Aber der Arzt hat eine Menge für ihn getan. Er kann sogar ein paar Schritte gehen, aber er ist schwach. Richtig schwach.« Die letzten Worte betonte sie besonders. Sie nickte Amelia zu. »Ich bin Krankenschwester von Beruf, wissen Sie, die einzige meilenweit.«

»Können wir jetzt zu ihm?«, fragte Harry.

»Deswegen sind Sie hier, oder?«, sagte Mrs Coyle. »Gehen Sie ums Haus herum, und ich passe Sie hinten ab. Ben ist in einem kleinen Schuppen, den mein Mann zurechtgemacht hat.« Sie ging ins Haus.

Harry ging die beiden Stufen rückwärts hinunter und blieb, den Blick stirnrunzelnd auf seine Schuhe gesenkt, unentschlossen stehen.

»Die hat Haare auf den Zähnen!« Amelia sagte es leise.

»Hast du die Zigaretten im Auto gelassen?«

»Nein, die habe ich hier«, antwortete sie rasch und hielt ihm die Schachtel hin. Doch er drehte sich weg und ging ums Haus herum nach hinten. Nur natürlich, sagte sie sich, unvermeidlich.

Zwischen ihnen und der einsam wirkenden zweispurigen Landstraße standen ein paar Cottonwoodbäume. Die Hitze sirrte in der Stille. Die Luft war zäh wie warmer Klebstoff.

Mrs Coyle wartete an der Hintertür auf sie. Sie wurde von einem kleinen bleichen Mann begleitet, der im Gehen hinter ihr verschwand und wieder auftauchte, als wäre er mit ihrem Schatten verbunden.

»Da drin«, sagte sie und deutete kurz auf einen überdimensionalen Hühnerstall. Auf ihre Worte hin machte der kleine Mann einen langen Schritt, und Mrs Coyle sah ihn mit gespannter Belustigung an, dann drehte sie sich verschmitzt lächelnd zu ihnen um. »Das ist mein Mann, Gulliver Coyle«, sagte sie. Mr Coyle grinste die beiden gespenstisch an und nickte. Amelia fiel auf, wie knorrig seine Finger waren, und sie musste an die trockenen schuppigen Furchen denken, an denen sie vorbeigefahren waren.

»Komm«, drängte Harry, als hätte sie gezögert. Unmut durchzuckte sie. Wie lächerlich er in seinem schick geschnittenen Sakko und der teuren Hose vor diesem Schuppen aussah. Der Hund war ums Haus geschlichen und hatte sich zu ihrer Gruppe gesellt.

Als wäre es ein spontaner Einfall, marschierte Mrs Coyle zur Schuppentür und stieß sie auf. »Sie sind da, Ben! Dein Sohn ist da, mit seiner Frau«, rief sie und trat zur Seite, um Harry und Amelia vorzulassen. Amelia wollte Mr Coyle Platz machen, doch der schüttelte den Kopf, nein, und bewegte dazu mit täppischer Liebenswürdigkeit die abgearbeiteten Hände. Amelia trat über die Schwelle. Im Zimmer standen ein Bett, ein Schaukelstuhl und eine hohe Kommode, der die beiden mittleren Schubladen fehlten. Die Stangen am eisernen Kopfende hatten weiße Farbflecken. An der Bettkante lag ein alter Mann. Als Amelia auf ihn zuging, hob er grüßend die linke Hand. Doch er schaute an ihr vorbei, auf Harry. Seine Augen waren groß, wässrig blau und geädert. Die an dem verkniffenen Mund mit seinen langen Lippen abzulesende Beherrschung wich einem kaum merklichen Lächeln. Er sprach, fast, ohne den Mund zu öffnen.

»Na … lang ist's her«, sagte er mit dünner, sandiger Stimme. Harry hielt ihm eine Hand hin, und der alte Mann berührte sie mit den Fingern. »Wie ich sehe, werden deine Haare dünn«, sagte Ben Tilson. Dabei sah er Amelia an. »Mir sind sie auch früh ausgefallen. Scheint in der Familie zu liegen.« Es folgte ein Schweigen, das endete, als Mrs Coyle mit schelmischer Strenge sagte: »Wirst du jetzt dein Mittag essen, Ben? Ich bring's dir.« Er sah sie nicht an und gab keine Antwort, und sie verließ den Schuppen.

Harry setzte sich in den Schaukelstuhl. Amelia wusste, dass er angespannt war, aber es gab sonst keinen Platz zum Sitzen, und sie stand hilflos mitten in dem kleinen Zimmer, bis Ben mit der gespielten Autorität eines Mannes, der weiß, wie man mit Frauen umgeht, auf sein Bett zeigte. An dem Platz, den er ihr frei machte, indem er ganz langsam ein paar Zentimeter rückte, setzte sie sich auf das Laken, das vom jahrelangen Waschen dünn und grau geworden war.

»Keine Sorge«, sagte Ben. »Ich kann mich bewegen, wenn's mir zu eng wird.« Sie schaute vom Vater zum Sohn; wie ein Echo klang immer mal eine Ähnlichkeit zwischen ihnen an.

»Bei dir läuft alles gut?«, fragte Ben.

»Jedenfalls nicht schlecht«, antwortete Harry. Konnte er seinem Vater nicht die Genugtuung schenken zu erfahren, wie weit er sich von diesem Drecknest entfernt hatte? Harry besaß eine tiefe Engherzigkeit, dachte sie, einen Widerwillen dagegen, sich zu Verpflichtungen gegen irgendwas oder irgendwen zu bekennen.

»Erinnerst du dich an deine Tante Thyra?«, fragte Ben.

»Klar … natürlich«, sagte Harry.

»Na, sie hat Ärger mit der Polizei in Albuquerque«, fuhr

Ben fort. »Sie hat sich dauernd Geld geliehen und Papiere unterschrieben, die sie nicht kapiert hat.«

»Wozu hat die denn Geld gebraucht?«, fragte Harry gereizt. »Hast du nicht letztes Jahr geschrieben, Winslow verdient ganz gut?«

»Frauen in einem gewissen Alter werden eben komisch, denk ich. Sie hat irgendwann beschlossen, dass sie im Leben zu kurz gekommen ist, hat sich so 'n mexikanischen Nackthund gekauft, hat angefangen zu rauchen, hat sich einen Laster voll Klamotten gekauft und fünfzehn Krawatten für Winslow.«

Harry begann zu lachen. So abgehackt und zischend, dass es wie Weinen klang. Er beugte sich vor und schlug die Hände vors Gesicht. Als er sie einen Augenblick später wieder wegnahm, war nur noch ein schwaches Lächeln da.

Sie alle hörten Mrs Coyle draußen herannahen, als sie den Hühnern zugluckte. Sie trat mit einem kleinen Tablett ein, auf dem gerade eben Platz für einen Teller und ein Marmeladenglas voll Milch war. »Bitte sehr, Ben. Zeig deinem Sohn, wie du essen kannst!«

Sie stellte das Tablett auf der Kommode ab und machte sich daran, die dünnen Kissen unter Bens Kopf aufzuschütteln, um ihn dann mit demonstrativer Tüchtigkeit so hochzuschieben, dass seine Schultern darauf zu liegen kamen. Bens Augen waren halb geschlossen, aber seine linke Hand zuckte krampfhaft. Sein rechter Arm lag reglos auf der Baumwolldecke. Als das Tablett auf seinem Schoß stand, starrte er Mrs Coyle ins Gesicht. Voll Zorn, als hätte sich die Emotion bis zu diesem Moment aufgestaut, sagte er: »Ich will dies Zeug nicht.«

Mrs Coyle, in ihrer Autorität angegriffen, wusste nicht

weiter. Sie seufzte tief. »Nun – dann werde ich mich mal um meine anderen Schützlinge kümmern«, sagte sie und ging zu einer Tür an der anderen Zimmerseite, die Amelia noch gar nicht aufgefallen war. Sie führte in ein anderes Zimmer, in dem Mrs Coyle verschwand.

Harry bat Amelia um Streichhölzer. Als sie in ihrer Tasche zu suchen begann, erschien Mrs Coyle wieder, die feisten Hände auf den Köpfen zweier Kinder, die sich an ihren Rock klammerten.

Aus Baumwolltüchern schauten die blassen, vorspringenden Stirnen und seidenhäutigen Gesichter zweier kleiner Mädchen, deren Schlitzaugen in dicke Hautfalten gebettet waren.

»Alice und Pearly machen jetzt einen kleinen Spaziergang, dann gibt's Essen und danach ihren Mittagsschlaf«, verkündete Mrs Coyle mit singender Stimme.

»Nimm mir dies Tablett ab«, verlangte Ben. Harry stellte das Tablett auf die Kommode, während Mrs Coyle mit den Kindern aus dem Zimmer ging.

»Amelia, du hast vergessen, mir die Streichhölzer zu geben«, sagte Harry. Amelia hielt ihm eine Schachtel hin, und Bens Stimme zitterte durch die stickige Luft des Zimmers. »Verbena kümmert sich um viele Leute in der Gegend«, sagte er.

»Ich dachte, ich schau mal bei Dr. Treviot vorbei, Dad«, sagte Harry.

»Der kann dir auch nichts sagen, was ich nicht selber weiß«, sagte Ben. »Wenn man alt und krank ist, bauen Ärzte so 'ne Geheimorganisation auf. Alles dreht sich um dich, aber du darfst nicht mitmachen.«

»Keine Geheimnisse«, sagte Harry rasch. »Mich interessieren nur die Tatsachen.«

»Die Tatsachen«, rief Ben geringschätzig. In dem Moment klopfte Mrs Coyle an und streckte ihren Kopf zur Tür herein. »Mr Coyle spielt mit den Kindern«, sagte sie. »Vielleicht möchten Sie in die Küche kommen, Mr Tilson, jetzt, wo ich etwas Zeit habe.«

Amelia lächelte Ben zu, der ihr Lächeln nicht erwiderte, und folgte Harry und Mrs Coyle in den Garten. Mr Coyle kam gerade, die beiden Mädchen an der Hand, ums Haus. Sie liefen teilnahmslos neben ihm her, und die ausgeblichenen Kleider klebten an ihren Beinen. Amelia wandte sich von ihnen ab und begegnete Mrs Coyles breitem Lächeln. »Vielleicht könnten Sie dem alten Ben Gesellschaft leisten, während Ihr Mann und ich das Notwendige besprechen«, sagte sie.

Amelia warf Harry einen flehenden Blick zu. Er schenkte ihr keine Beachtung.

Sie kehrte in den Schuppen zurück. Der alte Mann sah sie ohne rechtes Interesse an, als sie ihren Platz auf dem Bett wieder einnahm. »Na …«, seufzte er.

»Ich war noch nie in diesem Teil des Landes«, sagte Amelia. Ratlos, weil Ben nicht gleich antwortete, schwieg auch sie.

Auf einmal sagte er: »Harrys Mutter ist jung gestorben.«

»Ja. Das hat er mir erzählt.«

»Was hattest du noch gesagt?«

»Dass ich noch nie in dieser Gegend war«, sagte sie.

»Ach?« Er klang wenig interessiert. Nickte er vielleicht gerade ein, oder hatte sie bloß seine Aufmerksamkeit verloren?

Es war, als wäre sie überhaupt nicht ins Zimmer gekommen. Dann drang seine Stimme aus der Leere seines Gesichts. Seine Lippen öffneten sich, und sie sah ein paar braune Zähne.

»… wie seine Mutter«, sagte Ben, eine innere Geschichte fortsetzend. Er führte sie weiter.

»Als er klein war, hatte er dicke kurze Beine, so kurz –« Er legte den Zeigefinger in die leblose rechte Ellenbeuge. »Nicht länger als mein Unterarm. Ich bin hinter ihm hergelaufen, und seine kleinen dicken Beine … Mann! Konnte der rennen!« Sie sahen sich einen langen Augenblick an. Amelia dachte: Es wird doch nicht so schwer. Aber sie hatte ein wenig das Gefühl, an Harry Verrat zu üben. Hatte er überhaupt eine Ahnung, dass sein Vater solche Dinge von ihm wusste?

»Er hat immer Freunde gefunden«, fuhr der alte Mann fort. »Überall, wo wir hinkamen und eine Zeit lang geblieben sind.« Er sah Amelia fragend an. »Vielleicht hast du das nicht gewusst?«

»Nein, stimmt«, sagte sie.

»Ich zieh mich jetzt an«, sagte er schroff. Mit dem gesunden linken Arm legte er sich den rechten auf den Schoß.

»Soll ich Mrs Coyle holen, damit sie dir hilft?«

»Das kann ich alleine«, sagte er.

Sie verließ den Schuppen. Die Hühner waren um einen Haufen Kartoffelschalen geschart. Amelia machte einen Bogen um sie, ihre Kümmerlichkeit stieß sie ab.

Harry saß mit den Coyles am Küchentisch. Mr Coyle starrte seine Frau mit hündischer Bewunderung an. Keiner von ihnen sah sich um, als Amelia in die Küche kam.

»Dein Vater zieht sich an«, sagte sie laut.

Mrs Coyle nickte. »Aber klar. Er will, dass Sie mit ihm

durchs Tal fahren und alte Freunde besuchen. Er kommt ja kaum noch raus.«

Harry stand auf. »Gibt es sonst noch was?«, fragte er.

»Ich hab versucht, Ihnen alles zu sagen«, erwiderte Mrs Coyle. »Es wird nicht nötig sein, zum Arzt zu fahren.«

»Ich würde gern Ihre Toilette benutzen«, sagte Harry mit leiser Dringlichkeit in der Stimme.

»Mr Coyle wird Ihnen das Örtchen zeigen«, sagte Mrs Coyle. Gehorsam stand ihr Mann auf, und Harry folgte ihm aus der Küche. Ihre Schritte klangen sehr laut, so, als wäre das Haus hohl. Da Mrs Coyle keine Anstalten machte, Amelia aufzuhalten, verließ sie die Küche. An der Schuppentür lehnte Ben, bekleidet mit einer Khakihose und einem ausgebleichten blauen Arbeitshemd. Sie lief zu ihm, aber er winkte ab.

»Wo ist das Auto?«, wollte er wissen.

Langsam bewältigten sie den Weg ums Haus. Er wollte nicht, dass sie seinen gesunden Arm nahm. Sobald sie im Auto saßen, schien er sie ganz zu ignorieren. Nach ein paar Minuten langte er über sie hinweg und drückte auf die Hupe.

»Er kommt gleich«, sagte sie.

»Was macht er da drinnen?«, fragte Ben ärgerlich. Harry trat aus dem Haus auf die baufällige kleine Veranda und wischte sich den Mund sorgfältig mit einem Taschentuch ab. Ben bewegte einen Fuß hin und her, und Amelia spürte auf ihrer Wange einen Schweißtropfen wie eine Träne.

»Wohin?«, fragte Harry beim Einsteigen.

»Richtung Stadt«, sagte Ben.

Hier und dort ragten Häuser wie Bretterbuden in das gleißende Licht des stillen Nachmittags. Einmal sah Amelia einen

Laster ohne Räder verlassen auf einem Feld stehen. Ein Hund rannte die Straße entlang, die rosa Zunge hing ihm heraus. Sie fuhren an einer Veranda vorbei, auf der ein alter Mensch in einem Schaukelstuhl saß, reglos, den Mund geöffnet in der Hitze. Als sie an einem Laden vorbeikamen, stieß Ben Amelia unerwartet vertraut in die Seite. »In unserem Laden kriegt man alles, vom Kotelett bis zur Hacke …« Neben dem Laden war eine Tankstelle mit einem großen Blecheimer vor einer einsamen Zapfsäule.

»Hier. Halt an«, sagte Ben. Harry fuhr an den Straßenrand und kam vor einem Gebäude zum Stehen, das auf Amelia wie eine Herberge wirkte. Als der Motor verstummt war, stiegen die beiden Männer aus, ohne sich umzusehen. Amelia kletterte aus dem Auto und holte sie kurz vor der Treppe ein, die zu einer schmalen, windschiefen Veranda führte. Im Schatten des Dachs stand eine Gruppe alter Männer. Ihre Arbeitskleider waren abgetragen und sackartig. Wenn man sie berührte, würden sie zu Staub zerfallen, dachte Amelia.

Ben näherte sich mit gesenktem Kopf vorsichtig den Stufen. Harry ging neben ihm her. Amelia meinte, eine Spannung zwischen ihnen wahrzunehmen, weil Ben sich ein Stück von ihm entfernte und den leblosen Arm mit dem anderen festhielt. Als er seinen Fuß auf die unterste der drei Stufen setzte, begannen die alten Männer, seinen Namen zu rufen, ein ums andere Mal. Einer von ihnen deutete ein paar Stepptanzschritte an. Amelia bildete sich ein, das Klappern alter Knochen zu vernehmen.

Als Ben oben ankam, drehte er sich triumphierend zu Harry um. Guck mal, was ich geschafft habe, schien sein Blick zu sagen; hier auf meinem eigenen Terrain bin ich wer.

Er stellte sie vor: »Amelia, meine Schwiegertochter.« Seine Stimme war laut. Amelia lächelte, und das genügte offenbar, denn die alten Männer verzogen sich zusammen mit Ben ans andere Ende der Veranda. Amelia sah sich nach Harry um und fand ihn nur ein paar Schritte hinter sich. Er deutete auf Ben, schüttelte den Kopf und seufzte übertrieben. Sie lauschten dem lauten Gelächter, den kurzen Momenten des Schweigens, immer wieder unterbrochen vom Krächzen einer alten Stimme oder leisem Gemurmel.

»Ich warte im Auto«, sagte Amelia. Als Harry und Ben wieder einstiegen, war sie beinahe eingeschlafen.

Später am Nachmittag machten sie einen weiteren Besuch. Während der ganzen Fahrt zur Sherman Ranch zeigte Ben sich redselig. Er erzählte Geschichten von seinen Freunden, von denen, die sie gerade auf der Herbergsveranda gesehen hatten. Die Geschichten handelten alle von ähnlichen Katastrophen – langen Dürren, schrecklichen Stürmen, erbärmlichen Ernten. Sie hätten das alles überlebt, sagte Ben, sie würden die sein, die zuletzt lachten.

Niemand lacht zuletzt, dachte Amelia.

Sie parkten in einer Art Auffahrt und betraten ein abgedunkeltes Zimmer, in dem die Luft kühl und verbraucht war. Die große, schwielige Hand des Ranchers fegte einen schwarzen Kater von einem Stuhl.

»Hau ab, Kater«, sagte Mr Sherman. »Setz du dich hier hin, Ben. Schön, dich zu sehen. Und dein Sohn ist nach Haus gekommen und hat seine neue Frau mitgebracht? Nun ja, Mrs Tilson, vielleicht mögen Sie Mrs Sherman einen Besuch abstatten?« Er deutete in die Richtung der Küche.

Mrs Sherman, die ältere Frau im Hauskleid, die sie an der

Haustür begrüßt hatte, war dabei, Kaffee zu kochen. Sie wischte sich die Hände an ihrem Kleid ab und bot Amelia einen Stuhl am runden Tisch an.

»Es muss für Sie alles ganz anders sein als im Osten.«

»Ja, das stimmt.« Aus dem anderen Zimmer hörte sie das Auf und Ab der Männerstimmen. Wie sollte sie bloß wieder richtig wach werden? Ihr fielen fast die Augen zu. Sie blickte auf und sah Mrs Sherman Kaffee in dickwandige weiße Becher einschenken. Sie fragte nach Kindern.

»Nein. Wir haben keine«, antwortete Amelia matt.

»Ja, was wäre das denn für ein Leben?«, rief Mrs Sherman aus. »Meine Kinder sind alle erwachsen, und sie sind aus dem Haus. Ich weiß nicht, warum ich mir den Kater halte. Nachts läuft er rum und sucht Streit, und dann kommt er humpelnd und mit abgerissenen Ohren nach Hause. Vermutlich muss man was im Haus haben, was lebendig ist und sich nicht mit einem rumzankt.«

»Diese beiden Kinder, die Mrs Coyle in Pflege hat –«, stieß Amelia plötzlich hervor.

»Pearly ist die kleine Tochter meiner Nichte. Alice stammt von weiter unten im Tal. Verbena ist ein Segen. Das würde wirklich nicht jeder machen.«

»Aber es gibt extra Heime für solche Kinder«, beharrte Amelia, beinahe empört, dass jemand Mrs Coyle einen Segen nannte.

»Ja, wahrscheinlich«, erwiderte Mrs Sherman. Sie stellte die Kaffeebecher auf ein Tablett und trug es ins Wohnzimmer. Amelia folgte ihr mit einer Zuckerdose und einem Milchkännchen. Mrs Sherman bediente Ben zuerst. Sie stellte den Becher auf einen Hocker, an den er gut herankam.

»Ich darf eigentlich keinen Kaffee trinken«, sagte Ben. »Aber ich werde ihn trotzdem trinken, danke. Wenn Verbena da wäre, würde sie ihn mir aus der Hand schlagen.« Er trank den Kaffee langsam, und nur seine geschlossenen Augen zeigten an, wie gut er ihm schmeckte. Amelia setzte sich neben Harry. Er schien sie nicht zu bemerken. Niemand sagte etwas oder bewegte sich, bis Ben seinen leeren Becher absetzte.

»Du musst gut auf dich aufpassen, Ben«, sagte Mrs Sherman mit freundlicher Stimme.

»Ja …«, seufzte der alte Mann mit schlaffem Mund und öffnete die Augen. Mr Sherman, der ihn beobachtet hatte, wandte sich Harry zu.

»Geht's bald wieder nach Osten?«, fragte er.

»Heute Nachmittag«, antwortete Harry mit einem warnenden Blick zu Amelia.

»Das ist aber ein kurzer Besuch«, sagte Mrs Sherman. Mehr wurde nicht gesprochen. Und wenn sie abfuhren, na und?, dachte Amelia. Was konnte es bringen, wenn sie länger blieben? Menschen gingen weg und kehrten zurück, immer wieder, bis sie starben. Generationen von Katern zogen los und kamen wieder und blieben zu Hause, bis ihre Wunden geheilt waren. Die Hitze war unerbittlich.

Harry stand auf und gab Mrs Sherman seinen Becher. »Dad«, sagte er. Ben sah sich mit leerem Blick im Zimmer um. »Gehen wir?«, fragte er. Dann stand auch er auf, doch diesmal nahm er Harrys Arm.

»Es war toll, dich zu sehen«, sagte Mrs Sherman. Ben nickte, als würde er die Shermans nicht kennen.

»Komm bald wieder«, sagte Mr Sherman.

Draußen war das Licht weniger grell geworden. Auf der Rückfahrt zu den Coyles konnte Amelia bis zu den Organ Mountains sehen, von Schatten durchzogen, geheimnisvoll im Dämmerlicht.

Mrs Coyle wartete schon auf der Veranda. »Ich freu mich, dass Sie meinen Jungen wohlbehalten wiederbringen«, rief sie herzlich. Ben knurrte, doch ob aus Widerwille oder vor Anstrengung konnte Amelia nicht sagen. Sie geleiteten ihn zum Schuppen, Mrs Coyle auf den Fersen wie das Schicksal. Der Himmel wurde pflaumenrot.

Sobald sie drin waren, legte sich Ben auf sein Bett. Mrs Coyle deckte ihn zu und ging.

»Wir machen uns dann jetzt auf den Weg«, sagte Harry.

Ben starrte mit leeren Augen zu ihm auf.

»Ich melde mich«, versprach Harry.

»Wiedersehen«, sagte Amelia und hielt ihm die Hand hin. Er berührte sie mit einem Finger. An der Tür drehte sich Amelia um. Ben hatte sich nicht bewegt. Von seiner Person ging eine ungeheure Trostlosigkeit aus, obgleich sein Gesicht keinen Ausdruck besaß, den sie hätte benennen können.

Während Harry mit Mrs Coyle sprach, ging Amelia zum Auto. Es ist vorbei, dachte sie.

Harry griff nach seiner Jacke, die immer noch gefaltet auf der Rückbank lag, und stieg ein. Er kramte in den Taschen nach Zigaretten und ließ gleichzeitig den Motor an. Mrs Coyle hob ihren dicken weißen Arm, die breite Hand klappte herunter, dann drehte sie sich langsam um und ging ins Haus. Als die Tilsons gerade auf die Straße fuhren, schaute sich Amelia noch einmal um und sah Mr Coyle mit einer Mischung aus Sprung und Laufschritt plötzlich in der Auffahrt auftauchen. Auch er winkte, dann stand er still und blickte ihnen nach.

Sie fuhren eine Weile schweigend dahin.

Franchot Tone bei der Paramount

Franchot Tone starb im September 1968. 1935, mit zwölf Jahren, sah ich den Schauspieler in der ersten Verfilmung von *Meuterei auf der Bounty*. Ich saß in einem dunklen Lichtspielhaus, die Knie gegen den unbesetzten Sitz vor mir gepresst. Tone spielte einen der Offiziere, die gegen den grausamen Captain Bligh (Charles Laughton) aufbegehrten, ihn in einem kleinen Rettungsboot aussetzten und auf dem offenen Meer zurückließen.

Die Mannschaft und die Offiziere kehrten nach Tahiti zurück. Es war großes Kino. Das mächtige Schiff stampfte durch die Wellen, die Masten knarrten, die Segel bauschten sich, und durch die Gischt schrien sich die Matrosen über das Deck Satzfetzen zu. Dann waren sie auf Tahiti, und Franchot Tone, einen Kranz großblättriger weißer Blüten um den Hals, stand im Sarong mit einer hübschen jungen Tahitianerin zusammen. Ein anderer stattlicher Bursche war der Star des Films, Clark Gable, ein breitschultriger Mann, dessen schauspielerische Fähigkeiten mir sehr beschränkt erschienen. Ich schenkte ihm keine Beachtung.

Ich rutschte mit den Knien von der Rücklehne des Sessels vor mir zu Boden. Ich beugte mich vor, hingerissen von Tone, seinen feinen Gesichtszügen, seinem schmallippigen Mund, der Ironie, die mir in seinem entrückten Lächeln zu liegen schien und die mir versicherte: »Ich bin dieser ganzen

Schauspielerei ja so überlegen …«, und vor allem von dem, was ich für sein Wesen hielt, schwärmerisch und vergeistigt.

Die Leinwandliebe hatte mich gewaltig erwischt. Später, 1939, in meinen Frühlingsferien vom Internat in Montreal, sah ich Tone in einer Inszenierung des *Group Theatre* von *The Gentle People*.

Mein Vater, der damals als Drehbuchautor arbeitete, kannte den Geschäftsführer des *Group Theatre* Walter Fried, den er »Cousin Wally« nannte. Fried sorgte dafür, dass ich das Stück sehen konnte. Er rauchte Zigarren, trug einen dunklen Filzhut und die obersten Knöpfe seines Hemdes offen.

An dem Abend, als ich ins Theater ging, erzählte mir Cousin Wally durch das Gitterfenster des Kassenschalters, dass er nach der Vorstellung in einer kleinen schmuddeligen Kneipe gegenüber dem Theater mit dem Ensemble verabredet war. Ob ich Lust hätte mitzukommen?

Nach dem letzten Vorhang ging ich in die Kneipe, unsicher, aber voller Vorfreude. Doch Tone tauchte nicht auf, obwohl die übrigen Mitspieler alle da waren. Ich war über seine Abwesenheit zugleich erleichtert und unendlich enttäuscht.

Ich hatte mir für den Anlass ein Kleid gekauft. »Gekauft« ist allerdings kaum das richtige Wort. Damals konnte man Kleider am nächsten Tag ins Geschäft zurückbringen, wenn man behauptete, sie seien zu eng, zu weit, oder zu wer weiß was. »Geborgt« wäre richtiger.

Als ich vor dem ersten Akt durch den Gang zu meinem freien Platz ging, meinte ich zu spüren, wie mich die Leute anstarrten. Später in der Damentoilette sah ich, dass ich vergessen hatte, das Preisschild zu entfernen, das hinten am Kleid hing. Die Leute mussten das weiße Pappdreieck bemerkt haben, auf das mit großen schwarzen Lettern Größe und Preis gedruckt waren. Für meine Gefühle an jenem Abend genierte ich mich nicht; sie erfüllten mich ganz, und ich war mir ihrer kaum bewusst. Aber das Preisschild war mir peinlich. Am nächsten Morgen brachte ich das Kleid zurück.

Ein paar Tage später kaufte ich ein Buch des englischen Autors Logan Pearsall Smith, *Trivia*, und schickte es über Cousin Wally mit einem beigelegten Brief an Tone. Wenn ich jetzt daran zurückdenke, habe ich den Eindruck, dass Fried sich über die ganze Angelegenheit köstlich amüsierte.

An den Inhalt meines Briefes kann ich mich kaum erinnern. Vermutlich war ich bemüht, mich von seinen anderen Bewunderern abzusetzen und das Buch aus Gründen zu loben, die meine Feinfühligkeit und meinen Verstand in ein gutes Licht rückten. Cousin Wally erzählte mir später, dass Franchot das Ensemble zusammengerufen und meinen Brief laut vorgelesen hatte.

Aber er beantwortete ihn. Mein Herz hüpfte vor Freude, als ich den Umschlag erblickte. Seine Antwort war herzlich, vertraulich, fand ich. Aber ich war ein wenig unglücklich, weil ich auch einen distanzierenden, ironischen Ton herauszulesen meinte. Doch was hatte ich erwartet? Alles, vermutlich.

Ich bewahrte seine Antwort in einem Aktenschrank im Keller des Brownstone-Hauses auf, in dem ich heute noch wohne. Vor etwa zehn Jahren platzte eines Morgens in der Nähe ein Wasserrohr. Der Keller lief voll, und die Feuerwehr brauchte Stunden, um das fast zwei Meter hoch stehende Wasser abzupumpen. Tones Brief und andere Briefwechsel sowie einige Buchverträge mussten daran glauben.

Mit sechzehn wohnte ich bei einer ältlichen Alkoholikerin, einer Freundin meiner Stiefmutter, die mich mit ihr nach Kalifornien geschickt hatte.

An einem regnerischen Nachmittag in Hollywood, wo wir wohnten, fuhr ich zu einer Drogerie, um ein Medikament für sie zu besorgen. Als ich wieder dahin zurückeilte, wo ich geparkt hatte, und auf Zehenspitzen den tieferen Pfützen auswich, fragte eine Stimme aus einem parkenden Wagen: »Wo sind Ihre Ballettschuhe?«

Es war Franchot Tone. Mein Herz raste, als ich ihm zulächelte, aber ich eilte weiter zu meinem Auto durch den Regen, der plötzlich stärker geworden war.

Ein paar Jahre später, wieder in New York, ging ich ins *Paramount Theatre* am Broadway, um einen seiner Filme zu sehen, ich glaube, er hieß *Fünf Gräber bis Kairo*. Auf dem Bürgersteig drängten sich halbwüchsige Mädchen, aufgeregt, manche weinend, manche lachend, und traten hin und wieder aus der Schlange, um auf der Straße ein paar Tanzschritte zu machen. Damals gab es in manchen Kinos auch eine Bühnenshow. Die Mädchen waren alle gekommen, um Frank Sinatra zu sehen und zu hören, einen Sänger. Der Name sagte mir nichts.

Ich fand einen Platz im zweiten Rang in der Nähe von drei Matrosen, die sich lauthals über die heulenden und kreischenden Teenager im Zuschauerraum unter uns amüsierten.

Ein magerer junger Mann trat auf die Bühne, während hinter ihm der Vorhang vor dem Orchester aufging. Er sang und hielt sich dabei, wie ich fand, verzweifelt am Mikrofon fest, als sollte es ihn davor retten, zwischen seinen Verehrerinnen zu ertrinken. Was war es, das sie so durchdrehen ließ? Franchot Tone war immerhin ein richtiger Schauspieler …

Das letzte Mal sah ich Tone in einem kleinen Geschäft in Manhattan. Der Optiker, der es besaß, war ein alter Freund von mir, und ich war in der Mittagspause da, um mit ihm zusammen Sandwiches aus einer braunen Papiertüte zu essen. Wir saßen hinten in dem schmalen Geschäft und aßen, als Tone, mit einer Baskenmütze auf dem Kopf, die Tür aufmachte und den Kopf hereinstreckte.

Als ich ihn erkannte, obwohl er wie ich viel älter geworden war – blieb mir einen Moment die Luft weg. Er lächelte mir zu, und es war ein so wunderbares Lächeln! Der ganze Charme, den er einst für mich gehabt hatte, lag darin. Dann fragte er Lou, meinen Freund, wann seine Brille fertig sei. Der Optiker antwortete ihm, aber ich konnte nichts verstehen. Was ich in dem Moment empfand, dafür gab es keine Worte. Mein Gehör kehrte gerade rechtzeitig wieder zurück, um Tones Dank an Lou und seinen Abschiedsgruß zu vernehmen.

Als ich ihn Jahre zuvor zum ersten Mal gesehen hatte, war ich darüber erstaunt gewesen, was für Emotionen seine Leinwandpräsenz in mir weckte. Ich hatte ihn viele Jahre geliebt – in der Fantasie, wo die meisten Emotionen ihren Anfang nehmen.

Dieses intensive Gefühl hatte mich in gewisser Weise auf die Liebe selbst vorbereitet, auf ihre Widrigkeiten, ihre Niederlagen, ihre Schönheit.

Frieda in Taos

1935, als ich zwölf war, bekam ich seltenen Besuch von meinem Vater in der kleinen Wohnung in Kew Gardens, Queens, wo ich damals mit meiner Großmutter lebte, und ich erstaunte ihn damit, dass ich ein paar Worte aus einem Gedicht von Witter Bynner zitierte, von dem ich den Titel vergessen habe. Die Worte waren: »Lust auf Wein? Ein Becher steht drinnen.«

Mein Vater hatte den Dichter im mexikanischen Taxco kennengelernt, erzählte er mir, als er und meine Mutter dort einen Kurzurlaub von Hollywood und dem Filmstudio machten, wo er nach ihrer gemeinsamen Rückkehr aus Europa im Jahr davor als Drehbuchautor gearbeitet hatte.

Bynner war ein guter Freund von D. H. Lawrence gewesen, und er unterhielt meine Eltern gelegentlich mit lebhaften Schilderungen der häufigen Streitigkeiten zwischen dem Schriftsteller und seiner Frau Frieda, bei denen Teller und Gläser durch die Luft flogen, und zwar, wie er durchblicken ließ, zum unbändigen Vergnügen von beiden.

Eines Abends war Bynner auf einer Party für Lawrence in New York City, die die ganze Nacht durch ging. Nachdem die meisten Gäste gegangen waren, schlich Bynner im Morgengrauen in die Küche, wo er sich allein an einen Holztisch setzte und sich kaputt und elend fühlte. Lawrence kam herein. Anscheinend bemerkte er Bynner nicht, denn er trat direkt ans Spülbecken, das ebenso wie die beiden Abstellflächen fast völlig unter dem schmutzigen Geschirr verschwand, nahm eine Schürze vom Haken, band sie sich um und fing an, die Spuren der Nacht zu beseitigen, wobei er vor sich hin flüsterte, als rezitierte er ein Gedicht.

Ich habe keine Ahnung, warum ich mir diese wenigen Worte merkte und sie meinem Vater aufsagte. Vielleicht hoffte ich, ihn mit einer Anspielung auf seine eigene Trinkfreudigkeit zu erheitern. Vielleicht auch nicht.

Ich hatte das schmale Bändchen mit Bynners Gedichten, das unter den sämtlichen Bänden der Jugendenzyklopäde *The Book of Knowledge* kaum zu sehen war, in einem der drei Fächer des bescheidenen Bücherregals meiner Großmutter gefunden. Ich vermutete, dass Leopold, einer der vier Söhne meiner Großmutter, es dort hatte stehen lassen.

Drei Jahre später stand ich vor einem großen Bücherschrank im Gemeinschaftsraum eines Internats in Montreal, auf das mich Mary, die zweite Frau meines Vaters, geschickt hatte. Hinter mir flüsterten zwei andere Schülerinnen über eine dritte. Aber meine Aufmerksamkeit wanderte immer wieder zu einem ganz bestimmten Buch, *Sons and Lovers*. Ich griff so gierig danach, wie es seinerseits, bildete ich mir nach der Lektüre ein, nach mir gegriffen hatte. Der Verfasser war D. H. Lawrence. Viele Jahre später las ich einen kurzen Absatz aus der Feder seiner Witwe Frieda.

»Der Mut, mit dem er die dunklen Winkel seiner Seele erforschte, beeindruckte mich immer, ja, ängstigte mich manchmal.«

Der Satz stammte aus einem Buch, das sie geschrieben hatte, *Not I but the Wind,* das mein Vater abfällig in »Nicht ich, sondern der windige alte Scheißkerl« umbenannte. Zu dem Zeitpunkt war mir schon klar, wie sehr seine Bitterkeit und Enttäuschung fast alles in seinem Leben verzerrt hatten. *Sons and Lovers* blieb für mich ein Fanal des Bewusstseins. Doch sein Spott erinnerte mich an etwas, an die Geschichte von Bynner, die er mir erzählt hatte, wie Lawrence in Manhattan in der Nacht nach der Party Geschirr gespült hatte. Das klang haargenau nach Paul Morel, nach der Freude, mit der er im Roman seiner Mutter im Haushalt half.

Wieder vergingen zehn Jahre. Ich war mit Richard, den ich wenige Monate später heiraten sollte, eine halbe Meile vor Taos in New Mexico. Wir hatten eine Unterkunft in der Sattelkammer eines unbenutzten Pferdestalls gefunden, der Mrs Lois Holmes gehörte, einer Witwe, die Blockhütten vermietete.

Wir waren mit unserer Katze Edna von New York City nach Westen gefahren. Nachdem sie eine Woche im Auto und in Hotels eingesperrt gewesen war, flitzte sie auf dem Holmes'schen Anwesen im Freiheitsrausch durch die Gegend und buddelte hier und da flache Löcher am Fuß von Bäumen, deren Namen ich später lernte.

Richard hatte seine Stelle bei einer Werbeagentur in Manhattan aufgegeben, bei der ich auch gearbeitet hatte. Mit unseren bescheidenen Mitteln konnten wir uns keine Blockhütte leisten. Wir teilten das Mrs Holmes mit, ebenso unseren Wunsch, mehrere Monate in Taos zu verbringen. Sie schlug die Sattelkammer im Stall vor. Nach dem Tod ihres Mannes einige Jahre zuvor waren seine Rennpferde versteigert worden. Wir zogen dankbar in die Sattelkammer ein.

Der Stall war einmal rot gestrichen gewesen, doch die Farbe war verblasst, und das Gebäude sah aus, als wäre es schon lange nicht mehr benutzt worden. Die Sattelkammer war unterteilt in zwei große Räume und zwei Kammern, zum einen die Toilette und zum anderen eine primitive Küche mit einem Zweiflammen-Petroleumkocher, einem kleinen Blechwaschbecken samt Kaltwasserhahn und einem völlig verstaubten Regal darüber, auf dem ein paar rostige Töpfe und eine kleine Bratpfanne standen.

In einem der beiden großen Räume stand ein Balken von der Wand ab mit einem Sattel darauf, der zur Seite gerutscht war, sodass es auf den ersten Blick aussah, als ob gerade jemand abgestiegen wäre. Abgewetzte Geschirrgurte und ein Kopfstück mit einer verrosteten Gebissstange hingen an zwei Nägeln, die schief in einen schmalen Dachbalken geschlagen worden waren. Spinnweben, schon lange nicht mehr von Spinnen bewohnt, hingen in den Ecken schlaff von der Decke und selbst vor der schmutzigen Scheibe eines großen Fensters gegenüber dem Eingang, einer breiten Holzplatte mit einer quadratischen Öffnung, über die ein Fliegengitter gespannt war.

Mrs Holmes beauftragte zwei Indianer, ein paar Möbel aus einer Blockhütte herüberzuschaffen, die sie selten vermietete. Die Hütte stand zu nahe an einem Schuppen, in dem sich drei Toiletten und eine Duschkabine für die meisten Gäste befanden. Wir vereinbarten, dass wir in ihrem Kühlschrank Lebensmittel aufbewahren durften.

Ich sah zu, wie die beiden Indianer zwei Feldbetten, zwei Stühle, zwei kleine Tische, Lampen sowie ein paar Teller und eine Handvoll Besteck aus der Hütte in die Sattelkammer trugen. Ihre Mienen erschienen mir unergründlich, aber später entschied ich, dass sie eine Art Unnachgiebigkeit ausgedrückt hatten, die Entschlossenheit, alle Erniedrigungen, die ihnen widerfuhren, so hinzunehmen, als ob sie Triumphe wären.

Ich war Anfang zwanzig, jung genug, um dem Zauber neuer Orte zu erliegen. Selbst die metallenen Gabeln, Messer und Löffel in der Hand zu halten, war aufregend. Richards Scheidung schien eine Ewigkeit zu dauern, wobei eine Scheidung damals eine komplizierte Sache war. Wir hatten die Hoffnung, gemeinsam ein neues Leben anzufangen. Wir wollten beide schreiben. Ich dachte nicht weiter darüber nach, jedenfalls nicht weiter als bis zum nächsten Monat, wo wir das Geld hernehmen sollten, um zu überleben. Und dass es so etwas wie ein neues Leben gar nicht gab.

Richard, in Oklahoma gebürtig, hatte seine Kindheit und Jugend in New Mexico verbracht. Er war kurz in Albuquerque aufs College gegangen, bevor er als Jungreporter bei einer Regionalzeitung anfing. Jahrelang habe er nach New Mexico zurückkehren wollen, erzählte er mir, und sein lange gehegter Wunsch und meine tiefe Überzeugung, dass es gut und förderlich war, fern der Städte zu leben, hatten uns nach Taos geführt. An diesem ersten Abend saßen wir auf unseren zwei Stühlen draußen vor der Tür, tranken aus angeschlagenen Tassen und beobachteten Edna dabei, wie sie mit trockenem Gestrüpp spielte, das eine launische Brise hierhin und dorthin wehte.

Die Wüstendämmerung fiel wie ein Gazeschleier über uns, den Stall und die Hütten nahe der Straße. In der tiefen Stille legte sich allmählich meine Erregung. Meine Gedanken trieben formlos dahin wie Wolken im Wind an einem weiten Himmel, ein Gefühl, das ich seit Kindertagen nicht mehr gehabt hatte.

Nach längerem Schweigen gingen wir in die Sattelkammer. Ich machte etwas zu essen, dann wuschen und trockneten wir unser bisschen Geschirr ab, packten unsere Reiseschreibmaschinen aus und gingen zu Bett.

Wir arbeiteten am Vormittag und unternahmen am Nachmittag lange Spazierfahrten. Drei oder vier schmale Straßen führten aus Taos heraus. Eines Tages fuhren wir auf der Straße nach Norden in die Sangre de Cristo Mountains und stießen auf eine Schafsranch, auf der Hirten lebten, und zwar Basken aus Nordspanien.

Ich sprach fließend Spanisch, bemerkte aber, dass zwei der Hirten es nur widerwillig sprachen, obwohl sie es ebenfalls fließend konnten. Ich wusste damals noch nicht, dass die Basken eine eigene Sprache haben, und fand es erst Jahrzehnte später heraus, als ich mit ignoranter Vertraulichkeit die baskische Köchin eines Freundespaars auf Spanisch anredete. Mit schlecht verhohlener Gekränktheit in der Stimme sagte sie in einem Englisch mit starkem Akzent zu mir: »Wir haben unsere eigene Sprache.«

Später besuchten wir die Ranch noch einmal. Die Basken schoren gerade die Schafe. Ein paar der Tiere blökten laut und kläglich. Die großen Metallscheren beschrieben wellenartige Bögen, und die Wolle fiel in Haufen zu Boden. Manchmal zwickten die Scheren das rosa Fleisch eines Schafs, und es lief eilig weg und sah in seiner Nacktheit ganz jämmerlich aus. Die Hirten lachten, aber ich meinte, in ihrem Lachen ein unterschwelliges Mitgefühl zu hören. Später wurde die Wolle in den großen Metallbottichen gewaschen, die wir am Rand des Pferchs erblickt hatten.

Am Abend fuhren wir hin und wieder in das Tal ein paar Meilen östlich von Taos, wo in einer Scheune ein Spielcasino aufgemacht worden war. Ich stellte fest, dass der Sheriff von Taos die Roulettescheibe betätigte und die baskischen Schafhirten das ganze Geld, das sie monatelang für die lang ersehnte Heimkehr nach Spanien gespart hatten, auf einen Schlag in einem fernen Land in der Wüste am Würfeltisch verspielten.

Der melancholische Gleichmut, mit dem sie ihre Schwäche ertrugen, die ironische Ergebenheit, die darin lag, waren mir nicht neu: Ich kannte diesen Zug aus den Gesichtern von Onkel Leopold und meiner Großmutter. Ich hatte mir eingebildet, er wäre eine Besonderheit unserer Familie, doch jetzt entdeckte ich ihn neu als eine spanische Art, mit den eigenen Widersprüchlichkeiten umzugehen. Sie überwand etwas, woran ich mich bei mir selbst gewöhnt hatte: die Verneinung eines solchen Doppelbewusstseins und der zwanghafte Wille zu siegen, obwohl man verlor. An dem Abend in der Spielhölle hätte ich am liebsten ihre Gesichter berührt, als ob ich auf die Weise ein Stück von der friedlichen Zufriedenheit mit sich selbst abbekommen könnte, die ich in ihnen zu sehen meinte.

Später auf der Heimfahrt bog Richard von der schmalen Straße auf einen Feldweg ab. Wir holperten durch die Mondlandschaft der Wüste, bis wir an eine lange, tiefe Felsspalte kamen. Wir parkten und gingen zu Fuß bis zur Kante. Tief unter uns floss der Rio Grande.

Mit seinen Felsen, Strudeln und trügerisch stillen Becken

schwarzen Wassers sah der Fluss brutal aus. Am Tag waren wir darin gewatet. Die Gewalt des Wassers hatte mich umgeworfen. Lachend ging ich unter, bis mir die Angst und das Wasser den Mund verschlossen.

Eine Viertelmeile weiter überspannte eine Holzbrücke den Fluss, erbaut von einem der frühen Siedler in Taos namens John Donne. Von dort, wo wir standen, sah sie aus wie eine riesige Wäscheklammer. Ich erinnere mich, jemanden gefragt zu haben, wie sich der Name schrieb. Genau wie der des Dichters aus dem siebzehnten Jahrhundert, war die Antwort.

Ein paar Tage später fuhr ich zu dem großen Adobehaus einer Frau, die von indianischen Arbeitern Eingeborenensouvenirs anfertigen ließ, darunter auch die von den Pueblo-Indianern getragenen schweren Fußbekleidungen aus Samt mit abgeteiltem großen Zeh. Die Arbeitgeberin war den Tag über nach Albuquerque gefahren. Auf einer Wendeltreppe im Eingangsbereich stieß ich auf ihre Tochter. Sie mochte fünfzehn sein, ein sehr dickes Mädchen mit einem Mondgesicht, aus dem zwei rosinendunkle Äuglein auf mich niederstarrten. Ihre fleischige linke Hand hielt das Geländer umklammert. Sie hatte mich kommen hören.

Die Art, wie sie da auf halber Treppe stand, die Furcht in ihrem Gesicht, die plötzliche Handbewegung, mit der sie auf den Arbeitsbereich deutete, wirkten auf mich nicht sehr überzeugend. Ihre Stimme zitterte, als sie sagte: »Er ist betrunken!«

Darauf ließ sie sich laut flüsternd über die Absichten aus, die »er« ihr gegenüber hatte, sexuelle nämlich, dieselben Absichten, die alle männlichen Indianer auf weiße Frauen hätten.

Ich wusste nicht, was ich sagen sollte, daher ließ ich sie stehen und ging in den Arbeitsbereich. In einem großen, zwei Stufen tiefer gelegenen Raum fand ich einen jungen Indianer an der Werkbank, gut aussehend und in der Tat sehr betrunken.

»Ich mache dir Schuhe«, nuschelte er mit einem Lächeln und hielt mir mit unsicherer Hand die schwarzen Samtslipper hin, die ich bestellt und bezahlt hatte. Ich bedankte mich und nahm sie. Als ich an der Treppe vorbeikam, war das Mädchen verschwunden.

Auf dem Heimweg fuhr ich am Anwesen von Mabel Dodge Luhan vorbei, einer reichen Erbin, die 1919 in Taos eine Künstlerkolonie gegründet hatte. Tony Luhan, ihr aus dem Pueblo stammender Mann, stand vor Hunderten von hölzernen Vogelhäuschen, die er für sie gebaut hatte. Er hatte mir den Rücken zugekehrt, und sein langer schwarzer Zopf hing gerade herab wie ein Ausrufezeichen.

An dem wenige Meilen von der Ortsmitte entfernten Taos Pueblo fuhren wir häufig vorbei. Ausgemergelte Pferde grasten auf Wiesen unmittelbar vor den Pueblomauern. Ich meinte, im Innern eine vielköpfige Bewohnerschaft zu erahnen, die ihrem Leben nachging. Der Ort strahlte eine geheime Energie aus, die ich in den Mienen der Indianer, die ich sah, nicht entdecken konnte. Es war ein verborgenes Land innerhalb des Landes. Die Pferde waren schlecht ernährt – der spärlich bewachsene Boden gab wenig her. Pueblo-Indianer hielten Pferde, war mir gesagt worden, weil sie Wohlstand und Macht verkörperten.

Eines Nachmittags gingen Richard und ich in eines der Kinos im Ort. Ein Western lief vor wenigen Zuschauern, unter denen auch, dicht vor der Leinwand in der ersten Reihe, ein paar Indianer saßen. Im Licht auf der Leinwand zeichneten sich ihre Konturen ab, wie sie sich, in blaue oder rosa Decken von *Sears, Roebuck* gehüllt, Indianer zu Pferde ansahen, die von yippee schreienden Cowboys über die Prärie gejagt wurden.

Robin, ein Maler aus England, und seine Frau Peggy quartierten sich in einer von Mrs Holmes' Hütten ein. Er war mit der Absicht in die Vereinigten Staaten gekommen, Literaten und Menschen aus ihrem Umfeld zu porträtieren. Zwangsläufig lernten wir die beiden kennen. Er erzählte uns, er arbeite an einem Bild von D.H. Lawrence' Witwe Frieda, die wenige Meilen von Taos entfernt wohne.

Ich hätte nie gedacht, dass sie noch lebte, und schon gar nicht, dass ich so unmittelbar in ihrer Nähe war. Ich erinnerte mich, wie mein Vater gestaunt hatte, als ich ihm Witter Bynners Worte zitierte, und ich fragte mich, ob mein Staunen über Robins Worte nicht dasselbe war wie einst seines über die des Dichters.

Der Maler erzählte uns, Frieda sei eine deutsche Baronin und mit einem Literaturprofessor aus Nottingham verheiratet gewesen, Ernest Weekley. Sie habe drei Kinder mit ihm gehabt, und als sie mit Lawrence durchgebrannt sei, habe sie, mit Robins Worten, »ihre Familie im Stich gelassen«.

Mehrere Tage später saß ich an meiner Schreibmaschine und starrte auf die Seite, als mich eine Stimme mit starkem deutschen Akzent fragte: »Was machen Sie da drin?«

»Ich versuche zu schreiben«, antwortete ich.

»Gut!«, sagte sie nachdrücklich und nickte mir zu, bevor sie verschwand. Später am Tag klärte Robin mich auf, die Frau sei Frieda Lawrence gewesen. Das hatte ich mir natürlich schon gedacht.

Als ich am nächsten Morgen duschen ging, entdeckte ich eine winzige Schlange, die um das Abflussrohr geringelt schlief. Ich zog hastig Hemd und Jeans über, die ich auf den Boden geworfen hatte, und ging Richard holen.

Er hob einen verdorrten Ast vom Boden auf, ging in die Dusche und tötete die kleine Schlange mit drei Hieben. An ihrem Schwanzende entdeckte ich winzige bernsteingelbe Klappern. Richard sagte: »Ihr Biss ist genauso schlimm wie der von den großen.«

Am Nachmittag saß ich in einer Pferdebox auf einem Klappstuhl und beobachtete Robin dabei, wie er seine Staffelei aufstellte und seine Palette mischte. Ungefähr eine Stunde lang benutzte er mich als Übungsmodell. Während ich dasaß und die Geruchsmischung von Pferden, Dung und Leinöl, die in der Luft hing, einatmete, träumte ich von Geisterpferden. Ich saß noch einmal für ihn und später noch einmal, und aus der Ölskizze wurde ein Porträt.

In derselben Woche lud Robin uns ein, mit ihm und Peg zu Frieda zum Tee zu fahren. Wir verließen Taos in ihrem Mietwagen. Es war kein Verkehr, die Sangre de Cristo Mountains erhoben sich über uns, das Land schien sich mit dem Auto in flachen Wellen zu bewegen, und die gelbe Sonne brannte unbarmherzig mit einem blendenden Strahlen herab, das die Vergangenheit und die Zukunft auslöschte und nur die Gegenwart übrig ließ. Wir kamen zu zwei Adoberanchhäusern, die sich links und rechts der Straße gegenüberstanden. Sie sahen aus wie von einem Kind gemalt.

Als wir näher kamen, sah ich eine ältere Frau, die mit einer Hörtrompete unbeholfen auf der Veranda eines der Häuser herumtappte. Ein eleganter junger Mann trat zu ihr, nahm sie am Arm und führte sie zu seinem Sessel. Robin erzählte uns, dies sei Dorothy Brett, eine langjährige Freundin des Schriftstellers. Im Grunde, fügte er hinzu, sei sie Lawrence' Jüngerin gewesen.

Auf dem Pfad zu Friedas Haus ging ich voraus, vorbei an einem Holzschuppen auf halbem Weg. Atemlos schob ich die Haustür auf und spürte einen weichen Widerstand, als wären dahinter Kissen aufgehäuft.

Es war jedoch das voluminöse Hinterteil von Frieda Lawrence, die sich gerade in dem Moment bückte, um die Herdklappe zu öffnen. Ich erspähte mit Käse überbackene, angebrannte Kräcker in einer Pfanne.

»Wenigstens«, sagte sie zu mir, als sie sich aufrichtete, wobei sie den Griff der Pfanne mit einem Geschirrtuch umfasst hielt, »kann Lawrence mich nicht mehr schimpfen, weil ich mich so ungeschickt damit anstelle« – und sie deutete mit dem Kopf auf die Käsekräcker. Dann lachte sie rau und sympathisch.

Die anderen waren inzwischen nachgekommen, und wir folgten ihr ins Wohnzimmer, wo sie die Pfanne auf einen groben Holztisch stellte. Die großen Gemälde, mit denen die weiß getünchten Wände vollhingen, verwirrten mich. »Von Lawrence«, sagte sie.

Ich fand sie abstoßend. Dargestellt waren nackte Frauen, die über einen Steinboden krochen, mit riesigen Brüsten und Hintern, die Gesichter zornig oder blank wie Luftballons. Die Farben waren grell und brutal, voller Kraft und Hysterie.

Ich setzte mich neben sie auf ein mit Indianerdecken behängtes Sofa, während Richard sich am anderen Ende des Raumes mit Robin und Peg unterhielt. Frieda erzählte mir, dass sie in der Woche davor ein junger Mann aus Boston besucht habe, um über Lawrence zu reden. Sie sei kaum zu Wort gekommen. Der junge Mann sei in seiner Lobeshymne auf den Schriftsteller gar nicht zu bremsen gewesen.

»Und er hatte sich in Albuquerque ein Pferd gemietet und war den ganzen Weg hierhergeritten, über fünfundsiebzig Meilen«, sagte sie lächelnd. »Mit dem Ziel, nicht wahr, dass ich zur Kenntnis nehme, wie heroisch er sich um Lawrence' Werk bemüht.«

Die angebrannten Kräcker schmeckten gut, trotz der verkohlten Ränder. Irgendwann stand Frieda auf, um Gläser mit Wasser zu bringen. Das Gespräch uferte aus, wurde allgemeiner. Peg, die ganz offensichtlich angetan von ihrem eigenen englischen Tonfall war, zwitscherte vor sich hin. Wir blieben eine Stunde.

Während wir schweigend den Hang hinuntergingen – ich war innerlich zu beschäftigt mit Friedas realer Existenz und ihrer Unergründlichkeit für mich, um etwas zu sagen –, sah ich einen kleinen, massigen Mann mit dem Rücken zu uns auf dem Weg stehen. Er drehte sich um, als wir auf seiner Höhe waren. Robin hatte mir zugeflüstert, das sei Angelo Ravagli, den Lawrence aus Italien mitgebracht hatte. Seine Miene war traurig, niedergeschlagen. Er sprach mit einem starken italienischen Akzent, als ob er gerade erst in Ellis Island an Land gegangen wäre. Später hörte ich, er sei das Vorbild für Mellors gewesen, den Wildhüter in Lawrence' Roman *Lady Chatterley's Lover.*

Als wir im Auto saßen, erzählte uns Robin noch mehr von Angelo. Er hatte eine Töpferscheibe im Schuppen, und wenn er nicht gerade im Casino spielte, töpferte er. Ich bekam nie etwas von ihm zu Gesicht, obwohl wir Frieda häufig besuchten.

Irgendwann erfuhr ich, dass Frieda und Angelo die amerikanische Staatsbürgerschaft verweigert worden war, weil sie unehelich zusammenlebten. 1950 heirateten sie, bald darauf verzieh ihnen der Staat, und sie durften amerikanische Staatsbürger werden.

Nachdem Robin und Peg Taos verlassen hatten, hörten wir von Frieda Geschichten über Dorothy Brett. Sie war mit den Lawrencens im Schiff nach Australien gefahren, und Frieda sagte: »Eines Morgens auf der Reise fing sie an, Lawrence auf die Toilette zu folgen. An dem Punkt musste ich ein Machtwort sprechen.« Sie lachte hemmungslos, wie sie es bei vielen Gelegenheiten tat.

Nach den ersten paar Besuchen bei ihr erfuhr ich, warum ich mich immer neben sie setzen sollte und warum sie mich so genau musterte. Ich sähe ihrer Tochter Barbara ähnlich, sagte sie.

Ich fragte mich, ob sie ihre Kinder ständig vermisste oder nur in besonderen Augenblicken. Lawrence habe ihre ganze Zuwendung verbraucht, erzählte sie uns und lächelte an uns vorbei, als ob jemand hinter uns stände. Mich schauderte.

Angelo, schien mir, war bitter, weil er einsam war und den Rest seines Lebens lieber in seinem Heimatland verbracht hätte. Er ging oft in die Scheune, um Friedas Geld zu verspielen.

Dort in der Spielhölle erfuhr ich, dass ein reicher Mann von der Ostküste eine alte Ranch gekauft hatte, die er als zweiten Wohnsitz benutzen wollte. Es war das erste Mal, dass ich diese zwei verhängnisvollen Worte hörte, »zweiter Wohnsitz«. Es war der Anfang einer Welle von zweiten Wohnsitzen in New Mexico.

Richard und ich fuhren nachmittags häufig zu einer Ranch, wo wir uns Wüstenponys für einen Ausritt liehen. Vorher setzten wir uns auf einen Koppelzaun und beobachteten, wie sie sich verhielten. Einige keilten wild aus, die meisten waren ruhig und gemütlich.

Wenn wir unsere Wahl getroffen hatten, ritten wir in die wegelose Wüste hinaus. Lose Sträucher wirbelten jäh über den Sand. Der Wind flaute ab. Dann frischte er wieder auf, als wäre ihm noch etwas eingefallen, das er zu sagen hatte.

Einmal sah ich, wie eine Seitenwinder-Klapperschlange in raschem Zickzack auf mein Pony zukam. Richard hatte sie im selben Moment erblickt und ritt an meine Seite. Diese Ponys, erklärte er mir, seien Schlangen gewohnt und wüssten, wie man ihnen aus dem Weg ging. Als ich zurückblickte, sah ich keine Schlange mehr, nur eine schlängelige Spur im Sand.

Gegen Ende unseres zweiten Monats holte ich im Postamt von Taos unsere Post ab. Bis dahin hatten wir nicht viel Post bekommen. Aber an dem Tag gab man mir einen an Richard adressierten länglichen Geschäftsbrief. Ich riss ihn auf. Er war von der New Yorker Agentur, bei der wir beide gearbeitet hatten. Ich las den kurzen Absatz.

Einer der Firmenleiter schrieb, er hoffe, Richard genieße seinen langen Urlaub. Er freue sich auf seine Rückkehr. Es lägen etliche neue Aufträge vor.

Ich kehrte in die Sattelkammer zurück und hielt Richard wortlos den Brief hin. Nachdem er ihn gelesen hatte, sagte ich, soweit ich mich erinnere: »Du hast mir gesagt, du hättest gekündigt.« Er antwortete, nein, er habe immer vorgehabt, zu der Agentur zurückzukehren. Wie ich auf die Idee komme, er habe dort ganz aufgehört? Wenn ich an diesen Augenblick zurückdenke, spüre ich noch heute, wie unglücklich und fassungslos ich war.

Jahre später, als Richard und ich schon lange getrennt waren, ging ich in Manhattan zu einer Dinnerparty. Ich hörte, wie Diana Trilling, die ich an dem Abend erst kennengelernt hatte, behauptete, in Naturbeschreibungen schlage Norman Mailer D. H. Lawrence um Längen.

Ich stöhnte, leise, dachte ich. Doch Mrs Trilling hörte mich. Sie stand vom Tisch auf, marschierte geradewegs aus der Wohnung und knallte die Tür hinter sich zu.

Ihr stürmischer Abgang war hochpeinlich. Ich wurde rot. Der Dichter Stanley Kunitz, der neben mir am Tisch saß, sagte: »Das ist die zweite Dinnerparty in zehn Tagen, bei der ich sie so davonstürmen sehe.« Ich wusste, er wollte mich trösten. Aber diese beschämende Szene lieferte Stanley auch den Anlass, eine Lawrence-Geschichte zu erzählen.

Jahre zuvor hatte er mit einer Gruppe anderer junger Leute einen Sommer am Rande des französischen Städtchens Vence verbracht. Stanley ging immer mit ein paar anderen zusammen eine gute Meile zu Fuß zum Postamt, um für alle die Post zu holen. Eines Morgens kamen sie an einem Haus vorbei, auf dessen Balkon eine Gestalt in eine Decke gehüllt im Rollstuhl saß, daneben eine Pflegekraft. Jemand sagte: »Das ist D. H. Lawrence.«

Am nächsten Morgen warf Stanley, als sie am Haus vorbeikamen, einen Zettel, den er geschrieben hatte, zum Balkon hoch. Darauf hatte er notiert, was für eine Liebe und Bewunderung er für Lawrence' Werk empfand.

Die Pflegerin bückte sich, hob den Zettel auf und las ihn Lawrence vor, sodass Stanley und die anderen es sehen und hören konnten.

Als sie mit der Post zurückkehrten und wieder an dem Haus vorbeigingen, blickte Stanley zu der vermummten Gestalt auf dem Balkon empor. Daraufhin erhob sich die Gestalt und verbeugte sich vor dem Dichter.

Einige Wochen später war der Mann im Rollstuhl, wenn Stanley an dem Haus vorbeiging, nicht mehr da.

Das war 1930. D. H. Lawrence starb in dem Sommer an Tuberkulose. Er war knapp fünfundvierzig Jahre alt.

Er hinterließ ein brillantes Werk, Gedichte, Übersetzungen italienischer Schriftsteller (darunter Romane von Giovanni Verga), Essays, Kurzgeschichten wie die strahlende »Odour of Chrysanthemums«, eine Geschichte, die neben dreien seiner Romane – *Sons and Lovers, Women in Love* und *The Rainbow* – zu den größten und denkwürdigsten literarischen Werken der letzten zweihundert Jahre zählt.

Heute aber ist sein Name den meisten nordamerikanischen Lesern so gut wie unbekannt, und sein Ruf hat unter den Attacken verschiedener Gruppierungen gelitten, die sich an dieser oder jener seiner Ideen stoßen (manche sind auch verrückt), Ideen, die er stets so provozierend vertrat, wie ein Bergarbeitersohn, der in die literarische Welt Englands eindringt, eben Ideen vertritt. Die damalige Prüderie sorgte dafür, dass *Lady Chatterley's Lover* bis 1959 verboten war, und aus ganz ähnlichen Motiven handelten auch die staatlichen Stellen, die Angelo Ravagli und Frieda Lawrence die amerikanische Staatsbürgerschaft nicht zuerkennen wollten, solange sie nicht verheiratet waren.

Die zärtliche Nacht

Jack und Dwayne wohnten in einem zwölfstöckigen Gebäude am Central Park an der Upper West Side von Manhattan im Apartment 6E. Eines Vormittags in den späten fünfziger Jahren zog ich mit meinen beiden Söhnen, unseren Anziehsachen, ein paar Möbeln, einigen Kisten mit Büchern, Spielen und Papieren, darunter meine Scheidungsurkunde, und ein oder zwei Kartons mit Küchengeschirr in die Wohnung über ihnen.

Ich lernte Jack ein paar Wochen später kennen, als er bei mir klingelte, mir ein Buch hinhielt und fragte, ob ich das verloren hätte. Er habe es in der Mülltonne vor seiner Hintertür gefunden, die auf eine schlecht beleuchtete Dienstbotentreppe hinausging. »Wohl eher aus Versehen«, setzte er rasch hinzu, als wäre er verpflichtet, mir das Auftauchen des Buches in seiner Mülltonne zu erklären.

Bislang scheine es niemand im Haus zu gehören, sagte er. Er habe sämtliche Nachbarn auf seiner Etage gefragt. Jetzt gehe er die Mieter auf meiner Etage durch. Wenn sich der Besitzer nicht finde, werde er das Buch vielleicht behalten. Der Titel gefalle ihm gut, *Zärtlich ist die Nacht,* auch wenn er von dem Schriftsteller F. Scott Fitzgerald noch nie gehört habe. Ich erkannte mein zerlesenes Exemplar sofort, nahm es und bedankte mich bei ihm. Ich hatte es mit siebzehn von einem Freund geschenkt bekommen, als ich eine Weile in San

Francisco am Telegraph Hill in einem kleinen Apartment gewohnt hatte.

Ich weiß noch, dass ich mich wunderte, wie es bei ihm gelandet sein konnte. Hin und wieder mussten die Mieter die Hintertreppe benutzen, wenn die Fahrstühle nicht funktionierten. An sich war es möglich, dass das Buch den Möbelpackern oder mir selbst auf dem Weg nach oben zu 7E in seine Tonne gefallen war – aber sehr wahrscheinlich war es nicht.

Ein kurzes Schweigen entstand, in dem wir uns gegenseitig anlächelten. Er wollte sich schon umdrehen, überlegte es sich jedoch anders, stellte sich vor und streckte mir die Hand hin. Ich nahm sie und bekam einen warmen und festen Händedruck.

Ich sah ihn an diesem Nachmittag im Ganzen, so, wie man das Vollporträt eines anderen Menschen aufnimmt, ehe man näher hinschaut und Einzelheiten des Gesichts und Körpers bemerkt. Jack war Anfang dreißig, schätzte ich, jungenhaft gut aussehend, groß und schmalhüftig, kurze dunkelbraune Haare. Später, nachdem wir uns angefreundet hatten, nahm ich sein Gesicht genauer wahr, die Andeutung von Verschwiegenheit darin, die Wandelbarkeit und den, wie mir schien, inbrünstigen Wunsch, gemocht zu werden. In seinem unsicheren Lächeln erkannte ich erschrocken mich selbst wieder, doch im Unterschied zu meinem Lächeln war seines ungeschützt. Ich begriff rasch, dass wir beide nur dann offen zu anderen waren, wenn wir in ihnen dieselbe Hoffnung spürten – wobei ich mich im Leben darin mitunter geirrt habe.

Jack erzählte mir, dass er gegen Ende des Zweiten Weltkriegs in der Marine gewesen war. Ich fand, in Uniform müsse er ein Bilderbuchmatrose gewesen sein – abgesehen von dieser Unsicherheit, einer Unschlüssigkeit vielleicht, in Stimme und Verhalten. Er sei zur Marine gegangen, um nicht eingezogen zu werden, sagte er.

Ich konnte ihn mir nicht im Kampf mit feindlichen Seeleuten vorstellen. Nachdem ich ihn ein paar Tage kannte, ging mir auf, dass er nicht gegen andere Männer in den Krieg ziehen, sondern mit ihnen ins Bett gehen wollte, manchmal aus Liebe.

Dwayne war Tänzer in einer neuen Kompanie, die sich mit ihren originellen Choreografien einen Namen gemacht hatte. Stars gab es noch keine. Dwayne kam oft erschöpft von den Proben nach Hause ins 6E, rauchte ein bisschen Marihuana und legte sich im Wohnzimmer auf den Boden, um ein, zwei Stunden zu schlafen.

Jack und ich riefen immer vorher an, bevor wir uns gegenseitig besuchten, sagten kurz »Hallo« und »Wie geht's«. Wenn wir zusammensaßen, unterhielten wir uns über viele Dinge, und der Lauf unserer Gespräche glich einem träge dahintreibenden Fluss. Unsere Freundschaft vertiefte sich; selbst wenn ich abgearbeitet war, freute ich mich auf das Zusammensein mit ihm. Beide schienen wir aufzuleben, wenn wir uns sahen.

Einmal sagte er in Anspielung auf ein bekanntes Putzmittel: »Ich kriege manchmal zu hören, dass ich aussehe wie Meister Proper. Aber in Wirklichkeit bin ich Meister Schmuddel.« Er lachte, wie er immer über seine eigenen Witze lachte, genau wie ich über meine.

Eines Abends, als ich die unverschlossene Tür seiner Wohnung aufdrückte, hörte ich eine Frau singen. Ich war so ergriffen von der Schönheit ihrer Stimme, ihrem Umfang und ihrer Kraft, von der mitreißenden Musik, dass ich mich minutenlang nicht rührte, sondern nur lauschte. Das Lied war zu Ende. Ich trat ins Wohnzimmer, wo Jack vor seinem Plattenspieler saß und auf die sich noch drehende Platte schaute. Er sah sich zu mir um und flüsterte: »Maria Callas mit ›Vissi d'arte‹ aus *Tosca.*«

Eine Stunde lang sprach Jack nun über die Opern, die er liebte, und die Sänger und Sängerinnen, vor allem über Maria Callas. Ich hatte eine Zeit lang an der Juillard das klassische Klavierrepertoire studiert, aber mit anderer Musik kannte ich mich kaum aus – außer mit Jazz. Jahre zuvor hatte ich aufgeschnappt, wie sich meine Mutter einem meiner Onkel gegenüber verächtlich über Opern äußerte. »Diese ganzen Fettwanste, die da rumstehen und sich gegenseitig anbrüllen«, hatte sie gesagt, und obwohl ich nie bewusst auf die ästhetischen Ansichten meiner Mutter achtete – sie konnten nicht durch die Finsternis zwischen uns dringen –, hatten ihre Worte es irgendwie geschafft, die Opernmusik für mich mit einem Makel zu belegen.

Ich unterrichtete an einer Privatschule, die meine Kinder dank eines Stipendiums besuchten. An zwei Tagen die Woche ging ich nachmittags und abends in Seminare an der Columbia Unversity. Wenn ich nicht zu Hause war, kam ein Babysitter, meistens eine junge Schweizerin aus einem nahe gelegenen Wohnheim für Schweizer, die in New York studierten.

Eines Tages kam ich etwa eine Stunde vor meinen Kindern nach Hause und rief Jack an. »Soll ich runterkommen, oder kommst du hoch?«, fragte ich. »Komm du runter«, erwiderte er. »Ich möchte dir gern jemand vorstellen.«

Unsere Apartments waren genau gleich geschnitten: Wohnzimmer, Essecke, schmale Küche, zwei kleine Zimmer, ein Bad am Ende eines kurzen Flurs. Aber zwischen den Inneneinrichtungen lagen Welten. Außer dem Zimmer der Jungen, das voller Bücher, Spiele und überall herumliegender Anziehsachen war, sahen meine Räume kahl, geradezu karg aus. Dagegen lebten Jack und Dwayne im Prunk: Seidenbehänge, stilvolle Leuchter auf eleganten Tischchen, Troddeln an den Ecken von Brokatkissen, die sorgfältig auf einem opulenten Sofa im Wohnzimmer drapiert waren, und im Schlafzimmer ein Himmelbett mit durchsichtigen weißen Vorhängen.

Jack machte mir die Tür auf, vier Stecknadeln zwischen den Lippen, und führte mich in das zweite Zimmer. Dort stand eine kräftig gebaute Frau auf einem Hocker. Fast ganz in beigebraunes Seidenpapier gehüllt, glich sie einem lebenden Geschenk, das gerade eingepackt wurde. Jack nahm die Nadeln aus dem Mund, erklärte, dass er an ihr Maß für ein Kleid nahm, und stellte uns dann vor: »Meine Mutter June – auf Stadtbesuch für ein paar Tage«; mich bezeichnete er als »eine Freundin vom Stockwerk drüber«.

Sie beäugte mich über ein Stück Seidenpapier hinweg, das ihr an der Wange klebte, und versuchte dabei lächelnd ein Maßband um ihre Taille zu legen. Sie redete sofort drauflos, als ob wir alte Freundinnen wären, deren Gespräch nur kurz unterbrochen worden war. Beigebraune Papierfitzel blieben ihr an den Lippen hängen, und sie spuckte sie geräuschvoll aus.

Sie sah aus wie eine Frau mittleren Alters aus einer Kleinstadt in Iowa, und genau das war sie. Aber mir schien ein Missverhältnis zwischen ihrer äußeren Erscheinung – strikt, einfach, geradeheraus, harmlos – und ihrem wahren Charakter zu bestehen. Mir fiel ein despektierlicher Ton in ihren Kommentaren über das Leben auf, zum Beispiel, wenn sie beiläufig bemerkte: »Na ja, da müssen wir durch …« Ich hatte den Verdacht, dass sie damit das Leben im Allgemeinen, aber auch Jacks Vorliebe für Männer meinte.

Ich bemühte mich, meinerseits das Gespräch in Gang zu halten, während Jack wortlos absteckte und maß. Ich sprach von der Schönheit des Parks auf der anderen Seite der breiten Avenue, stellte ihr belanglose Fragen über die Stadt, aus der sie kam, und erwähnte die Kriminalität in der Gegend, die ich auf Armut und Perspektivlosigkeit zurückführte. Doch an dem Punkt verblüffte sie mich. »Die Menschen«, sagte sie, »haben eine innere Anlage zum Verbrechen.«

Spontan erzählte ich ihr von zwei Latinomännern, die letztens auf dem Bürgersteig an mir vorbeigegangen waren und sich unterhalten hatten. »Dieses Viertel ist ein Skandal, so viel Schlechtigkeit«, hatte der eine gesagt. »Das stimmt«, hatte der andere ihm beigepflichtet.

Sie lachte frei heraus. »Sehen Sie, die sind auch meiner Meinung«, sagte sie.

Jack hatte mir erzählt, dass sein Vater gestorben war, als er elf war, und dass er sich insgeheim erleichtert gefühlt hatte. Ich gewann den Eindruck, dass sein Vater ein harter, verschlossener Mann gewesen war. Jacks Onkel, der einzige Bruder seines Vaters, war ein renommierter Anthropologe an einer Südstaatenuniversität, der sich nach und nach von seinen

Verwandten entfernt hatte, bis sie sich schließlich nicht einmal mehr Weihnachtskarten schickten. Jack seinerseits hatte die Unversity of Iowa besucht, aber nur ein Semester lang. »Ich fand es nicht angenehm da«, sagte er einmal zu mir. Ich fragte mich, ob irgendeine unschöne Geschichte zu seinem Abgang von der Uni geführt hatte.

June und ich unterhielten uns eine Weile und verabschiedeten uns freundlich, beide mit dem deutlichen Gefühl, dass an der anderen mehr dran war, als man auf den ersten Blick erkennen konnte. Wieder in meinem Apartment, dachte ich über Jack und über die Art nach, wie er sich mit Schneiderarbeiten und Inneneinrichtungen durchschlug. Er hatte keine feste Anstellung. Gelegentlich war er für einen Modezeichner oder eine Schneiderei tätig. Manchmal wurde er von einem Raumausstatter beschäftigt und zu Spezialaufträgen in entlegene Stadtteile geschickt, wofür er lange U-Bahn- und Busfahrten auf sich nehmen musste. Er beschwerte sich nie über die ewig langen Fahrten. Er schien das alles als Schicksal hinzunehmen.

Jack und ich kamen uns immer näher. Er mochte meine Kinder, und sie mochten ihn. Als ich mich ein paar Jahre nach meinem Einzug in das Apartmenthaus mit Martin zusammentat, freundete sich auch er mit ihm an.

Was ich als Kind mit vier Onkeln, von denen drei homosexuell waren, vage geahnt hatte, war mir mit zunehmendem Alter deutlich geworden. Es gibt unter Homosexuellen genauso viele Unterschiede – wenn nicht mehr – wie unter anderen Menschen.

Als ich eines Herbstnachmittags nach der Arbeit aus dem Bus stieg, sah ich Jack auf der Central Park West Avenue mit einem Verband auf der Nase auf mich zukommen. Mit schmerzverzerrtem Lächeln erzählte er mir, was passiert war. Ein junger Mann im Park hatte ihn aufgefordert, mit ihm ins Gebüsch zu gehen. Zwischen den Bäumen hatte der junge Mann sich blitzschnell umgedreht und Jack mit einem Schlag ins Gesicht die Nase gebrochen, dann war er lachend davongelaufen.

Jack zuckte über meinen Ausruf des Erschreckens die Achseln. »Da habe ich mal einen Fehler gemacht«, sagte er ohne erkennbaren Groll.

An seinem Handeln und dessen Konsequenzen wurde mir plötzlich schaudernd die Zwanghaftigkeit des sexuellen Begehrens deutlich. Während ich sein verletztes Gesicht anstarrte, erkannte ich, wie riskant das Verlangen nach Lust sein kann. Seltsame Untiere entschlüpfen der elementaren Einsamkeit des Ichs.

Er hatte abrupte Wutausbrüche, die meistens vom Lärm eines aufgedrehten Radios in einer Nachbarwohnung ausgelöst wurden. Dann ging er zu dem betreffenden Nachbarn hin, hämmerte an dessen Tür – damit er trotz des Radaus zu hören war, wie er mir erklärte –, und wenn dann jemand die Tür aufmachte und ihn fragend anstarrte, sagte er mit zusammengebissenen Zähnen leise: »Tut mir sehr leid, Sie zu stören, aber wären Sie vielleicht so freundlich, Ihren gottverdammten Scheißapparat leiser zu stellen?«, drehte sich auf dem Absatz um und ließ denjenigen stehen. Meistens klappte das, aber einige Mieter waren von seiner ausfälligen Art brüskiert und stellten ihre Radios oder Plattenspieler daraufhin noch lauter.

Irgendwann schaffte er sich eine Airedale-Hündin an, die er Kelly nannte. Er schien sie mit einer Heftigkeit zu lieben, die leicht in Wut umschlagen konnte. Mir gegenüber sprach er von »Disziplin«, doch die Schläge, die er ihr auf den Rücken gab, lehrten sie höchstens Angst. Als ich protestierte, gab er zu, dass er manchmal grausam zu ihr war. Er versuchte, sich mit der Ausrede zu entschuldigen, dass er das nur machte, wenn sie sich mit dem Gehorchen zu viel Zeit ließ. Ich fragte ihn, ob er auch einen Menschen so brutal behandeln würde. Bestürzt über sein eigenes Verhalten sah er mich ratlos an.

Nach ein paar Monaten verschenkte er den Hund an Bekannte in Bucks County, Pennsylvania, *Pi-äiiih*, wie er es nannte, wobei er dieses Kürzel mit einem grimmigen Lächeln zerdehnte, als wäre das der Ton, den er einst gern seinem Vater gegenüber angeschlagen hätte.

Ich besuchte ihn wieder unbefangener, nachdem Kelly nicht mehr im Wohnzimmer kauerte, die Schnauze auf die Pfoten gelegt, und ihn unter ihrem dichten hellgelockten Fell ängstlich beobachtete.

Dwayne reiste mit der Balletttruppe in andere Städte, und Jack und ich verbrachten mehr Zeit miteinander. Wenn er etwas zu nähen hatte, brachte er es zu mir mit ins Wohnzimmer und säumte dann etwa einen Vorhang oder das Kostüm einer Kundin. Manchmal ging er zeitig, wenn er vorhatte, etwas Aufwendiges zu kochen. Meistens kochte er einfache Sachen für sich und Dwayne.

Er erzählte mir von einem Liebhaber, mit dem er vor Dwayne jahrelang zusammen gewesen war, einem bekannten Fernsehstar jener Zeit, der in einer wöchentlichen Serie einen

Frauenhelden gespielt hatte. Wir sprachen von Hollywood, wo ich eine Zeit lang gelebt hatte, dann von Kleidern und Opernsängern und Musik. Und vom Leben überhaupt und seinen Merkwürdigkeiten. »Hast du auf der Straße je das Gefühl gehabt – wenn du zur Arbeit gehst oder sonst wohin –, dass du nicht du selbst bist, sondern der Überraschungsgast in einer Fernsehsendung? Und du hast keine Ahnung, wer du bist und wie du bist, kennst die Schuhe nicht, die du anhast, kennst deine Hände nicht, und der Moment ist nicht bloß ein Moment, sondern irgendwie … zeitlos?«, fragte Jack einmal und sah mich dabei ausdruckslos an. »Ja«, sagte ich mit einer mir unbekannten Stimme, die klang, als hätte sie aus einem Sessel oder dem aufgeschlagenen Buch auf dem Tisch kommen können.

An einem dieser Nachmittage erzählte er mir, wie scheußlich sich seine Familie ihm gegenüber verhielt – alle außer seiner Mutter June –, besonders sein Professorenonkel, der ihn, wie er sagte, dermaßen hasste, dass er, als Jacks jüngerer Bruder im Kindesalter starb, Jack bei der Beerdigung zugeflüstert hatte: »Warum er? Warum nicht du?«

Einmal beschrieb er eine sexuelle Szene zwischen Dwayne und sich. Dwayne war nach der Premiere eines neuen Ballettstücks, bei dem er mitwirkte, nach Hause gekommen, hatte sich ausgezogen und sich nackt zusammengerollt im Flur zum Schlafen hingelegt. Jack hatte sich über ihn hergemacht, und Dwayne, davon geweckt, hatte sich aufgeführt und so geredet wie jemand, den Jack eben erst auf der Straße aufgerissen hatte, und so getan, als hätte er Jack noch nie gesehen und als würde er ihn auch nie wiedersehen. Bei ihrer spätnächtlichen Nummer war keinerlei Emotion außer der nackten Begierde, ohne Nachdenken, ohne Herz, im Spiel gewesen.

Beim Anblick meines geröteten Gesichts – ich war solche intimen Enthüllungen nicht gewohnt, nicht einmal von Freundinnen – erklärte Jack rasch, bei dem Mal sei es »anders« gewesen, sexuelle Erfüllung könne mehr sein als die Summe der entsprechenden körperlichen Verrichtungen. Es gebe eine echte Zuneigung zwischen ihnen beiden, Momente der Zärtlichkeit.

Ein paar Monate später heiratete ich wieder. Martin, meine Kinder und ich zogen im selben Haus in ein viel größeres Apartment im vierten Stock. Ein paar Tage später, als ich allein in der Wohnung war und gerade Bücher einräumte, klingelte es. Vor der Tür stand Jack, völlig eingefallen, Jammer im Blick.

»Meine Mutter ...«, stöhnte er. »Sie ist tot.« Er weinte wie ein Kind, ohne sein Gesicht zu bedecken, wie jemand in der ersten Bestürzung, bevor der Kummer sich verbergen lässt. Ich nahm ihn in die Arme. Wir standen in der offenen Tür und hielten uns fest. June, liebe leidende, tapfere June.

Eines Morgens einige Jahre später, als ich im Wohnzimmer mit Blick auf die Central Park West an der Schreibmaschine saß, hörte ich einen scharfen Knall. Ich schaute zum Fenster hinaus und sah einen Mann auf der Straße liegen. Er stemmte noch zweimal unbeholfen den Oberkörper hoch wie eine Robbe und brach dann zusammen. Der Portier Billy sah in dem Moment vom Bürgersteig nach oben und erblickte mich. Die Polizei kam. Zwei Beamte zeichneten mit Kreide einen Umriss des Körpers, zwei trugen die Leiche zu einem wartenden Krankenwagen und zwei weitere spritzten die Stelle ab, wo er gestürzt war. Kurze Zeit später klingelte es an meiner Tür. Es waren zwei Zivilpolizisten. Billy hatte ihnen gesagt, dass ich den Mord gesehen hatte. Ob ich so freundlich wäre, mit ihnen aufs Revier zu kommen, fragten sie. In einem großen Raum, in dem lauter Eichenschreibtische voller Papierberge und Telefone standen, half ein bulliger Ire mit unermüdlichen Fragen meinem Gedächtnis auf die Sprünge, und ich erinnerte mich an immer weitere Einzelheiten des Mordes, dessen Zeugin ich geworden war: an die Farbe des Wagens, blassgrün, und an den Arm mit der Pistole, die aus einem der hinteren Fenster geragt hatte wie der Kopf einer Schildkröte.

Martin und ich beschlossen, aus Manhattan fortzuziehen. Wir fanden ein Apartment in Boerum Hill in Brooklyn. Zu dem Zeitpunkt, als wir umzogen, waren Jack und Dwayne schon kein Paar mehr, obwohl sie weiter in 6E zusammenwohnten. Nach ungefähr einem Monat hatte Dwayne eine eigene Bleibe gefunden.

Jack hatte mir erzählt, dass Dwayne mit der Zeit immer mehr Marihuana rauchte und dass die Droge anfing, sich auf sein Tanzen auszuwirken.

Jack besuchte uns mehrmals in Brooklyn, dann zog er nach Melville auf Long Island, wo er eine feste Stelle in einem kleinen Modeunternehmen gefunden hatte. Wir sahen uns über ein Jahr nicht, aber wir telefonierten miteinander. In unseren Gesprächen gab es Momente wohltuenden Schweigens. Ich sah ihn vor mir, wie er in einem Raum saß und auf einen kleinen Tisch oder den staubfreien Fußboden blickte. Was das äußere Drumherum betraf, war er ein ordentlicher Mann.

Monate später machte das Unternehmen pleite. Jack zog nach New York City zurück, und ich verlor über ein Jahr lang den Kontakt zu ihm. Als er wiederauftauchte, hatten wir ein Haus in der Nähe gekauft. Er machte unsere Adresse im Telefonbuch ausfindig und kam eines Nachmittags zu Besuch.

Er war viel dünner als bei unserem letzten Treffen, und zum ersten Mal, seit ich ihn kannte, sah er schäbig aus, so schäbig wie ein Paar ausgelatschte alte Schuhe. Er erzählte mir, dass er Monate auf der Straße gelebt hatte – »und zwar richtig wie ein Penner, Honey«, sagte er. Er hatte sich in Hauseingängen verkrochen, wenn er nicht von verärgerten Mietern oder Besitzern weggejagt wurde, und sich mit Kartons und Lumpen zugedeckt, wenn es kalt wurde.

»Ich wusste nicht, wie gemein die Leute sein können«, sagte er. Dann lachte er auf seine alte Art. »Ich wollte schon immer gern eine Sozialhilfeschmarotzerin werden, doch jetzt weiß ich, dass ich gar nicht anspruchsberechtigt bin.«

Doch in seinem Lachen schwang ein hoffnungsloser Ton mit. Er sei, fuhr er fort, von Ben gerettet worden, einem jungen Buchhalter, der ihn eines frostigen Abends mit in sein Apartment in Greenwich Village genommen habe. Als Ben ihn an dem Tag aufgabelte, hatte Jacks Habe in einer abgetragenen Marinejacke, einem T-Shirt und einer Jeans mit ein paar Cents in der Tasche bestanden.

Ben schien ihn zu lieben, und nach ein paar Wochen war Jack wieder glücklich. Sagte er jedenfalls. Ich hatte den Eindruck, dass das Leben auf der Straße ihn nachhaltig verstört und verwundet hatte. Ben hatte einen kleinen Hund, Ninny. Als ich die enge kleine Wohnung eines Tages besuchte, bückte sich Jack häufig, um Ninny zu streicheln. Plötzlich sah er zu mir auf. »Ich war wirklich scheußlich zu Kelly«, sagte er zerknirscht.

Kurz bevor ich ging, kam Ben nach Hause. Er war ein kleiner Mann, zurückhaltend und ernst, aber seine Augen hingen ständig an Jack, mit dem er das große Los in der Straßenlotterie gezogen zu haben schien.

Als Jack mir erzählte, dass er Aids hatte, hatte sein Ton eine gewisse Unbekümmertheit, so, als hätte er seine eigene Neuigkeit selbst noch gar nicht gehört. Doch in seinem Gesicht erkannte ich Angst, und mein Herz klopfte heftig vor Schreck. Ich stellte mir vor, ihn sterben zu sehen wie den Mann, der vor dem Apartmenthaus erschossen worden war, in dem wir beide Jahre zuvor gewohnt hatten.

Im Sommer seiner Krankheit hatten meine Söhne Jobs in der Stadt, und Martin und ich mieteten ein Haus auf dem Lande nördlich von New Paltz. Jack lag in einem Veteranenkrankenhaus an der Lower East Side von Manhattan. Ich fuhr zweimal mit dem Bus von New Paltz aus in die City, um ihn zu besuchen, und am selben Tag wieder zurück.

Die Aids-Station des Krankenhauses sah mit ihren hellgelben Wänden, an denen mehrere geschmacklose Bilder hingen, neutral aus. Völlig ausgemergelte Männer lagen wie Stöcke in Krankenhausbetten. Jack lächelte mich an, als ich auf ihn zuging. Der Anblick seiner eingefallenen Wangen ging mir den ganzen Heimweg lang nicht mehr aus dem Kopf.

Er hatte stark abgenommen und sah so krank aus, wie er auch war. Im Gesicht hatte er einen rötlichen Ausschlag. Als er meine Hand nahm, fühlte ich kurz, wie seine Kraft zurückkehrte und gleich wieder schwand, sodass seine Finger sich anfühlten wie eine Handvoll Bleistifte.

»Eine schöne Bescherung«, murmelte er. »Ich bin eine arme Sau. Und Ben. Er hat es auch.«

Ich nickte. Ich zögerte einen Moment und erzählte ihm dann von einem Besuch, den Dwayne mir abgestattet hatte, merkte aber nach den ersten Worten, dass Jack sich kaum noch für seinen früheren Liebhaber interessierte.

Dwayne hatte eines Mittags in unserem schmalen Brooklyner Reihenhaus hereingeschaut. Er saß am Küchentisch, schaute sich nervös um und sagte unvermittelt: »Für mich nichts zu essen. Was dagegen, wenn ich ein bisschen Pot rauche?« Ich nickte. Er holte eine handgedrehte Zigarette aus der Jackentasche. Nach einer unendlich langen halben Stunde Schweigen, nur unterbrochen von seinen tiefen Zügen und meinen unbeholfenen Worten, die sich unter den Umständen geradezu grotesk munter anhörten, ging Dwayne wieder.

Mit einem neuerlichen Lächeln erinnerte sich Jack an seine Besuche in unserem Haus. Ich hatte ihn gebeten, ein paar Sachen für uns zu nähen, Vorhänge und dergleichen. Die drei, vier Male, die er an unserer Tür klingelte, freute ich mich, ihn zu sehen. Einmal begrüßte er mich mit: »Da bin ich! Der schwule Caballero!«

Ein paar Wochen später besuchte ich Jack noch einmal. Sein Zustand hatte sich verschlechtert, und er konnte kaum noch den Kopf auf dem Kissen bewegen. Wenn er etwas sagte, war es, als lauschte man seiner Stimme während eines heftigen Regenschauers.

»Das Buch damals …«, sagte er. »Ich habe es in der Eingangshalle des Apartmenthauses mitgehen lassen, bevor wir uns kennenlernten. Es lag oben auf einer der Kisten, die die Möbelpacker hereintrugen.« Die Luft ging ihm aus, und er machte einen Moment Pause. Dann fuhr er fort. »Ich brauchte einen Grund, um dich anzusprechen. Ich hatte gesehen, wie du einen der Möbelpacker angelächelt hattest. Ich wollte, dass du mich auch so anlächelst … *Die zärtliche Nacht* …« Und dabei lächelte er gespenstisch. Ich erinnerte mich, dass er mir erzählt hatte, der Titel gefalle ihm gut.

»*Zärtlich ist die Nacht*«, korrigierte ich ihn leise. Doch er hatte die Augen geschlossen. Nach noch ein paar Minuten an seinem Bett brach ich zum langen Rückweg in die Berge auf. Während der Stunden im Bus starrte ich aus dem Fenster und dachte an Jack und unsere Jahre der Freundschaft, unsere Gespräche, unsere Nähe. Er lag im Sterben. Ich konnte mich mit dieser Endgültigkeit nicht abfinden.

Die zuständige Schwester hatte unsere Telefonnummer im Sommerhaus, und zehn Tage später rief sie an. Jack war tot. Dabei erzählte sie mir etwas, was ich nur schwer verkraften konnte: Sein Körper war um das Dreifache seiner normalen Größe angeschwollen, später im Leichenhaus dann aber langsam wieder abgeschwollen. Was sie mir noch erzählte, erleichterte mich dagegen. Jacks Onkel, der Professor, hatte sich doch noch überwunden. Jacks Leiche wurde auf seine Anweisung mit dem Zug nach Süden überführt und auf einem Friedhof außerhalb von Columbia in South Carolina beigesetzt.

Ben überlebte ihn um drei Wochen. Gegen Ende dieser Zeit rief ich im Krankenhaus an, wo er lag. Er nahm selbst ab. Ich hörte sein mühsames Atmen, während ich sagte, wer ich war. Er flüsterte, er freue sich, von mir zu hören. Dann verstummte er, und nachdem ich etliche Male seinen Namen gesagt hatte, legte ich schließlich auf.

Clem

Ich begleitete Martin mit einiger Scheu zum ersten Treffen mit meinem künftigen Schwiegervater Joseph Greenberg in dessen Wohnung an der Central Park West Avenue. Er und seine Frau Fan, Martins Stiefmutter, betrachteten mich mit einiger Verwunderung, fand ich, und ich fragte mich, was sie wohl erwartet hatten. Joe holte eine Flasche Chivas Regal aus dem Schrank. (Auch bei allen künftigen Besuchen sollte er mich auf die gleiche Weise begrüßen.) Er war ein schroffer Mann mit ironischem Witz; so hatte ihn Martin beschrieben, und so wirkte er auch. Doch mich nahm er recht herzlich auf. Nach den ersten unbeholfenen Minuten begann er, Geschichten über seine jungen Jahre im russischen Teil Polens zu erzählen. Hinterher meinte Martin, sein Vater habe mir mehr über sich erzählt, als er ihm in seiner ganzen Kindheit und Jugend erzählt hätte.

Mit Clement Greenberg, meinem künftigen Schwager, war es eine andere Geschichte. Ich lernte ihn und Sol, ebenfalls ein Schwager in spe, auf einer Party kennen, von der ich befürchtete, dass sie laut und voller Leute wäre, die redeten und tranken und mich mit neugierigen, vielleicht nicht sehr freundlichen Blicken taxierten. Als Martin und ich die Tür zu einem Loft an der Upper West Side aufstießen, dröhnte eine Männerstimme: »Endlich, jetzt sind alle drei Greenberg-Brüder da!« Was immer das hieß, es erfüllte mich mit Sorge.

Es schmerzt mich immer noch zu beschreiben, wie sehr ich in jenen zwei, drei Stunden vor neunundvierzig Jahren gelitten habe. Ich war blind für die anderen Gäste. Was mache ich hier, fragte ich mich mit bitterem Selbstmitleid, in diesem großen Raum voller Fremder, die mit den Armen fuchtelten und den Beinen zappelten, Drinks in die Hand nahmen und absetzten – ein Mann lief mit einer fast leeren Flasche Jack Daniels herum –, und von denen manche laut diskutierten und andere flüsterten? Warum hatte ich einen so tief ausgeschnittenen Pullover angezogen? Ich zog die Schultern hoch, um zu verstecken, was der Pullover nicht verbarg.

Nach und nach trat Neugier an die Stelle meines Kreisens um mich selbst. Würde etwas geschehen? Oder eher nichts? Plötzlich hörte ich ein lautes Lachen: das von Sol, eine aufsteigende Welle, die sich Sekunden später in leisen Ächzlauten brach – sein typisches Lachen, wie ich mit den Jahren lernte. Er saß vorgebeugt auf einem Sessel in der Ecke und sah mich an. Hatte er über mich gelacht? Mein Gesicht verzog sich automatisch zu einem Lächeln. Er stand auf, suchte sich einen Weg um die verschiedenen Gruppen herum, die zum Teil in laute, intensive Gespräche vertieft waren, und kam zu mir.

»Das ist ein hübscher Pullover, den du da anhast«, bemerkte er mit augenscheinlichem Amüsement, als hätte er die Ursache meines Unbehagens erkannt. Er wirkte gut gelaunt. Ich spürte sofort, dass der Schein trog; ich hatte den Verdacht, dass er eher spöttisch war als tolerant. Er legte eine leicht aufgesetzte Geringschätzung an den Tag (so glaubte ich jedenfalls später). Vielleicht dafür, was sein kleiner Bruder wohl als Nächstes anstellen würde, nachdem er hier mit einer halb nackten Frau aufgekreuzt war, mit der er nicht verheiratet war.

Mit den Jahren stellte ich fest, dass er manchmal zu echter Güte fähig war, die plötzlich aufschien wie ein Sonnenstrahl, der auf den Fußboden fällt. Aber nicht immer. Ich wusste, dass es ein viertes Kind der Greenbergs gab, eine Halbschwester, die nicht auf der Party war. Sie kam nie zu solchen Partys – sie lebte in einer anderen Welt.

Sol war vor dem Zweiten Weltkrieg Trotzkist gewesen. Seine beiden Brüder, der älteste und der jüngste, waren ihm darin nachgefolgt und ebenfalls Trotzkisten geworden. Mit der Zeit hatten sich Martin und Clem von allen politischen Ideologien abgewandt, ohne jedoch ihren Antistalinismus aufzugeben. Sol hingegen war ein militanter Neokonservativer geworden.

Seiner politischen Halsstarrigkeit zum Trotz fiel es mir leicht, ihn zum Lachen zu bringen.

Später am Abend begegneten wir endlich Clem, und Martin stellte mich ihm förmlich vor. Martin hatte schon oft von ihm gesprochen und ihn als gescheites Scheusal beschrieben. Mit neunundzwanzig hatte Clem im *Partisan Review* einen Essay veröffentlicht, *Avantgarde und Kitsch*. Dieser hatte ihm eine Menge Aufmerksamkeit eingetragen und seine Karriere als gefeierter – und wütend attackierter – Kunstkritiker eingeläutet. Er schien sich genauso für Literatur zu interessieren wie für Kunst. Mir war deutlich, dass er sehr gebildet war.

Clem war neun Jahre älter als Martin und hatte in der Kindheit und darüber hinaus eine mächtige, ja bisweilen grausame Wirkung auf den jüngeren Bruder gehabt, bis Martin mit sechzehn Jahren zum Studium an die University of Michigan ging, wodurch es ihm gelang, aus dem Schatten des großen Bruders zu treten – zumindest ein Stück weit.

Als ich Clem an dem Abend gegenüberstand, hatte ich den Eindruck, dass er Wichtigeres zu tun hatte, als sich mit mir zu unterhalten. Seine Stimme war gleichgültig, herablassend, kalt. Seine Worte ebenfalls. Ich fürchtete mich vor ihm und seinen Urteilen. Äußerlich besaß er Ähnlichkeit mit Martin, doch, wie rasch deutlich wurde, nicht in anderer Hinsicht. In den wenigen Minuten damals spürte ich in ihm einen unbändigen Wissensdurst und im Gegensatz dazu einen Hang zur Langeweile. In späteren Jahren verwischten sich die beiden Eigenschaften durch seine Trinkerei.

Als er mich begrüßte, krümmten sich seine Lippen in den Ecken wie zwei kleine Kommas, dann nahm seine Miene wieder ihren gleichgültigen Ausdruck an. Im gleichen Augenblick fiel mir ein großes Ölgemälde ein, das er gemalt hatte, die Kopie eines französischen Bildes aus dem neunzehnten Jahrhundert, wie ich meinte, das in der Wohnung meines zukünftigen Schwiegervaters im Wohnzimmer hing. Es stellte eine schmale unbefestigte Straße dar, die durch einen dichten Wald führte, größtenteils in Blau- und Grüntönen und ganz ohne Menschen. Die Erinnerung daran und an das ernsthafte studentische Bemühen, das für mein Gefühl aus dem Bild sprach, schien mir ein prekäres Gleichgewicht herzustellen, so, als offenbarte das Gemälde etwas Verborgenes über Clem, das ich nicht benennen konnte, und so schaffte ich es, sein Hallo meinerseits teilnahmslos zu erwidern.

Eines Abends, zu einer Zeit, als ich mit meinen beiden

kleinen Söhnen in einer großen Wohnung am Riverside Drive nicht weit von der Columbia University wohnte, veranstaltete ich eine kleine Dinnerparty. Meinen Vorbehalten zum Trotz lud ich Clem ein. Martin war da, versteht sich, und ein befreundeter Schriftsteller, James Purdy. In seiner Zeit als stellvertretender Chefredakteur des *Commentary* hatte Martin eine Erzählung von Purdy veröffentlicht, die in einer jüdischen Zeitschrift eigentlich wenig zu suchen hatte, wie Martin sehr wohl wusste. Etwa ein Jahr zuvor hatte er, nachdem er sich eingehend mit einem zweiten Redakteur beraten hatte, weil er dem eigenen Urteil misstraute – wir hatten uns gerade kennengelernt –, eine meiner Geschichten mit der Begründung abgelehnt, sie passe nicht zum *Commentary*. Ich verspüre dann und wann einen leisen Groll bei dem Gedanken, dass der Mann, der später mein Ehemann wurde, einmal eine meiner Erzählungen abgelehnt hat.

Der Abend war steif und verkrampft, aber an Gesprächen mangelte es nicht. Woran es mangelte, war vielleicht gegenseitige Neugier. Ich servierte das Dessert und den Kaffee, und anschließend setzten wir uns ins Wohnzimmer. Clem ließ sich sofort in einem großen Sessel nieder, der mir in der Erinnerung herrschaftlich erscheint: weil Clem mit seiner heiseren Stimme bald einen schulmeisterlichen Monolog nach dem anderen vom Stapel ließ. Meine Nervosität machte es mir schwer, ihm zu folgen. Jim Purdy redete weniger, aber mit seiner unverbesserlichen, oft komischen Verachtung für alle Welt, vor allem andere Schriftsteller. Clem war mitten in einer seiner Urteilsverkündungen (ich wünschte, ich könnte mich noch genau erinnern, worüber); sie waren im Lauf des Abends immer apodiktischer geworden; da hörte ich Martins

Stimme »Ja, o Herr« flöten. Clem stand auf und verließ, ohne noch jemanden anzusehen, das Zimmer. Wir hörten stumm zu, wie die Wohnungstür knallte. Purdy lachte auf.

Clem hatte im Zweiten Weltkrieg, bald, nachdem er eingezogen worden war, einen Nervenzusammenbruch erlitten und war aus medizinischen Gründen aus dem Militärdienst entlassen worden. Martin erzählte, er habe sich schlicht nicht damit abfinden können, in der Army zu sein, seine Seele habe dagegen rebelliert. Er bewundere Clem deswegen ziemlich, sagte Martin. Er selbst hatte sich viereinhalb lange Jahre nur zu gut in die Army eingefügt. In der Zeit, als beide Brüder beim *Commentary* beschäftigt waren, erlitt Clem einen zweiten Nervenzusammenbruch. Martin und seine erste Frau nahmen ihn eine Zeit lang bei sich in ihrem Haus in Great Neck auf, bis es ihm wieder besser ging.

Nach unserer Heirat trafen Martin und ich Clem meistens, wenn auch nicht oft, in der Wohnung meines Schwiegervaters. Bei unserer ersten Begegnung dort kam er zielgerichtet auf mich zu und erklärte mir mit gewichtigem Ernst – gezwungen, wie mir schien, durch die persönliche Verpflichtung, unter allen Umständen stets die Wahrheit zu sagen –, wie unendlich seine Dankbarkeit gegenüber Martins erster Frau sei. Seine Worte hatten eine solche mahnende Schärfe, dass ich erschrocken einen Schritt zurückwich. Warum sollte ich so vermessen sein, sein Gefühl der Dankbarkeit gegenüber einer Person infrage zu stellen, die ihn bei sich aufgenommen hatte? Es war sein Gefühl, es war entstanden, lange bevor wir uns kennengelernt hatten.

Aus Clems kurzer erster Ehe war ein Sohn hervorgegangen, Danny. Seine zweite mit Jenny hielt, mit Unterbrechungen, für den Rest seines Lebens. Sie hatten eine Tochter, Sarah, dic inzwischen selbst zwei Kinder hat.

Jenny besuchte uns einmal in Manhattan, hauptsächlich, wie es schien, um Clems Unmut darüber zu übermitteln, dass Martin sich in dem Krieg, den Clem gegen ihren Vater führte, augenscheinlich neutral verhielt. Dabei wirkte Martins Einstellung zu seinem Vater auf mich keineswegs neutral. Ich hatte ihm vorgeschlagen, doch zu versuchen, irgendwie mit Joe Frieden zu schließen. Väter und Söhne kommen bekanntermaßen aus vielen Gründen, unter denen sich der ödipale als eher nebensächlich erwiesen hat, nicht miteinander zurecht. Das Greenberg'sche Schlachtfeld war jahrzehntelang in einen Nebel gehüllt. Joe starb mit sechsundneunzig. Ich fand ihn interessant, oft amüsant, aber die Besuche der Söhne waren im Wesentlichen ermüdend. Sein Tod änderte nur wenig an ihrem Hader mit ihm.

In den ersten Jahren, die wir zusammen waren, sahen wir beide Brüder selten. 1963 bekam Martin ein Guggenheim-Stipendium, und wir lebten ein halbes Jahr auf der Insel Thasos vor der thrakischen Küste. Ich erinnere mich nicht, dass sie uns geschrieben hätten. Als wir zurückkehrten, hatte Sol seine malende Frau verlassen und sich mit Margaret zusammengetan, für immer, wie sich herausstellte. Sie hatte eine große Wohnung an der Fifth Avenue mit einem fantastischen Blick über die Stadt, teuer, doch langweilig möbliert, ohne jede individuelle Note.

Bei einem Abendbesuch erzählte ich eine Anekdote, die Sol noch stundenlang zum Lachen brachte. Ein Mädchen, von dem ich aus zweiter Hand gehört hatte, war auf einem gemischten Internat. Sie ging mit einem Jungen, den sie gerade erst kennengelernt hatte und für den sie schwärmte, zum Schlittschuhteich der Schule. Der junge Mann gab mit zwei Dackeln an, die schnüffelnd umherliefen. Er zog die Stiefel aus, um stattdessen die Schlittschuhe anzuziehen. Er trug dicke braune Socken. Das Mädchen versuchte, etwas zu sagen, womit sie ihm schmeicheln konnte, und brachte den Satz heraus: »I like your dogs!« (Damals war *dogs*, Hunde, ein Slangausdruck für Füße.) Sol prustete los. Ich mochte seine Lachlust, weil das bisweilen seine ideologische Unduldsamkeit entschärfte.

An einem anderen Abend gingen wir im *Tavern on the Green* im Central Park essen. Wir saßen zu viert an einem runden Tisch und redeten über alles Mögliche. Sol sprach abfällig – mit der Kälte à la »Jetzt wollen wir mal Tacheles reden« – über schwarze Jugendliche. Ich setzte dagegen: »Man muss gerecht sein.« Sein ganzes Gesicht geriet in nervöse Bewegung; für einen Augenblick verwandelte er sich in eine Figur aus dem *Grand Guignol*.

Er beugte den Kopf über seinen Teller und sagte leise: »Du hast recht.«

Ein paar Jahre später brachte ich meinen vierten Roman heraus, *Kalifornische Jahre*. Er sorgte für Ärger mit Sol. Er rief mich in Brooklyn an, wo wir mittlerweile wohnten. Auf mein »Hallo« antwortete er mit böser, vorwurfsvoller Stimme. Mein Roman handelte unter anderem von kalifornischen Kommunisten in den vierziger Jahren. Sol tobte: »Als ob sie den Raum verdient hätten, den du ihnen gibst! Wie konntest du in so mildem Ton über sie schreiben! Was! Was!«

Nach und nach flickten wir das zerrissene Band zwischen uns und fanden wieder zu einem fraglosen, wenn auch geschmälerten Vertrauen. Er saß oft zum Abendessen an unserem Tisch in Brooklyn.

Jahre vergingen. Wir mieteten ein Haus in Maine. Sol war über siebzig. Ihm gefiel der Spitzname, den er auf den Tennisplätzen von Easthampton bekommen hatte: »Ace-bandage Greenberg«. Er war ihm von den jüngeren Leuten, mit denen er spielte, wegen seiner Knöchelbandagen verliehen worden.

Eines Nachmittags klingelte das Telefon in unserem Haus in Maine. Es war Sol aus New York. Er erzählte Martin, dass die Anämie, die man bislang bei ihm diagnostiziert hatte, als Krebs erkannt worden war. Nicht lange danach starb er.

Clem starb mit fünfundachtzig. Er wünschte sich, noch als es vollkommen aussichtslos war, die sechsundneunzig Jahre seines Vaters zu übertreffen. Wenn ich an ihn denke, sehe ich ihn auf einer Party, wo er trinkt und raucht und monologisiert. 1961 hatte er eine Essaysammlung veröffentlicht, *Art and Culture*, und dort die These vertreten, der Kern der modernen Kunst liege deutlich sichtbar an der Oberfläche, sei nichts Tieferes als die Farbe auf der Leinwand. Das Buch stellte ein historisches Ereignis in der Kunstkritik dar, und er war auf dem Weg, berühmt zu werden – was er nicht für möglich hielt, weil sein Vater ihn früher so sehr entmutigt hatte, und folglich, als es geschah, auch nie registrierte.

Er reiste oft zu Vorträgen nach Übersee. Den Berichten nach war er kein brillanter Redner. Er war kein Mensch, der zu gefallen suchte. Ich bin mir ziemlich sicher, dass er nicht daran glaubte, gefallen zu können. Aus Trotz verwandelte er seine Gleichgültigkeit gegenüber der Frage, ob er gefiel, in eine Verweigerung von Gefälligkeit, in Miesepetrigkeit und Grobheit, und feierte das als Tugend in einer Welt, die von kommerzieller Gefallsucht und einem allseitigen fragwürdigen Gelächele dominiert wurde. Er urteilte scharf über andere, aber für persönliche Beziehungen besaß er, glaube ich, kein Gefühl. Sich selbst verstand er und verstand sich auch wieder nicht – wie die meisten von uns vermutlich.

Als Clem und Jenny nach Europa fuhren, verabschiedeten wir sie im Hafen. Es waren die sechziger Jahre, eine Zeit, in der man noch mit dem Schiff reiste. Ihre Kabine war voller Menschen, darunter Danny, Clems Sohn. Ich sah ihn zum ersten Mal. Er war groß und hager, hatte einen strohigen rötlichen Haarschopf und wirkte verängstigt. Seine Augen spähten vorsichtig unter den Brauen hervor. Ein paar Wochen später kam ich in unser Wohnzimmer und fand dort Danny im Gespräch mit meinem elfjährigen Sohn Gabe, und Danny fragte gerade: »Hast du schon mal über Geschlechtsverkehr nachgedacht?«

Ein paar Jahre später fuhr Danny mit einer Gruppe junger Männer nach England, die sich wie Bettler kleideten und glaubten, sie könnten die Weltrevolution vorantreiben. Die englischen Behörden verweigerten ihnen die Einreise. Seitdem haben wir nichts mehr von Danny gehört.

Wir wurden von Clem zu einem Besuch in seinem Apartment eingeladen, das wie die Wohnung seines Vaters an der Central Park West lag. Ein Grund für die Einladung war, dass wir einen österreichischen Prälaten kennenlernen sollten, der sich für moderne Kunst interessierte. Er war ein Mann in den Fünfzigern, mit Gamaschen an den langen Storchenbeinen, schmalen Zügen und scharfen Augen. Eine elegante, spinnenhafte Erscheinung in dem einfach möblierten Wohnzimmer, an dessen Wänden bunte Gemälde von Kenneth Noland, Jules Olitski und, glaube ich, auch ein kleines Bild von Jackson Pollock prangten. Clem huschte umher und brachte Wasser oder Wein oder Aschenbecher. Sein Gesicht sah angestrengt aus.

In der Subway auf dem Rückweg nach Brooklyn äußerte Martin sein Erstaunen darüber, wie servil sich Clem dem Kirchenmann gegenüber verhalten hatte. Ich fragte mich nach dem Grund dafür. Der Österreicher war mit dem leicht von Arroganz gefärbten Selbstvertrauen eines Mannes aufgetreten, der eine gehobene Stellung in der Welt und in der eigenen Wertschätzung bekleidete – doch warum war Clem so nervös gewesen wie ein Messdiener?

Während Martin und ich mit meinen beiden Söhnen in Griechenland waren, hatte mein früherer Mann sich Clems Nummer besorgt, die in keinem Telefonbuch stand, und ihn angerufen, um sich nach dem Wohlergehen seiner Söhne zu erkundigen (um das er sonst nicht eben vordringlich besorgt war), angeblich, weil er monatelang nichts von ihnen gehört hatte. Clems Kommentar lautete: »Seine Stimme klang paranoid.« Ich hörte mit Genugtuung, dass er diesen Zug seines Charakters wahrgenommen hatte (obwohl ich mit ihm noch nie ein Wort über meinen früheren Mann gesprochen hatte).

Clem und Jenny statteten uns einen kurzen Besuch in einem Häuschen ab, das wir für einen Sommer auf Martha's Vineyard gemietet hatten. Wir holten sie am Flughafen der Insel ab, zusammen mit Gabriel, der damals zehn war. Erwachsene waren immer von Gabe bezaubert, und Clem war da keine Ausnahme. Doch es war deutlich, dass er keine Ahnung davon hatte, wie man mit Kindern umging. Er saß auf dem Rücksitz und sagte ein ums andere Mal staunend zu

Jenny: »Merkst du, wie aufmerksam er zu uns ist? Hast du gehört, wie besorgt er um unser Wohl ist?« Während ihres Besuchs lud ich sie ein, in Brooklyn mit uns Silvester zu feiern. Jennys Antwort, mit vager Stimme: »Ach, nun ja, weißt du … wir sind jedes Jahr bei denselben Leuten …«, erinnerte mich an eine frühere Begebenheit in Joes Wohnung, wo sie aus meinem zweiten Roman *Desperate Characters (Was am Ende bleibt)* lachend »Depressing Characters« machte.

Einige Jahre darauf waren wir bei der Feier von Clems achtzigstem Geburtstag in einem Loft in der 23rd Street. Es waren viele Gäste da, auch von weither, und von den Holzdielen stieg kinnhoch der Staub auf. Ich suchte nach jemandem zum Reden, doch ich hatte kein Glück. Am Ende eines langen, mit Gläsern vollgestellten Tisches stand eine große Schokoladentorte. Als wir die Feier durch einen Korridor verließen, der an zwei Lastfahrstühlen vorbeiführte, stand Clem davor, die Backen prall gefüllt wie ein Eichhörnchen. Ich beugte mich vor, um ihn zu küssen. Er wich mir aus und sagte: »Ich hab den Mund voll Torte.« Er sagte es ohne Ärger, ja in freundlichem Ton.

Es war das letzte Mal, dass ich den Kunstkritiker, den Familienkritiker sah. Er starb, kurz nachdem er der *New York Times* ein Interview gegeben hatte, in dem die Kritik an seinem Vater eine unangenehme Note besaß, weil er Empfindungen und Ansichten öffentlich machte, die er für sich hätte behalten sollen. Das Interview war ein Zeugnis für die Distanz, die er zu seinem Vater und seinen Verwandten gehalten hatte. Martin hatte das Gefühl, dass er sich seiner Abstammung von jüdischen Einwanderern schämte. Sein Vater hatte einen starken jiddischen Akzent gehabt.

Clem starb im Krankenhaus, nachdem er eine Flasche Whiskey, die ein Bekannter an den Schwestern vorbeigeschmuggelt hatte, geleert hatte und betrunken gestürzt war. Martin besuchte ihn dort. Er lag im Koma. Als er zu atmen aufhörte, verabschiedete sich Martin von Jenny und ging. Als er nach Hause kam, war er still und in Gedanken.

Schon seit vielen Jahren hebe ich eine Postkarte von Clem auf. (Postkarten waren das, was die Verwandtschaft von ihm bekam.) Auf dieser, mit dem Datum 21. Dezember 1984, geht es um ein Buch von mir, das ich ihm geschenkt hatte.

Liebe Paula [schrieb er],

ich wollte *Luisa* erst lesen, bevor ich Dir schreibe, um mich zu bedanken. Ich freue mich, sagen zu können, dass es bisher dein bestes ist. Ich habe gestern Abend angefangen und es heute Morgen ausgelesen. Ich konnte es nicht aus der Hand legen. Ich sage das nicht aus Freundlichkeit oder, um Dir zu schmeicheln. Es ist eine Tatsache, das ist alles. Die Heldin entwickelt sich und nimmt mich gefangen. Ich war traurig, als das Buch zu Ende war.

Vielen Dank für die Widmung. Euch beiden schöne Feiertage und alles Liebe.

Dein

Clem

Ich fühlte mich ungeheuer ermutigt und freute mich sehr, vor allem, weil ich eine Menge auf sein Urteil gab.

1995, bei einer Gedenkfeier für ihn, die eher spärlich besucht war, sprachen Jules Olitski und Clems Tochter Sara. Martin wollte nicht. Jules sprach kenntnisreich und ungezwungen – es war keine konventionelle Lobrede –, sogar mit Humor über Clems ständiges »Pah, Pah, Pah«. Ich habe viel vergessen, aber ich erinnere mich noch, wie traurig ich war, dass Clem tot war.

Licht auf der dunklen Seite

Über den Roman A Meaningful Life von L.J. Davis

Eines Vormittags im Frühling des Jahres 1967 hörte ich unten auf der breiten Central Park West Avenue von Manhattan einen Schuss knallen. Ich sprang vom Tisch auf, an dem ich an meinem zweiten Roman arbeitete, und schaute auf die Straße vier Stockwerke tiefer, an deren anderer Seite der Central Park friedlich grünte. Mitten auf der Straße sah ich einen Mann liegen, der den Oberkörper hochstemmte wie eine Robbe und aufzustehen versuchte. Ich sah, wie er zusammenbrach, es wieder versuchte und dann endgültig liegen blieb.

Während ich hinunterschaute, sah ich gleichzeitig, wie der Portier Billy zu mir hinaufsah. Wir waren beide Zeugen des Mordes geworden.

Kurz darauf klingelten zwei Zivilpolizisten bei mir an der Tür. Billy hatte der Polizei gemeldet, dass es noch eine Zeugin gab, mich.

Die Beamten fuhren mit mir zum Revier in der 102nd Street, wo ich fast zwei Stunden lang von einem dritten Beamten verhört wurde. Im Laufe der eingehenden Befragung wurde ich dazu gebracht, mich Stück für Stück daran zu erinnern, wie das Opfer sich aufgerichtet hatte und zusammengesackt war, wie ich aus dem Augenwinkel eine grüne Limousine langsam hatte heranfahren sehen und wie sich aus dem hinteren Fenster ein Arm mit einer Pistole in der Hand gestreckt und ein zweites Mal geschossen hatte.

Als Martin, mein Mann, an dem Abend von einer Vorlesung nach Hause kam, berichtete ich ihm, was ich gesehen hatte. »O Gott!«, sagte er. »Wir müssen hier wegziehen.« Später: »Vielleicht nach Brooklyn.«

Mir graute vor der langen Hin- und Herfahrerei jeden Tag, die ein solcher Umzug für meine beiden Söhne und mich bedeutete. Es war mir gelungen, für sie Vollstipendien an der Ethical Culture School in Fieldstone, Riverdale, einem Stadtteil der Bronx, zu bekommen. Ich unterrichtete dort in der Grundstufe, die viele Blocks südlich an der Central Park West lag, Ecke 63rd Street.

Die Gegend, in der wir wohnten, war ein Slum, und mittendrin ragte unser Apartmenthaus in die Luft wie ein großer Wachturm. Am späten Abend lehnte ich mich gern aus dem Schlafzimmerfenster und beobachtete, was unten auf der 104th Street so los war. Gar nicht so weit unten hatte ich einmal gesehen, wie eine ältere Frau auf dem kiesbestreuten Dach eines kleinen alten Mietshauses gegenüber überfallen wurde: Ein dünner junger Bursche riss ihr die Handtasche weg, schlug sie nieder und verschwand ohne übermäßige Eile vor aller Augen. Häufig sah ich Krankenwagen auf der Straße stehen, das rote Kreuz auf dem Dach, und Verwundete oder Tote einladen. Fasziniert lauschte ich den zu mir emporhallenden Gesprächen der Betrunkenen. So viel geschah dort nach Einbruch der Dunkelheit, dass ich die Straße wie eine Filmkulisse wahrzunehmen begann, denn die Distanz tat ihre übliche Wirkung: Sie milderte das Schreckliche ab und machte aus dem Leid anderer Menschen ein verstörendes, aber dennoch fesselndes Schauspiel.

Am Samstag nach dem Mord fuhr ich mit meinem jüngeren Sohn über die Brooklyn Bridge. Mein anderer Sohn war bei Schulkameraden, und Martin lag mit einem Virus im Bett. Ich glaube, eine Freundin hatte mir von Boerum Hill erzählt, einer kleinen Wohngegend in South Brooklyn, wo, hatte sie gehört, eine Drei-Etagen-Wohnung zu vermieten war. Oder hatte ich eine Anzeige in der Zeitung gesehen? Was ich noch sicher weiß, ist die Miete: 325 Dollar im Monat, 40 Dollar weniger, als wir für unser Apartment an der Central Park West bezahlten.

Nachdem ich mich mehrmals verfahren hatte, fand ich schließlich die Dean Street. Links und rechts säumten Brownstone-Häuser aus rötlichem Sandstein die schmale Straße zwischen Hoyt und Bond Street. Ein vierstöckiges Krankenhaus ragte an der Westecke auf wie eine Bücherstütze. Die Bürgersteige waren menschenleer. Wir konnten problemlos parken; damals gab es noch viele freie Parkplätze.

Die Sonne schien fahl und schwach, die Luft war kalt. Als ich ausstieg, hörte ich, seltsam bedrohlich, wie ein Fenster hochgeschoben wurde. Ich blickte auf und sah eine alte Frau, die aus dem zweiten Stock eines Hauses auf uns herunterstarrte. Sie knallte das Fenster wieder zu.

Die Straße, ihre Häuser machten einen angekränkelten, etwas zweifelhaften Eindruck. Die Gegend war kein Slum, wenn auch ein wenig heruntergekommen. Sie sah eindeutig nicht proletarisch aus, aber auch (noch) nicht bürgerlich. Sie war weder einladend noch direkt abweisend.

Aber man konnte den Himmel sehen, wie man ihn in Manhattan nur selten sah. Als ich nach oben blickte, erkannte ich, wie es mir in Manhattan kaum je passierte, dass er grenzenlos war, kein Dach für eine Stadt, nicht Teil eines Bühnenbilds, sondern schlicht der Himmel.

Wir lasen die Hausnummern und fanden schließlich die, die wir suchten, auf der Nordseite der Straße, nahe der Bond Street. Ralph, der Vermieter, wohnte im Nebenhaus. Wir stiegen die Treppe zu der massiven Tür hinauf und klingelten.

Ein Mann mit sorgenvoller Miene erschien auf der Schwelle.

»Sie haben eine Wohnung zu vermieten?«, fragte ich. Er nickte, drehte sich um und nahm einen Schlüssel von einem Tischchen.

»Nebenan. Die Treppe rauf«, sagte er mit tonloser Stimme. »Die Gartenwohnung ist schon vermietet.«

Ich starrte die schmutzigen Fenster des Hauses an, das wir die nächsten drei Jahre bewohnen sollten.

Es sah ungeschützt aus, dem Wetter ausgesetzt, obwohl es zwischen zwei Nachbarhäusern klemmte. Einen Moment lang bildete ich mir ein, es stände allein auf weiter Flur. Als er aufschloss und die große Eingangstür in den Angeln quietschte, sagte Ralph, dass ihm beide Häuser gehörten. Ich roch Staub. Ich spürte die Leere des Hauses.

»Sie stehen im Flur«, sagte Ralph. »Rechts ist das Wohnzimmer mit Küche und dem Essbereich weiter hinten. Der Kamin ist nicht in Betrieb.«

Die Treppe nach oben warf wie mit Bleistift gezeichnete Schatten in das recht große Wohnzimmer. An der Rückwand bemerkte ich eine schmale Zeile mit der dürftigen Grundausstattung: Spülbecken, Herd, Kühlschrank, zwci Arbeitsflächen, alles klein. Zusammengenommen bildeten sie die Küche. Eine Tür führte hinten hinaus. Als ich sie öffnete, sagte Ralph mahnend: »Die Treppe führt in den Hof. Die dürfen Sie nur mit Genehmigung der Mieter unten benutzen« (die sich als ein freundliches Ehepaar herausstellten).

Wir gingen nach oben in den ersten Stock. Durch die offene Tür erblickte ich ein Bad, das auf mich wie schlichte weiße Unterwäsche wirkte, leicht angeschmuddelt. Daneben war ein kleines Zimmer mit einem Fenster, das auf den Hinterhof hinausging. Ich sah in den Hof hinunter und in die Innenhöfe der nächsten Straße, die an die in der Dean Street stießen. Schmutzige Fenster ließen keine Sonnenstrahlen durch. Durch einige sah ich verschwommene Gestalten, vor anderen hingen Bettlaken oder billige Jalousien.

Im obersten Stockwerk gab es noch ein kleineres Bad und zwei Zimmer, eines so groß wie das Wohnzimmer, das andere klein.

Wir begaben uns zurück in Ralphs Haus, wo ich in seinem kleinen Büro einen Dreijahresvertrag unterschrieb und vereinbarte, dass wir in zwei Wochen einzogen. Ralph sah uns schon etwas weniger grimmig an, als er erklärte: »Wasser und Strom gehen natürlich auf Sie.«

Am Abend des Umzugs machte ich rasch etwas zu essen. Umgeben von Bergen von Umzugskartons, die mich an ein Stonehenge aus Pappe erinnerten, saßen wir am Tisch. Beim Essen empfanden wir zugleich Übermut und Unbehagen. Die Gegend und das Haus waren uns noch fremd. Wir waren in eine andere Stadt gezogen, ein Gefühl, das auch einige unserer Freunde in Manhattan damals hatten und im Grunde immer noch haben.

Ich war allerdings nicht die Erste aus meiner Familie, die in dem Stadtteil wohnte. Meine spanische Großmutter, die in Barcelona geboren worden war, nach Kuba verheiratet und dort einige Jahre später Witwe wurde, schlug das Angebot ihres Vaters aus, ihr die Heimreise nach Spanien zu bezahlen; stattdessen nahm sie 1898 nach dem Spanisch-Amerikanischen Krieg mit ihren fünf Kindern ein Schiff nach Brooklyn.

Sie erzählte viele Geschichten über das Bauernhaus am Sterling Place, wo sie und meine Mutter und meine vier Onkel anfangs gewohnt hatten. Die Gegend war damals noch halb ländlich gewesen – in der Nachbarschaft hatte sie angepflockte Ziegen gesehen und Hühner, die in der Erde scharrten, hatte Kühe muhen gehört. Später wurde Sterling Place ein schwarzes Ghetto.

Nach und nach erinnerte ich mich, dass ich als Kind Brooklyn nicht gemocht hatte: seine ratternden Straßenbahnen, die einen durchrüttelten und überall zu sein schienen, wenn ich sie nahm, um Großmutters Freundinnen zu besuchen; seine verschiedenen Viertel, die so öde und hässlich, so verlottert und deprimierend waren wie das vorstädtische Queens, in das wir später zogen, so gewöhnlich, beschlich mich der Verdacht, wie wohl die ganze Welt. Das ging mir durch den Kopf, während Martin und ich und die Jungen an jenem ersten Abend zwischen den Umzugskartons Eis zum Nachtisch aßen.

Mir war noch immer nicht wohl bei dem Gedanken, dass meine Kinder die weite Strecke nach Riverdale im Norden mit U-Bahn und Bus zurücklegen mussten. Ich war besorgt und unschlüssig, was mit meiner Stelle an der Ethical Culture School in Manhattan werden sollte. Ich hatte einen Roman veröffentlicht und einen zweiten in Angriff genommen. Mein Problem war, Zeit zu finden. Ich dehnte sie, verbog sie, verfluchte und überlistete sie, und dennoch blieb ihre Tyrannei bestehen. Ich entspannte mich erst, wenn ich spätabends in Boerum Hill ins Bett sank.

Aber in den verfliegenden Wochen und Monaten entdeckte ich etwas, nämlich die Einzigartigkeit, den Charme des Stadtteils: seine grünen Straßen und Gärten, seine markant unterschiedlichen Viertel, die sich manchmal von einer Straße zur anderen wandelten und sich dann wieder ganz anders entwickelten, wenn die alten Bewohner aus der Arbeiterklasse und der Unterschicht auszogen und neue (aus den ganzen USA wie auch aus Europa) einzogen: in ihre Häuser vernarrte junge Leute, die von Marmorkaminen und Mahagonigeländern die Farbe abkratzten und überglücklich aus der Asphalthölle Manhattans in Häuser zogen, die für einige primär eine kluge Geldanlage und für andere ein richtiges Zuhause waren, soweit ein Zuhause in einem Land, in einer Welt, in der man mit allem, was man tut, auf Sand baut, überhaupt ein richtiges sein kann.

Drei Jahre vergingen, dann kauften wir ein gut dreieinhalb Meter breites Haus in einer nahen Wohngegend westlich der Dean Street. Die Seitenstraßen gestatteten Blicke auf die Upper Bay. Ich hatte meinen zweiten Roman beendet, und er wurde prompt verlegt. Eine Filmschauspielerin kaufte die Rechte, um sich damit in Szene zu setzen, und es wurde ein billig produzierter Streifen, für den Frank Gilroy das Drehbuch schrieb und Regie führte. Das ermöglichte es uns, das Rumpelstilzchenhaus zu kaufen und zu renovieren und aus seinem verödeten Hinterhof wieder einen Garten zu machen.

Am Tag, bevor wir aus der Dean Street wegzogen, saß ich an meinem Schreibtisch in dem Zimmer, in dem ich immer arbeitete. Plötzlich zerbrach das Fenster, ein Sirren war in der Luft, und etwas wie eine Biene sauste an meiner Wange vorbei. Ich duckte mich ängstlich. Dann fasste ich mich und lugte aus dem Fenster in die Hinterhöfe. Zwei junge Leute, Mann und Frau, hielten sich erschrocken die Hände vors Gesicht und suchten in meiner Richtung nach dem kaputten Fenster. In der rechten Hand der Frau hing eine Pistole.

Es stellte sich heraus, dass der dumme junge Mann seiner dummen Freundin beibringen wollte, wie man mit einer Pistole schießt. Er hatte sie den Griff fassen lassen und ihren Finger am Abzug gekrümmt. Da löste sich der Schuss.

Abermals hatte eine Waffe *finis* unter eines unserer Domizile geschrieben. Und beinahe unter mich. Martin hatte mehr als einmal gesagt, ich reise auf riskante Art durchs Leben.

In der Dean Street, am Westende Ecke Hoyt Street, wohnte L. J. Davis mit seiner Familie in einem Haus, in das der zukünftige Autor von *A Meaningful Life* Zeit, Arbeit, Geschick, Geschmack und viel Geld (nahm ich an) gesteckt hatte, um es wohnlich und ansprechend zu machen, während er gleichzeitig seine Romane schrieb, unter anderem *Cowboys Don't Cry.* Aus seiner Jugend in Boise, Idaho, kannte er Cowboys aus erster Hand. Wir plauderten auf der Straße mit L. J. und anderen und gingen zu seinen Partys, auf denen Bücher und Verlage das Gesprächsthema und die Gäste Schriftsteller und

Literaturagenten waren. Eines heißen Sonntags im Juni, als ich mit meinem jüngeren Sohn auf Verwandtenbesuch in Philadelphia war, bekam der allein zurückgebliebene Martin plötzlich Schmerzen im Unterleib; sie wurden schlimmer. Er rief unseren Arzt in Manhattan an (auf Sonntagsausflug), den Arzt, der Sonntagsdienst hatte (anderswo im Einsatz), drei Ärzte aus dem Telefonbuch (einer diagnostizierte korrekt »Nierensteine«, ein anderer meinte, »holen Sie die Polizei«); die Polizei schlug vor, einen Arzt zu holen.

Als Martin an L. J. dachte und ihn anrief, kroch er bereits auf dem Fußboden und zog das Telefon hinter sich her. Unglaublicherweise war L. J. zu Hause, die einzige andere Menschenseele auf der Welt, die an diesem heißen Juninachmittag zu Hause war. Er kam, erschrak über den am Boden liegenden Martin und alarmierte die Sanitäter des kleinen katholischen Krankenhauses bei ihm gegenüber, in höchster Sorge wegen der lauten, tierischen Schreie, die mein Mann unablässig ausstieß.

Ich habe L. J. als einen energiegeladenen, eloquenten Menschen in Erinnerung, dessen Interessen (und Arbeiten) keineswegs auf die Literatur beschränkt waren. Er kannte sich auf allen möglichen Gebieten gut aus, unter anderem im Finanzwesen. Seine unpersönliche Art, einen zu begrüßen, bestand darin, ohne einleitende Worte sofort irgendeine bemerkenswerte, meistens groteske Neuigkeit zu verkünden.

L. J. war Schriftsteller. Ich auch. Und doch besaß er, wie alle Schriftsteller, für mich eine besondere Aura, weil mein selten anwesender, völlig verantwortungsloser, immer Witze reißender, volltrunkener Vater Schriftsteller und für mich eine Lichtgestalt gewesen war.

L. J. ist ein ernster komischer Schriftsteller. In seinen Romanen mischt sich Groucho Marx mit einem Schuss Noël Coward und Theodore Dreiser. Dreiser ist, für die gesagt, die ihn vergessen oder nie gelesen haben, krass, sehr krass. Ich füge dieser Mischung noch Louis-Ferdinand Célines *Voyage au bout de la nuit (Reise ans Ende der Nacht)* hinzu, ein Meisterwerk des Ekels. Davis ist mehr als ernst, er ist hart. Das Leben ist eine harte Angelegenheit, über die wir uns Gedanken machen müssen. Aber alle unsere Gedanken ändern nichts daran, dass es zum Schreien komisch, unglücklich, absurd ist. Wenn ich noch einen anderen Vergleich wählen darf: Er ist ein schreibender Buster Keaton.

Lowell Lake ist die Hauptfigur in *A Meaningful Life*. Trotz seiner Herkunft aus armen Verhältnissen konnte er genug Geld auftreiben, um auf die Stanford University zu gehen, wo er seine aus dem New Yorker Viertel Flatbush stammende Frau kennenlernte. Sie wollte nach dem Studium in Berkeley leben, er, der Westküstler, in New York. Lowell hatte sich vorgenommen, Taxi zu fahren und nebenher zu schreiben. (Davor hatte er Cowboy werden wollen.) »Na toll!«, sagte Betty. »Einfach toll. Ich kann dir gar nicht sagen, wie mich die Vorstellung anmacht. Wofür hältst du das hier eigentlich? Die *Jackie Gleason Show*? … Ich hab mir vier Jahre lang dreitausend Meilen entfernt den Arsch aufgerissen, um am Ende einen New Yorker Taxifahrer zu heiraten? … Ich fass es nicht. Ich hab im Leben noch kein Hauskleid angehabt. Du hättest wenigstens sagen können, dass du Nieter im Hochbau werden willst … Nieter verdienen ganz ordentlich, und ich kriege eine hübsche kleine Rente, wenn du da oben hoch in der

Luft von einem Träger spazierst. Da fand ich es noch besser, als du Cowboy werden wolltest.«

Doch es wurde New York. Er versuchte zu schreiben, und seine Frau ging arbeiten. Schließlich besorgte ihm ihr Onkel Lester eine Stelle als leitender Redakteur einer Zeitschrift für Installationstechnik. Er wurde berufstätig. »Zeit wird's«, sagte Betty.

Der Roman beginnt in Lowells New Yorker Apartment mit einem ganz bestimmten Gefühl des Grauens: Er steht eines Morgens früh auf, damit er »aus dem Zimmer war, bevor … er zusehen musste, wie seine Frau den Hüftgürtel überzog und den BH zuhakte«. Betty ihrerseits stört es, wie der lange, dürre, gebeugte Lowell (dessen Zeitungsverkäufer ihm anbietet, die *Sunday Times* für ihn auszudünnen, damit er nicht so schwer zu tragen hat) auf seinem Stuhl sitzt. »Ich finde es scheußlich, wenn du so auf dem Stuhl sitzt«, sagt sie. »Was hast du dagegen, wie ich sitze?«, fragt er. »Es ist schwach. Wie du dasitzt, ist einfach schwach.«

Seine Arbeit langweilt ihn zu Tode. Er hatte gedacht, es wäre nur vorübergehend; es soll aber für immer sein. Da hört Lowell von tüchtigen, aktiven Menschen, die alte Häuser und Elendsviertel sanieren. Um nicht unterzugehen, greift er als letzte Rettung nach einem verfallenen Haus in einem Brooklyner Slum.

Davis ist kein Schriftsteller, der auf die Gefühle anderer Rücksicht nimmt. Wenn man in Boise, Idaho, geboren ist, kommt man – das heißt Lowell – mit zwei New Yorker Minderheiten (eigentlich kaum das richtige Wort) nur schwer zurecht: mit der jüdischen Mischpoke aus Flatbush und mit den schwarzen und puerto-ricanischen Bewohnern des Brooklyner

Slums, in den er sich einkauft. Seine Schwiegermutter betrachtet ihn mit einem »Was ist das denn?« im Blick und spricht ihn niemals direkt an. Sein kleiner Schwiegervater lächelt immer verbindlich und fordert Lowell auf, ihn Leo zu nennen. Vor lauter Sanftmut würde er Hitler auffordern, ihn Leo zu nennen. Er sorgt sich wegen der »Neger« – sie sind überall. Zweimal im Jahr statten Lowell und seine Frau den Schwiegereltern in ihrer mit Plastiküberzügen geschützten Wohnung einen Nachmittagsbesuch ohne Abendessen ab. Er wird von der Mutter ignoriert und vom Vater eingeladen, wiederzukommen und sich die neuesten Meldungen über die »Neger« anzuhören.

Bevor er die Eltern seiner Frau kennenlernte, waren die Menschen für ihn »alt und still«, »Leute, die ihr Leben genauso machten wie ihr Bett, sauber und ordentlich und straff an den Ecken und keine Mätzchen mit der Tagesdecke«. Jetzt hatten sie »Operettennamen wie Marvin und Irving [und] wohnten in Operettenorten wie Canarsie und Ozone Park«.

Seine Frau, die nach Kalifornien geflohen war, um ihrer Familie zu entkommen, geht jetzt mit ihrer Mutter bei S. Klein shoppen und unterhält sich mit ihr am Telefon über einen »Haufen Fremde«, wie Lowell sie nennt.

»Das sind keine Fremden«, sagt Betty. »Ich kenne Milly Norinski seit weiß Gott wie viel Jahren … Du kannst dich glücklich preisen, dass ich nur mit meiner Mutter über sie spreche. Soll ich dich mal so richtig langweilen? Dann frag mich irgendwann mal nach Milly Norinski.«

Lowell hört, wie sie den Metzger anpflaumt und mit dem Gemüsemann zankt. Er versteht sie nicht mehr. Sie ist eine Jekyll-und-Hyde-Figur geworden.

Davis trifft Bettys Redeweise genau. Sie ist für mich einer der Stars des Buches, seiner jüdischen Seite, obwohl sie nur mit einem Fuß in dieser kleinbürgerlichen Welt steht, deren Kleinkariertheit vermutlich real, aber mir unvorstellbar ist. Doch es ist die schwarze und puerto-ricanische Slumseite von *A Meaningful Life,* deren donnernde Welle Lowell und den Leser überrollt und unter sich begräbt.

Das Haus, das Lowell kaufen will, war über die Jahre von einem Tycoon gebaut worden, einem Helden des Bürgerkriegs, Syndikus und Abenteurer. Es ist »das Stadthaus von Darius Collingwood, dem führenden Syndikus in den nordöstlichen Vereinigten Staaten«, tituliert es der minderjährig aussehende Immobilienmakler hochtrabend, als das Ehepaar Lake nach Brooklyn kommt, um das Haus mit seinen einundzwanzig Zimmern zu besichtigen.

Eine der Perlen des Romans ist die Lebensgeschichte, die Davis für Darius Collingwood erfindet, eine Parodie im Zierdeckchenstil des späten neunzehnten Jahrhunderts. Collingwood wird der Gegenstand von Lowells intensiven Recherchen auf der Suche nach den »Traditionen«, die er sich mit dem Kauf anzueignen gedenkt.

Sie betrachten die Immobilie von der Straße. Sie ist eine Ruine von »derart alles übertreffender maßloser Hässlichkeit, dass Lowell kaum glauben konnte, dass jemand sie ihm tatsächlich zum Verkauf anbot«.

»Es ist ein Roominghouse«, sagt Betty. »Wird leer stehend übergeben«, sagt der Makler mit einem Kompliment für ihren Kennerblick. (Bei der Übergabe ist es randvoll von Mietern.)

»Was sagt die baubehördliche Bescheinigung?«, fragt seine Frau. »Klasse B«, lautet die Antwort. »Lowell wusste nicht, wovon die Rede war.« Lowell ist als Figur gut getroffen, wenn er auch die bekannten schlemihlschen Züge der provinziellen Art aufweist.

An der Eingangstür schreit der Makler: »Henry, Henry!« Henry öffnet ein Fenster. »Nie kann man schlafen«, sagt er. »Sie können später schlafen, Henry. Mr Grossman möchte, dass Sie diesen Leuten sofort das Haus zeigen.«

»Schei-ße! Sagen Sie Mr Grossman gefälligst, er kann mich mal kreuzweise. Ich bin doch kein Pferd, Scheiß noch eins. Ich brauch meinen Schlaf.«

Im Innern sehen sie sich einen unsäglichen Raum nach dem anderen an, vom Türmchen obendrauf bis zum höhlenartigen Keller, dessen Boden unter flüssigen Exkrementen steht, die aus einem geplatzten Rohr sickern. Überall begegnen ihnen Fäule, Kot, Lumpen, uralte Leitungen, Schrottmöbel, zerrissene Vorhänge, kaputte Jalousien, zusammengebrochene Sofas. In jedem Zimmer schlägt ihnen ein anderer ekelerregender Geruch entgegen.

Die Mieter sind eine Bettleroper nervöser und katatonischer, blinder und lahmer, alter und junger grotesker Typen. Ohne anzuklopfen, öffnet der Makler forsch eine Tür, hinter der ein junges Paar miteinander schläft. Eine um einen großen Tisch beim Essen sitzende vielköpfige puerto-ricanische Familie verstummt, die Löffel starr in der Hand, während ihr Wohnraum inspiziert wird. Lowell, über jedes erträgliche Maß hinaus deprimiert, lehnt es ab, ins Büro des Maklers zurückzufahren, um mit diesem noch »ein Schwätzchen zu halten«. Sie müssen zurück in ihr Apartment. Sie müssen auf der

Stelle duschen. Lowell muss das Horrorhaus kaufen. Er ist sich selbst ein Rätsel.

Nachdem ein oder zwei Mieter zum Auszug bewegt worden sind, fliehen die übrigen im Rudel, wobei sie alles mitnehmen, was nicht niet- und nagelfest ist. Lowell schafft sich Werkzeug an und macht sich auf den langen Marsch zu einem sinnvollen Leben. Seine Bohrmaschine wird an seinem ersten Arbeitstag gestohlen. Betty und er mühen sich damit ab, den Dreck und Unrat des Roominghouse zu beseitigen und Anbauten des früheren Besitzers und der Mieter abzureißen. Er trinkt immer mehr. Betty zieht nach Flatbush zu ihrer Mutter.

Lowell beauftragt einen Bauunternehmer, Cyril P. Busterboy, der »melodisch« lacht, als Lowell ihm den »morschen Firstbalken« zeigt.

»Ist Ihnen klar, dass dieses Haus einmal Darius Collingwood gehört hat?«, fragt er Mr Busterboy. »Nicht möglich«, erwidert dieser und nimmt einen Schluck aus der Miniflasche J&B Whisky in seiner Gesäßtasche.

Mr Busterboy, der die ganze Renovierung über melodisch lacht, ist ein freundlicher Zeitgenosse, der einzige im ganzen Roman. Davis' Witz ist präzis und brutal. Er hat ein Dickens'sches Auge, aber mit einem »linken«, niemals »rechten« Blick, der im Grotesken nicht das Liebenswerte, sondern nur das Abstoßende sieht.

Ein anderer Renovierer im feinen Anzug kommt vorbei und wirft einen vernichtenden Blick auf Lowells Bemühungen. Er sagt nichts. Er geht wieder. Es ist eine Randepisode, aber auf eigentümliche Weise furchtbar.

Lowell wird immer mehr zum Trinker. Einmal schläft er

auf der Baustelle, betrunken und unruhig träumend, und wird mitten in der Nacht geweckt. Erschrocken greift er zu einer Brechstange und schlägt dem Eindringling den Schädel ein, entsorgt die Leiche in Mr Busterboys Müllcontainer und legt sich wieder schlafen. Am Morgen entdeckt er im Wohnzimmer einen betrunkenen Penner, der nach dem Aufstehen auf den Fußboden kackt. Zu seiner schrecklichen Enttäuschung ist es jedoch nicht der mitternächtliche Betrunkene. Er hat einen Menschen umgebracht.

Er wartet auf die Polizei. Sie kommt nicht. Sie kommt überhaupt nicht.

»Er war so viele geworden«, sinniert Lowell, »dass er gar nicht mehr wusste, wer er war … Eingesperrt in ein und derselben missratenen und verkaterten fleischlichen Hülle waren ein Redakteur und ein Mörder, ein Mann, der letzte Nacht nicht nach Hause gegangen war, ein Mann, dessen Ehe am Arsch war, ein Hausbesitzer, ein Steuerzahler, ein Betrogener, ein Gutmensch, ein Nichts.«

L.J. Davis ist kein Satiriker. Es gibt in *A Meaningful Life* keine Houyhnhnms. Swift ist bissig, aber die Houyhnhnms verkörpern ein Niveau, das man auch als Ideal bezeichnen könnte. Die Satire muss ein solches Ideal haben, ohne das sie etwas anderes wäre. Davis' Roman ist etwas anderes. Es ist ein komischer Roman existenziellen Ekels, hingeworfen mit einer gekonnten Spontanität, die durch Reflexion und Bearbeitung gemildert worden sein mag – so sehr, dass man das Existenzielle kaum mehr ahnt.

Die Geschichte endet abrupt. Das Haus gehört Lowell nicht mehr. Durch Mr Busterboys Renovierung ist daraus Mr Busterboys Idee eines Hauses geworden. Lowells Anstrengungen, in einem Gegenstand, einem Besitzstück, in irgendetwas einen Sinn zu finden, haben ihn nicht vor der Leere und Öde der Beliebigkeit gerettet. Ständig droht die Beliebigkeit, einen zu verschlingen, sich seiner zu bemächtigen, seine Aufmerksamkeit abzuziehen, bis man schließlich aufschaut und schwärzeste Nacht einen umgibt.

Als ich in jungen Jahren weitgehend unbeaufsichtigt auf einer Zuckerrohrplantage auf Kuba lebte, ging ich abends immer mit einer kleinen Schar kubanischer Kinder die sehr großen Glühwürmchen fangen, die auf Spanisch *luciérnaga* heißen. Wir taten sie lebend in Gläser, die mit einem feinmaschigen Netz abgedeckt waren, damit Luft hereinkam. Damit wagten wir uns auf die stockfinsteren Zuckerrohrfelder hinaus oder in andere schwarze Winkel der kubanischen Nacht und leuchteten mit unseren lebenden Lampen. Für mich ist L. J. Davis eines dieser Glühwürmchengläser, denn er beleuchtet die dunkle Seite der bürgerlichen und nicht nur der bürgerlichen Bemühungen, in der Welt ein sinnvolles Leben zu finden.

Nachwort

Das Sichtbare und das Unsichtbare

Über Paula Fox

Drei Kinder spielen am Strand. Ein alter Mann kommt durch die Dünen heruntergeschlittert, unter dem Arm trägt er ein Huhn. Ihm folgen eine alte Frau, junge Leute, sie haben einen Grill dabei, Campingsachen. Die Kinder sehen, wie sich das Tier in den Arm des Mannes schmiegt; wie es, als er es herunterlässt, um ihn herum am Boden pickt und offensichtlich seine Nähe sucht. Die Kinder vergessen ihr Spiel, fasziniert, amüsiert: *»Diese offenkundige Bindung zwischen Huhn und Mensch, die den Kindern innerlich wohltat – durchgefroren, wie sie waren, nachdem sie so lange im feuchten Sand gesessen und dabei, vertieft in den Bau ihrer Burg, ihre Eltern so gut wie vergessen hatten, jetzt aber, wenn auch unbewusst, nichts mehr wünschten, als von ihnen in den Arm genommen zu werden –«* Die Kinder also schauen diesem Beziehungsspiel zu, bis, plötzlich – der alte Mann das Huhn packt und ihm den Hals umdreht.

Wie seltsam, dass ich auch als Leserin den Schock der Kinder erlebe! Wie ich sofort vor meinem geistigen Auge *»unter den schraubenden Händen des alten Mannes Blut fließen«* sehe, fassungslos ihm gegenüber, der nun unerschüttert das Huhn zu rupfen beginnt. Aber warum wundere ich mich? War nicht genau das zu erwarten gewesen? Der Grill im Gepäck der Leute war ja erwähnt worden, sie hatten ihn aufgestellt – aber mein erwachsenes Wissen war für kurze Zeit außer Kraft gesetzt. Die Geschichte, insgesamt nicht länger als eine Seite, hat uns mit ihren ersten Worten einen Blick von weiter her verliehen und hinter dem konkreten Geschehen ein anderes sichtbar werden lassen. Das hier ist eine Opferung, bei der nicht so sehr ein Tier geopfert wird, sondern dessen argloses Vertrauen; die Zutraulichkeit, mit der es um den Alten herumpickte und in der die Kinder sofort sich selbst erkannten; ihre eigene Zutraulichkeit, die bedingungslose Bereitschaft, sich den Erwachsenen, denen sie anvertraut sind, in die Arme zu werfen.

In *Am Meer* – dieser Geschichte, so kurz, dass sie kaum Geschichte genannt werden kann – reißt sekundenlang ein Spalt auf, und drei Kinder – mit ihnen womöglich die Leser – werfen einen Blick in etwas, das man mit Paula Fox das »schwarze Herz des Lebens« nennen könnte. Als die Kinder wenig später den Vater, dessen Umarmung sie gerade noch herbeigesehnt hatten, auf sich zukommen sehen, die Sonne im Rücken, erscheint er ihnen plötzlich »als eine reißende Bestie«.

In einer anderen Geschichte dieses Storybandes, *Andere Orte*, erzählt Paula Fox davon, wie sie selbst einmal als kleines Mädchen mit ihrer spanischen Großmutter ins Theater gegangen war. Das Stück, das sie sich anschauten, handelte von einem wilden Jungen, der die Erwachsenen provozierte und immer wieder für seine Streiche bestraft und schließlich von der Schule gewiesen werden sollte. Paula Fox erinnert sich, wie sie, damals zehn- oder elfjährig, irgendwann auf den Sitz neben sich schaute und einen kleinen dunkelhaarigen Jungen bemerkte, dessen Beine in Metallschienen steckten und dem unablässig die Tränen übers Gesicht liefen. So gebannt wie er vom Geschehen auf der Bühne, ist sie nun von der inneren Bewegung im Gesicht des Jungen. *»Ich glaube, während das Publikum nur die Kaspereien einer Witzfigur sah, verstand dieser kleine Junge das ganze Elend eines Menschen, dem nicht nur der Verweis von der Schule drohte, sondern der Ausschluss aus der Menschheit … Der kleine Junge mit Kinderlähmung war glatt durch die Welt der Oberflächen hindurchgestürzt. Vielleicht war seine Betroffenheit zu groß. Doch als das Stück aus war, klatschte er den Schauspielern lebhaft Beifall. Ich sah, wie er sich mühsam aufrappelte, die Schwester anstrahlte und den langen Gang hinunterhumpelte, zum Theater hinaus. Er war guter Dinge. Sein Mitgefühl mit dem armen Narren des Stücks hatte ihn nicht gebrochen. Er hatte das Sichtbare gesehen und das Unsichtbare genauso. Rückblickend denke ich heute, dass er Mut hatte.«*

Das Sichtbare und das Unsichtbare hatten auch die Kinder am Strand gesehen, und dieser Einblick ins schwarze Herz des Lebens ist Teil ihrer Geschichte geworden. Nie wieder werden sie sich so unbeschwert wie vorher in die Arme des Vaters stürzen können. Oder doch? Vielleicht war der Moment ja auch nur Moment gewesen; ein erster Blick ins schwarze Herz des Lebens, aber kein Riss.

Nichts ist sicher. Weder das Leben des Huhns, noch, welche Tragweite das Geschehen für die Kinder hat. Die Kraft von Paula Fox' Geschichten ist oft die seltsame Kraft radikaler Verunsicherung. Sicher scheint allein die Magie der Geschichte selbst.

*

Was sind das für Geschichten, die eine Seite kurz sein können oder zwanzig Seiten lang, in denen Autobiografisches erzählt und philosophisch resümiert, in denen pointiert etwas festgestellt und sogleich der mögliche Widerspruch daneben entfaltet wird?

Sind das Stories? Essays? Erzählungen? Autobiografische Splitter? Vielleicht gibt es keinen Namen, der alles umfasst, was diese gedanklich hochprägnanten, über fünfundvierzig Jahre hinweg entstandenen kürzeren Texte von Paula Fox ausmacht.

Sicher ist: Sie haben eine Offenheit, vor der man die Waffen streckt. Die man begierig aufnimmt wie einen Stoff, den man zum Leben braucht. Eine Momenthaftigkeit, die einen gleich in die Mitte von etwas zieht. Eine Leidenschaft der Suche, die erzählten Momenten bis auf den Grund zu leuchten scheint. Auf den Grund – um dort was zu finden? Radikale Ungesichertheit. Persönliche Wahrheit.

Und was hat es mit den Kindern auf sich? Es geht Paula Fox – die immer wieder über Kinder schreibt, die dreiundzwanzig Bücher für größere Kinder geschrieben hat – nie um kindliche Unschuld und deren Verklärung. Auch Kinder können Böses tun – wie auch nicht, sie müssen ja oft Böses erleiden. Umgekehrt können sich auch Erwachsene den tieferen Blick fürs Sichtbare und das Unsichtbare bewahrt haben. Auch das ist möglich. Überhaupt ist alles möglich auf dem schwankenden Boden, den wir Leben nennen. Es ist meist das Schicksal selbst, das Kinder in existenzielle Ungeschütztheit einweiht, sie mit Kinderlähmung oder mit Gewalt der einen oder anderen Art überfällt. Bis wohin kann man Kinder überhaupt schützen? Und von welchem Augenblick an beginnt einfach der Respekt vor dem, was man nicht kontrollieren, nicht verhindern kann? Der Respekt vor dem unkontrollierbaren Leben, wenn stattdessen *»Angst uns erfasst, Verwirrung, eine Ahnung des Chaos, das unser Leben an jedem schönen Sonnentag über den Haufen werfen kann.«*

*

Als Paula Fox am 22. April 1923 in New York City geboren wurde, dauerte es nur wenige Tage, bis sie von ihren Eltern in einem Findelheim in Manhattan abgegeben wurde: eine radikale Initiation in Ungesichertheit und Schutzlosigkeit.

Dann gab es, als sie fünf Monate alt war, einen Pfarrer namens Elwood Amos Corning, der das Baby zu sich nahm. Der das kleine Mädchen liebte und versorgte und ihm die Welt von Sprache und Literatur durch frühes Vorlesen und Lesen-Lehren, durch seine eigene Leidenschaft fürs Recherchieren, Dichten, Schreiben erschloss.

Vor allem aber, scheint mir, brachte er dem Kind Sprache nahe, indem er sie als etwas vermittelte, an das man glauben und in dem man Sinn transportieren kann. In ihrer Autobiografie schreibt Paula Fox über das, *»was in jeder Facette des alltäglichen Zusammenlebens mit Onkel Elwood enthalten war – dass alles zählte und dass ein in allem Ernst gesprochenes Wort eine geheimnisvolle Kraft enthielt, die Gedanken und Gefühle erwecken konnte, im Sprechenden wie im Zuhörer«*. Etwas, das sie nie von den eigenen Eltern erfuhr. Der Vater Paul Fox, selbst Schriftsteller und Literaturliebhaber, tauchte eine ganze Jugend lang unzuverlässig in ihrem Leben auf und verschwand wieder; nahm Worte und Geschenke so willkürlich zurück, wie er sie gegeben hatte. Er versprach Reisen nach Europa, die nie stattfanden, und nannte Mr Corning, bei dem seine Tochter aufwachsen durfte, Mr Cornedbeef. Wo war Sicherheit?

Vielleicht auf dem Beifahrersitz von Mr Cornings altem Packard, auf dem die fünf- und sechsjährige Paula den Pfarrer jeden Sonntag begleitete, von Balmville am River Hudson nach Washingtonville und weiter zur kleinen weißen Kirche in Blooming Grove; wo sie, nach der Messe, Sonntag für Sonntag, mit ihm die Kirche verließ, ihre Hand in seiner. Es waren diese Momente, in denen ohne äußeren Anlass sowohl das Gefühl der Sicherheit als auch deren grausame Grenze das Kind messerscharf durchfuhren. *»Mein blindes Vertrauen in Onkel Elwoods Liebe und in die Zuflucht, die er für mich gewesen war in all den Jahren … brach plötzlich zusammen. Für einen kurzen Moment wurde ich mir der Unsicherheit meiner Lage bewusst. Ich fühlte unter meinen Füßen die Erde wanken. Ich taumelte am Rand eines Abgrunds entlang. Wenn ich fiel, so wusste ich, mein Fall würde nie aufhören.«*

Das Kind hatte recht, als es den Abgrund unter sich fühlte: neben dem Sichtbaren das Unsichtbare. Kaum siebenjährig wurde die Kleine von ihrer spanischen Großmutter endgültig von Mr Corning weggeholt. Für die Heranwachsende, die nun immer wieder in »schuhschachtelgroßen« Wohnungen mit der Oma in Queens leben musste, wurden Bücher und Filme zum Fluchtweg in andere, bessere Welten. Lange Jahre voller Überlebenskämpfe lagen vor ihr. Armut, Verlassenheit, der Verlust eines Kindes; journalistische Arbeit im »kältesten Winter« des europäischen Nachkriegs. Jahre, in denen nichts einfach war.

Es ist ja auch nichts einfach. Das ist es, worauf sie später, in ihrer zweiten Lebenshälfte als Schriftstellerin, beharren wird; worüber sie nicht aufhören wird, zu schreiben: dass man schlecht beraten ist, wenn man versucht, Leben zu vereinfachen, jene Komplexität und Unberechenbarkeit zu reduzieren, die zwar manchmal kaum auszuhalten sind – zugleich aber die einzige Tür, durch die auch die großartige Vielfalt von Leben zugänglich wird. *»Ich möchte dir sagen, dass die schnelle Erklärung, die du mir vorschlägst, genau das (ist), wogegen ich mich wehre«*, sagt in *Mit sich allein* ein Mann zu seinem alten Schulfreund. *»Bitte wisst nicht immer gleich alles, was mit mir passieren wird. Bitte versteht meine Gefühle nicht zu schnell«*, lässt in *Andere Orte* Paula Fox ein krankes Mädchen zu seinen Eltern sagen. Als sei dies für sie die Aufgabe im Leben wie in der Literatur: die Schwierigkeiten, den Schmerz, die Gefährlichkeit des Lebens nicht zu verkleinern; auch nicht die Fremdheit, die man sich selbst gegenüber erleben kann.

*

»‹Hast du auf der Straße je das Gefühl gehabt – wenn du zur Arbeit gehst oder sonst wohin –, dass du nicht du selbst bist, sondern der Überraschungsgast in einer Fernsehsendung? Und du hast keine Ahnung, wer du bist und wie du bist, kennst die Schuhe nicht, die du anhast, kennst deine Hände nicht, und der Moment ist nicht bloß ein Moment, sondern irgendwie … zeitlos?›, fragte Jack einmal und sah mich dabei ausdruckslos an. ›Ja‹, sagte ich mit einer mir unbekannten Stimme, die klang, als hätte sie aus einem Sessel oder dem aufgeschlagenen Buch auf dem Tisch kommen können.«

Jack, von dem Paula in dieser Geschichte *Die zärtliche Nacht* erzählt, war ein Freund von Paula Fox, bis er Jahrzehnte später an Aids starb. Er wohnte im selben großen Apartmenthaus wie sie, an der Westseite des Central Park. Das war in den späten 1950er- bis in die mittleren 1960er-Jahre. Diese Gegend am südlichen Rand von Harlem, in der sie mit ihren beiden Söhnen und später mit ihrem dritten Ehemann Martin Greenberg lebte, war damals nicht weit davon entfernt, ein Slum zu sein. Auch Paula Fox' heranwachsende Söhne wissen ein Lied zu singen von Gewalt und Elend auf den Straßen. Oft lehnte sie damals abends aus dem Fenster und schaute hinaus. *»So viel geschah dort nach Einbruch der Dunkelheit, dass ich die Straße wie eine Filmkulisse wahrzunehmen begann, denn die Distanz tat ihre übliche Wirkung: Sie milderte das Schreckliche ab und machte aus dem Leid anderer Menschen ein verstörendes, aber dennoch fesselndes Schauspiel.«*

In dieser Zeit und aus diesen Eindrücken entstanden die beiden frühesten Geschichten dieses Bandes, *Lord Randal* und *Die Lebenden*. Die Zeitschrift *Negro Digest*, die sie veröffentlichte, wusste nicht, dass die Autorin dieser Geschichten, die beide vom Tod oder wahrscheinlichen Tod eines schwarzen Kindes erzählen, aus der Feder einer weißen Frau stammten. Es sind katastrophische Geschichten: mit Kindern als Opfer und Eltern, die stammelnd eine Sprache als Ausweg aus dem Gefängnis umfassender Not suchen.

In Paula Fox' Geschichten, die, immer wieder verstörend persönlich, die ganze Spanne ihres Schreiblebens umfassen, ist Gewalt kein kleines Thema. Wie sollte es auch? Sie selbst bleibt ja nie draußen; erzählt Geschichten, in denen man vom ersten Satz an mittendrin steht im Raum ihres Lebens. Ihre Zeit im Apartmenthaus am Central Park endete, als sie, 1967, unten einen Schuss hörte und noch sah, wie ein Mann auf der Straße sterbend zusammenbrach; sie erzählt davon in der Geschichte *Licht auf der dunklen Seite*. In dem Moment rückte die Gewalt, die auch die Kindheit ihrer beiden Söhne immer markiert hatte, zu nah. Die Familie zog nach Brooklyn. *»Manche Türen kann man schließen – die Tür zu meinem Geist ja ohnehin nicht«*, hat Paula Fox einmal gesagt.

Offenheit für das Unerträgliche wird ihr Denken und Schreiben weiter kennzeichnen. Unbändiges Interesse an Menschen, ihrer Fremdheit und Unterschiedlichkeit charakterisiert auch diese Geschichten, die neben sechs Romanen, zwei autobiografischen Bänden und dreiundzwanzig Büchern für junge Menschen entstanden sind und in denen sie hin und her wandert zwischen Erinnerung und Erzählung, Gedanken und Analyse, literarischem (nicht immer korrekt zugeordnetem) Zitat und Poesie. Geschichten, die sie über die Jahre in amerikanischen oder europäischen Zeitschriften publiziert hatte; für die sie auch Preise erhielt, ohne je daran zu denken, sie einmal in einem Buch zu versammeln. Dabei verdichtet sich in ihnen noch einmal das, was man ihr literarisches Credo nennen könnte: das Bekenntnis zum »secret life«, dem geheimen inneren Leben, und einer leidenschaftlichen Ernsthaftigkeit im Umgang mit Sprache. Dass »jedes Wort zählt«, wie sie es bei Mr Corning lernte, bedeutet auch eine Absage an Phrasenhaftigkeit und Sprachentleerung: *»Phrasen nehmen uns nicht nur die Verpflichtung ab, kreativ zu denken; sie stumpfen unser Empfinden ab, unsere Fähigkeit, mitzufühlen«*, heißt es in der Geschichte *Antworten ohne Fragen*.

*

Nichts ist sicher. Alles ist möglich. Und wenn dies bedeutet, dass man immer auf alles gefasst sein muss, bedeutet dies auch: auf das Allerschönste. Man könnte am erstaunlichsten an Paula Fox finden, dass sie nach den Schrecken ihrer Jugend gerade nicht bei einem Weltmisstrauen angekommen ist, bei einer düsteren Weltsicht als vorwegnehmendem »Schutz« vor noch mehr Schmerz. Sie ist nicht dahingekommen, vermeintliche Sicherheit über alles zu stellen, sondern hat vielmehr umgekehrt vermocht, im Herzen dieses so dramatisch erlebten Ausgesetztseins ihre persönliche Wahrheit zu finden. Leidenschaftliche Hingabe an innere und äußere Erfahrung, an das Sichtbare und das Unsichtbare. *»Verliebst Du Dich immer noch in Menschen?«*, fragt im Roman *Der Gott der Albträume* eine Frau in einem Brief eine Freundin, nachdem sie sich jahrzehntelang nicht gesehen haben. Auch diese Frage ist einer der vielen Schlüsselsätze zu der in einem besonderen Licht leuchtenden Schriftstellerin Paula Fox; einer, der mir immer wieder in den Sinn kommt, wenn ich sie, heute siebenundachtzigjährig, mit einem riesigen Strahlen in den blauen Augen, und ihrem schnellen leichten Schritt, auf mich zukommen sehe. Oder, wie sagt sie es in *Antworten ohne Fragen*? *»Das letzte Wort ist nie gesprochen.«*

Bernadette Conrad

Quellenverzeichnis

»Die Zigarette« (»Cigarette«), Erstveröffentlichung.

»Lord Randal« (»Lord Randal«), aus *Negro Digest* 14,9, July 1965. (Der Titel spielt auf eine alte schottische Ballade an, in der im Dialog zwischen dem im Sterben liegenden Lord Randal und seiner Mutter herauskommt, dass er von seiner Liebsten vergiftet wurde.)

»Die Lebenden« (»The Living«), aus *Negro Digest* 17,11–12, September/October 1968.

»Mit sich allein« («Sitting Down and Alone«), aus *Confrontation. A Literary Journal of Long Island University* 15, Fall 1977/Winter 1978.

»Nachrichten aus der großen Welt« (»News from the World«), aus *Short Shorts,* ed. Irving and Ilana Howe, Boston 1982.

»Am Meer«, (»By the Sea«), aus *The Threepenny Review* 27, Autumn 1986.

»Andere Orte« (»Other Places«), aus *The Horn Book Magazine,* 63,1, January/February 1987. (Zitate im deutschen Text nach: E. M. Forster, *Zimmer mit Aussicht,* Üb. Werner Peterich,

Frankfurt/M. 2005, S. 265f.; José Ortega y Gasset, »Insichselbstversenkung und Selbstentfremdung«, Üb. Gustav Kilpper, in ders., *Gesammelte Werke,* Band IV, Stuttgart 1956, S. 21. Was das letzte Zitat angeht, irrt Paula Fox: Es stammt nicht von Coleridge, sondern von Stephen Leacock aus seinem Buch *Short Circuits*, New York 1928, S. 343.)

»Antworten ohne Fragen« (»Unquestioned Answers«), aus *The Zena Sutherland Lectures, 1983–1992,* ed. Betsy Hearne, New York 1993. (Zena-Sutherland-Vortrag vom 6. Mai 1988. Zitate im deutschen Text nach: Friedrich Nietzsche, *Jenseits von Gut und Böse* 4,154, in *Kritische Studienausgabe,* hrsg. von Giorgio Colli und Mazzino Montinari, München und Berlin 1988, S. 100; David Bohm und F. David Peat, *Das neue Weltbild,* Üb. Hans-Ulrich Möhring, München 1990, S. 125f.; Franz Kafka, *Beim Bau der chinesischen Mauer und andere Schriften aus dem Nachlass,* Frankfurt/M. 2008, S. 246.)

»Die Unterdrückung der Wahrheit« (»The Stop of Truth«), aus *Censored Books. Critical Viewpoints,* ed. Nicholas J. Karolides et al., Metuchen, N. J., 1993.

»Im tiefen Süden« (»Way Down Yonder«), aus *Lire,* Paris.

»Grace« (»Grace«), aus *O. Henry Prize Stories 2005,* ed. Laura Furman, New York 2005 (ursprünglich in *Harper's Magazine,* June 2003).

»Die weiten Gefilde des Todes« (»The Broad Estates of Death«), in *O. Henry Prize Stories 2006,* ed. Laura Furman,

New York 2006 (ursprünglich in *Harper's Magazine,* April 2004).

»Franchot Tone bei der Paramount« (»Franchot Tone at the Paramount«), aus *Playboy,* December 2007.

»Frieda in Taos« (»Frieda in Taos«), aus *The Yale Review* 96,2, April 2008.

»Die zärtliche Nacht« (»The Tender Night«), aus *The Paris Review* 185, Summer 2008.

»Clem« (»Clem«), aus *The Yale Review* 98,3, July 2010.

»Licht auf der dunklen Seite« (»Light on the Dark Side«), aus *The New York Review of Books,* December 3, 2009. (Besprechung des erstmals 1971 erschienenen und 2009 neu aufgelegten Romans *A Meaningful Life* von L.J. Davis.)

inhärent in –
Rezensentin –

„Der Weg zum H[illegible]mel“
Roald Dahl